講談社文庫

朱色の化身

塩田武士

講談社

目次

朱色の化身

登場人物紹介

大路《おおじ》 亨《とおる》　本書の主人公。元新聞記者のライター

松江《まつえ》 準平《じゅんぺい》　大路の実父。元新聞記者

松江《まつえ》 壮平《そうへい》　大路の祖父。芦原《あわら》温泉街で靴屋を営む。ガンにより死去

辻《つじ》 珠緒《たまお》　「Realism」社員。元銀行員で、現在行方不明

辻《つじ》 咲子《さきこ》　珠緒の母。旅館「松風荘《しょうふうそう》」の元仲居

辻《つじ》 静代《しずよ》　珠緒の祖母。旅館「白露《はくろ》」の元仲居

岸本《きしもと》 将成《まさなり》　「シンクロニュース」社員。大路の協力者

谷口《たにぐち》 芳雄《よしお》　咲子の元夫

谷口《たにぐち》 慎平《しんぺい》　芳雄の長男

前川《まえかわ》 勝《まさる》　珠緒の実父

前川《まえかわ》 功《いさお》　勝の長男。珠緒の異母兄

勝部《かつべ》 元吉《もときち》　旅館「白露」の元番頭

杉浦《すぎうら》 沙織《さおり》　珠緒の親友。美容院を営む

杉浦《すぎうら》 翔大《しょうた》　沙織の長男。大学生

宝《たから》 直弘《なおひろ》　珠緒の大学時代の先輩

宝《たから》 純男《すみお》　直弘の父

田丸《たまる》 佳恵《よしえ》　珠緒の学友。国際バカロレア資格で大学入学

池脇《いけわき》 亜美《あみ》　珠緒の学友で、銀行時代の同期

小暮《こぐれ》 仁《ひとし》　珠緒の銀行時代の上司

王《ワン》 雨桐《ウートン》　「Realism」社長

成瀬《なるせ》 英彦《ひでひこ》　珠緒の元夫。老舗《しにせ》和菓子店の御曹司

桧山《ひやま》 達彦《たつひこ》　依存症専門の精神科医

序章　湯の街炎上

前日の夜、温泉街の通りに微《かす》かな土埃が立った。渦を巻くことなく砂塵は消え、しばし風が止《や》む。夜気から宵《よい》のぎこちなさが抜けると、しんとした暗がりの中に輪郭のぼやけた店々が浮かび上がった。乾物屋、竹細工、理髪店……住居を兼ねる細かな商いには確かな暮らしの気配があり、長年の風雨で傷んだ木造の店舗には、月並な疲れが透けて見える。だが、やはりこの街の主は湯であり、宿であった。駅の北側には、磁力で吸い寄せられたように大小の旅館が軒を連ねている。

昭和《しょうわ》三十一年四月二十二日。

福井《ふくい》県の北端にあって「関西《かんさい》の奥座敷」を謳《うた》う芦原《あわら》温泉街の夜は、静けさの中にも地熱が感じられ、終戦とその三年後の大地震を経て、もう膿《うみ》は出し切ったとばかりに、吹っ切れたような明るさがあった。実際、朝鮮《ちょうせん》特需による「ガチャマン景気」を背景にして、さらに開湯七十周年の記念行事の大盛況が号砲となり、数年で観光客数が飛躍的に伸びていた。

そんな由緒のある街において、旅館「白露《はくろ》」の存在感は「開花亭《かいかてい》」や「べにや」といった代表格の旅亭に遠く及ばない。だが、池泉庭園を有する二階建て数寄屋《すきや》造りの堂々たる佇《たたず》まいは、働き疲れた人々に非日常のやすらぎを提供するには十分だった。

二階宴会場から漏れる橙色の灯りが、窓下にある庇《ひさし》の瓦を仄《ほの》かに照らし、同じような柔らかさで三味線の音と芸者の唄声が零《こぼ》れていた。

「芦原湯の町　湯のけむり　濡れて寝た夜の　夢がたみ……」

もはや芸妓の名前や顔は忘れてしまったが、木田宗男《きだむねお》はその夜の座敷の光景をおぼろげな静止画として記憶していた。浴衣《ゆかた》姿の男の一団と『福井小唄』を舞と音で表現する艶《あで》やかな芸妓たち。当時、繊維会社の若手社員だった宗男は、地元電力会社の幹部を接待するため「白露」の宴会座敷の末席にいた。

徳利は空いていないか、タバコは切らしてないかと常に気を配り、座が白けかけると、野球好きの幹部の一人が贔屓《ひいき》にしている球団の話を差し挟む。それぞれの〝夜の意向〟を聞き取っては仲居と話をつけ、厠《かわや》へ立つにも神経を使った。確かに膳は豪華で、中でも甘エビは目を見張るほどおいしかったが、下っ端に温泉遊びを楽しむ余裕はない。

万事滞りなく役目を果たした宗男は、当然ながら最後に床に就いた。上司の鼾《いびき》と翌朝もひと仕事あるという気持ちの張りで、なかなか眠れず、一度外気に当たろうと部屋を出た。

暗い庭に出てみたものの、楓《かえで》の葉を揺らす風が強く、また妙に生暖かかったため、気が晴れない。弱々しい灯りが正体不明の影をつくるのが不気味で、館に引き返そうとした宗男だったが、池の向こうの暗がりに人の気配を感じた。しばらくその場に留まり、闇に目が慣れてくると、そこに男女の姿を認めた。

二人はそれぞれ頭の位置を変えながら、濃密に抱き合っている。遠目からでも互いの唇を貪《むさぼ》っていることが分かり、若い彼は予期せぬ情事の現れに興奮を覚えた。だが、女の着物に気づいたとき、熱気が大きな闇に吸い取られていく感覚に陥った。

仲居だ――。

さすがに顔までは分からないものの、客の目を盗んで欲を満たそうとする浅ましさに不快感が募る。まさしく接待に苦労している最中《さなか》の宗男には、許しがたいものがあった。つい先ほどまでとは別種の昂《たかぶ》りを抱え、今から眠れるだろうか、明日はちゃんと起きられるだろうかと自問しながら部屋へ戻った。

だが、起床できるだろうかというこの宗男の心配は、結局のところ杞憂《きゆう》に終わる。

翌朝、蒸気機関車の大きな汽笛が、異常なほど短い間隔で鳴り続けたからだ。

翌二十三日午前六時半過ぎ、悪夢が始まった。

井坂祥子《いさかしようこ》の一日は、店の前を箒《ほうき》で掃くことから始まる。たまに朝早くから「電池がほしい」と顔見知りの客が駆け込んで来ることがあったので、余裕を持って準備する習慣が身についていた。

祥子は三歳の長女、一歳の次女を育て、義母の世話をしながら、夫が営む「井坂電気」を手伝うという忙《せわ》しない日々を送っていた。

今日は常連客の一人が電気コンロを見に来るはずだ、と予定を思い描いたとき、強い風が吹いて目に塵《ちり》が入った。思いの外痛かったので何度か目を瞬《しばた》き、指先で目尻の涙を拭《ぬぐ》う。風はさらに強まり、目の前で砂が渦を巻いていた。

どことなく嫌な予感がした矢先、駅の方から蒸気機関車の汽笛が聞こえた。塵取りにゴミを移すときにもう一度、妙だと思って駅を見るとさらに汽笛が鳴り、五、六秒の間隔でそれは続いた。

「火事や！」

近所から男の大声が聞こえると、地域の消防団員だった夫は「ちょっと見てくるわ」と下駄を履いて出掛けたが、すぐに引き返してきて「逃げる準備せぇ！」と言って、本人は団服に着替え始めた。

祥子は子どもたちを起こし、義母と手分けして家の中の貴重品をかき集めた。次女を背負い、財布のほか、通帳と印鑑が入っている桐箱を鞄に入れ、もう一つの鞄にはパンやお茶っ葉、写真などを手当り次第詰め込んだ。

義母は仏壇から位牌を取って、よそ行きの服から順に風呂敷に収めていった。それが終わると長女の手を引き、四人同時に玄関を出た。

風が唸りを上げ、あちこちから怒声と悲鳴が上がっていた。先ほど掃き清めた通りにくすんだ色の煙が立ち籠め、無数に浮遊する灰の中でふとんや形の崩れた大きな板が舞っている。祥子は風で乱れる前髪を何度もかき上げながら、とんでもないことが起こっているのだと実感した。

斜向《はすむか》いにあった三階建ての旅館に火がつき、瞬《また》く間に大きな炎に呑み込まれるのを見て、恐怖で固まってしまった。そして、すぐさま隣の乾物屋に燃え移ったのを目《ま》の当たりにし「井坂電気」の行く末を瞬時に悟った。

この風では延焼は免れないだろう。今日常連が買うはずだった電気コンロも、店に陳列してあるトースターもアイロンも灰になってしまう。

土産物《みやげもの》屋から商売替えして二年。不安もあったが、夫には先見の明があったようだ。家事の効率化を求める「オートメ夫人」は日に日に増えていき、お客さんに喜んでもらえることが何より嬉しかった。「明るく、きれいに」を心掛ける店内、日々進化する家電。祥子はそんな新しいものに満ちた「井坂電気」が好きだった。

嫁入り道具として両親に買ってもらったお気に入りの鏡台も、恐らく助からないだろう。初めての見合いと嫁《とつ》ぐ日の前夜、祥子は緊張で眠れなかった。それからコツコツと築き上げてきたものを全て失ってしまう。そう思うと悲しみで胸が締め付けられた。だが、祥子はすぐに「全てではない」ことに気づいた。

私にはこの子たちがいる——。赤子を腕に抱くたびに小さな手をそっと握り、甘い香りが愛《いと》しくて頰ずりした、あの喜びに勝るものなどない。

今は何が何でも子どもたちを守る。背中で泣き続ける次女に「大丈夫やからねぇ」と声を掛けながら、祥子は人々が避難している田んぼに向かって走り始めた。

悪魔が次々と火を放り投げている——。

国鉄芦原駅の北東まで走って逃げた鈴木《すずき》通敏《みちとし》は、遥か頭上を飛んでいった火の塊が「開花亭」に直撃するのを見た。約三百メートル先で、街の中心的な存在だった名高い旅館が燃え始めたことに強い衝撃を受けたが、さらに複数の火の玉が強風に煽《あお》られ砲弾となる様に、この世の終わりだとその場にしゃがみ込んだ。

しつこく鳴り続ける蒸気機関車の汽笛で目を覚まし、妻と一緒に外へ出て、最初に見えたのが雨雲のような大きな黒煙だった。南側すぐの宿や商店が炎に包まれ、充分過ぎるほど身の危険を感じた通敏は、妻を先に逃がして自身は店の中に戻った。

カウンターとテーブルの間を走り抜け、ボストンバッグを引っつかんで寝室の金庫の前まで来ると、震える手でダイヤルを回し貴重品をバッグに放り込んだ。ファスナーを締める時間も惜しんで店を駆け抜け、ワンポイントのステンドグラスがお気に入りだった、白い木製ドアを開けた。その直前、空気中でブレンドされたコーヒー豆の香りが鼻腔《びこう》に抜け、悔しさやら切なさやらで奥歯を噛《か》んだ。

ボストンバッグの中を満たしていたのは、ほんの二、三分だったはずだ。しかし、目の前には先ほどまで遠くにあったはずの暗い色の煙が地を這《は》っていて、まるで別世界の様相だった。二軒隣の畳屋が燃え盛るのを見て、火の回りが異常に早いことを察した。

風が吠えるように鳴り、炎のデッドラインが背中に迫る。家財道具を背負う顔なじみの面々とともに東へ逃げている最中、通敏は熱風と煙でまともな呼吸ができなかった。

黒煙のトンネルによって一帯が燻《いぶ》され、重く伸《の》し掛かるような肺の痛みに苦しんだ。咽《むせ》るたびに涙と洟《はな》が出て、次第に頭がボーッとし始める。人間は煙で死ぬ、ということを思い知らされた。まともに目も開けられない状況下で、後ろから軽快な足音を立てて近づいてきたシェパードが、通敏たちを一瞬のうちに抜き去って消えた。どこかの旅館の番犬だろうが、動物の逞《たくま》しさに勇気づけられ、放水で緩んだ土を蹴って、とにかく前へ進んだ。

浴衣姿の観光客が集まる地点まで走り切ると、手を膝についてぜぇぜぇ言いながら呼吸を整えた。生きている——。安堵を覚えたのも束の間、火の粉が「開花亭」を捉えるのを見て、まだまだ火事は大きくなるのかと力が抜けた。

しゃがみ込んだ通敏だったが、肩に細い指が触れ「よかった」という声を聞いて振り返ると、着の身着のまま逃げて来た妻が泣いていた。意識が現実に引き戻され、周囲を見渡せる心の余裕ができた。

二階から火を吹く菓子店の前で、バラバラの服装の男たちが非力な手引きポンプ車から放水し、中学生と思しき学生服の少年たちがそれぞれバケツを持って、懸命に水をかけている。「ポンプのガソリン取って来いま!」と男から言われると、中学生たちはバケツを放り投げて走り出した。

しっかりしなくては——。自分より二十も年下の少年たちが街のために頑張っている。通敏は立ち上がった。

やり直すのはこれが初めてではない。かつて世間から隔離されていた一年八ヵ月。出所してから途方に暮れていたとき、世話になった警察官から、大阪《おおさか》の梅田《うめだ》で開店したばかりという喫茶店を紹介してもらった。店主が出してくれたコーヒーの香りのよさに驚き、その温かさや苦味は、当時の通敏の心情に寄り添うものがあった。

そして、店主の姪《めい》である妻と出会ったことで彼の人生に軸が通った。店が閉まってからも、ロートとフラスコの前で竹ベラを持つ日々。新婚旅行で訪れた芦原の街が気に入り、温泉街で気の利いた店を出すことが二人の夢となった。

三十歳を機に、三国《みくに》の海をイメージした喫茶「ブルー」を開店。関西弁を話す余所《よそ》者の二人に、芦原の街は優しかった。それから三年。「うまいコーヒーを出す店がある」と、観光客の間で評判になり、店はいつも賑わっていた。

子どもがいない若い夫婦にとって「ブルー」は我が子であり、生き甲斐であった。宝くじのような忙《せわ》しない幸運ではなく、やり直したい一心で、少しずつ積み上げてきた幸せ。ささやかだからこそ、この幸運はずっと続くと思っていた。

記録しなくては、という突然の義務感の発露は、胸の内に空いた穴を何かで埋め合わせようとする心理的作用だったのかもしれない。ボストンバッグから鉛筆と仕入れ帳面を取り出した通敏は、移動しようと促す妻の言葉に応えず、やりきれぬ感情や修羅場と化す街の状況を書き殴っていった。

何かが滑落したような大きな音とともに、周囲で「あぁ」という嘆きの声が漏れた。逃げて来た道に視線をやる。

青い海を想って生まれた「ブルー」は、火の海の中に消えた。

あの日を境に物事の見方が変わってしまったと、西尾《にしお》知子《ともこ》は半ば本気で思っている。

当時、知子は地元の小学校に通う五年生だった。朝の食卓でやけにガラス戸が鳴るなと思ったとき、ラジオから強風と火の元に注意を呼び掛けるアナウンサーの声を聴いた。

母親からうるさく言われ、ランドセルの中身を確認していると、二軒隣りの浜中《はまなか》のおじさんが「電話貸してもらえんやろか？」と玄関口に現れた。出勤のため駅の方に向かっていると大きな煙が上がっているのを見たという。電話を持たない世帯が多かった時代、西尾家は近所でも「電話がある家」として知られていた。

「西尾陶器」は知子の曾祖父の代から続く陶器店で、店舗は駅の近くだったが、自宅は北東に離れたところにあった。飼っていたスピッツのココがあまりに吠えるので、両親が様子を見に外へ出たころに、大きな汽笛が断続的に聞こえるようになった。

知子の年の離れた兄は大阪の大学に通っているため、家の中は祖母と二人だった。

「えらい汽笛が鳴ってるの」「家が燃えてるんやろか」などとのんびりとした会話をしていたときは、すぐに消防の人が何とかしてくれると思っていた。

「駅の周りが大火事やざ！　逃げる準備しね！」

玄関から聞こえた母の叫び声を聞いて、知子は只事ではないと認識した。

表に出た知子はまず、「ゴォー！」という強風の音に驚き、さらに複数の消防サイレンの音が重なり響いていたことから、胸がドキドキして脚に力が入らなかった。荷車がいっぱいになるまで生活用品や家具を載せ、それを母と近所の男衆が田んぼの近くまで押してくれている間、知子はココを胸に抱いて遠く駅の方を見た。街を覆うような煙がさらに肥え太って空に昇っている。

畦道《あぜみち》には家財道具を持って列を成す人々が群れていた。芦原は田んぼに囲まれた長閑《のどか》な温泉街だ。

「舟津《ふなつ》が焼けたらしい」という話し声が耳に入り、知子は全容がつかめないまま、今日はあちこちで火事が起こっているようだと察し、同時にラジオでアナウンサーが警戒を呼び掛けていたことを思い出した。いくら風が強いからといって、駅から一キロ以上も離れた舟津に火の粉が飛ぶなど想像もできなかった。

小学校はどうなるんやろか。どんどん大きくなっていく火事を前に、知子は初めて日々の暮らしが当たり前のものではないことに気づいた。吹きさらしの田んぼでは、風が強まるたびに体がフラついてしまう。

まだ運び出さなければならないものがあったため、母と祖母が家に戻り、知子は荷車の番をすることになった。しばらくは学校の友人と話して過ごしたが、強風の中で待ち続けるのは体が冷えてつらかった。

非日常の高揚感と若さ故の好奇心、母と祖母が戻って来そうにない状況、そして友人の存在。冒険のためのピースが揃い、知子は「様子を見るだけ」と自らに言い聞かせ、友だちと二人で駅の方へ向かった。

役場の近くは人と荷物でごった返していた。ガラスの割れた木枠のショーケース、むき出しのふとん、土嚢袋《どのうぶくろ》、自転車、茶筒、何を包んでいるか分からない風呂敷……道路に放り出された秩序のない暮らしの品々が、何よりも雄弁に混乱ぶりを物語っていた。

視線の先で燃える大小の旅館が黒い煙によって一つにまとめられ、所々で着色したように炎が揺らめいている。水浸しの地面を幾本もの消防ホースが通り、放水がアーチを描くものの、その水圧はあまりに微弱でもの哀しいほどであった。

煙たさの中に様々な臭気が混ざって知子は咽た。そして、視線の一直線先にあった、この街の者なら誰でも知っている大きな鉄塔が冗談のようにぐにゃりと折れ曲がっている様子に言葉を失った。

既に骸骨のようになった土産物《みやげもの》店のその奥で、パァーンと何かが爆《は》ぜる音がし、胸に抱いていたココが激しく吠え始めた。爆発音がしたのは、ちょうど「西尾陶器」がある辺りだ。状況から考えて、店は絶望的だろう。

近隣の村の名を記した幟《のぼり》を手に、手拭いを頭に巻いた男たちが続々と救助活動になだれ込んで来る。被災した住民、観光客、消防、警察、そして有志のボランティア組。温泉街はかつてない人口密度になりつつあった。

「帰ろっさ」

火事や人、現実の全てに酔ってしまったのは、友だちも同じだったようだ。知子は力なく頷《うなず》き、踵《きびす》を返した。

役場の広場に長机や椅子が運ばれ、米俵や鍋などの救援物資が積み上げられている。割烹着《かっぽうぎ》姿の女性や半袖の男たちが忙しく行き来する中、知子は時間が止まったような、ある空間に意識が吸い寄せられた。

若葉を庇にした木陰で、乱れた髪の父が宙を見つめて座り込んでいた。喜怒哀楽がはっきりした父の、あのような精気のない顔を知子は見たことがなかった。

やはり、店は燃えてしまったのだ。知子がそうであったように、父もまた、生まれたときから「西尾陶器」の子どもであった。

三年前の七十周年のお祭りの風景が、アルバム写真のようにいくつも頭に浮かんだ。知子は八歳だったが、お面の人たちが連なる仮装行列や大きな音と色彩の鮮やかさに驚いた打ち上げ花火は、今もよく憶《おぼ》えている。湯に浸かる芸妓さんの後ろ姿を写した記念ポスターが父のお気に入りで、店先でそれを眺めては『芸者ワルツ』という曲を陽気に口ずさんでいた。

頼んでもいないのに幸せな記憶が呼び起こされ、知子の心を突き刺していった。父と一緒に縄跳びをした昨日の夕方に帰りたい。母とココの散歩に行った一昨日の朝に戻りたい。だが、四十五年の間守り続けた店がなくなった今、生活が元通りになるはずもなかった。

何の前触れもなく焼け落ちた家族の幸せを思い、知子は堪えきれなくなって父のもとへ走った。

まるで空襲や。

終戦後しばらく続いた、あの果てることのないような虚無感。田村幸平《たむらこうへい》は駅前から北西へ広がる焼け野原に目をやり、片づけに精を出すモンペ姿の女たちをぼんやりと眺めた。昼前に火勢が落ち着くと、ようやく風も和らいで、今は灰色の街に遅すぎた雨が落ちている。

自分の住居兼店舗は幸いにして風向きに助けられた。事実、あとひと筋西に建っていれば、火煙に取り込まれていただろう。同時多発的に飛び散った火の粉が、気まぐれな暴風に飛ばされて温泉街は灰燼《かいじん》に帰した。弾丸の雨が降る戦場で、たまたま弾が逸れただけの話だ。

幾重にも層を成す虚しさの一つひとつがため息へと変わり、自分なりに納得しようとしても心身ともに疲労困憊《こんぱい》で、これからのことを考えるのがひどく億劫だった。

一介の散髪屋であっても、幸平は消防団員としての使命感は持っているつもりだ。一刻を争う火事の現場では、まず駆けつけられることが重要であり、会社にいるサラリーマンには務まらない。故に消防活動において商売人の連帯と自負が強まるのは必然で、今朝、火事の一報を受けたときは、自分たちが街を守る気でいた。

だが、枷《かせ》をちりばめたシナリオのように、何もかも歯車が嚙み合わなかった。

団服に着替え、既に火が大きくなっていた駅前の旅館密集地へ向かったが、風で火が飛ぶように移動するため、気がつけば目の前で新たな火災が始まり、貯水槽ごと燃えるという切羽詰まった状況で、何もできないまま消防車を動かさなければならなかった。

化け物のように刻々と姿を変える黒煙と炎から吐き出される熱風に苦しみ、一瞬でドロドロに溶けるガラスや爆音を響かせて崩れ落ちる瓦屋根に圧倒された。そして風に押され、炎が競走馬のごとく地面の上を疾走していく様を目撃するに至り、もはや街中の火に魔物が宿っているとしか思えなかった。

焦りで消火栓とホースの接続がうまくいかず、やっとの思いで放水を開始しても、あちこちで一斉に使うため、みるみるうちに水圧が落ちていく。また、町内には二十七ヵ所に消火栓があったものの、狭い路地、我先にと避難する人々、散乱する家財道具で、水の供給源に近づくことすらできないまま家々が燃えてしまう。幸平がまず痛感したのは己の無力であった。

「開花亭」などに一斉に火の粉が飛び、それらが強風に煽られてどんどん燃え移っていった矢先に送電線が断線。水道ポンプが使えなくなり、近隣の金津《かなづ》、三国、丸岡《まるおか》、石川《いしかわ》県などから消防車が集結して消火活動に当たったため、十ヵ所あった貯水池はすぐに干上がった。火災現場から遠く離れた農業用水に頼る有り様で、北へ北へと舟津まで延焼させた火は風向きが変わると、今度は南向きに戻る逆コースで、さらに焼失面積を拡大していったのである。

駅南までに被害が広がれば、街が全滅する。消防団は駅北のひと筋目の角地にある旅館を防火線に設定したが、建物は水より先に火によって無力化された。それでは近隣の建物自体を先に壊すしかないと作戦を変えてはみたものの、男三十人が懸命にロープを引っ張ってもバラック小屋を引き倒すのに三十分かかった。この〝破壊活動〟は最後の手段であったが、八年前の福井地震の教訓で耐震ボルトが締めてあったことから、建物を壊すことにも苦戦したのだった。

一体、いくつの不幸が重なり合って目の前の惨状となったのか。幸平の虚無感は、午後になってやって来た自衛隊金沢《かなざわ》駐留部隊約二百人の鬼神のごとき活躍によって助長された。

災害救助におけるその統制された動きは、有事に際し右往左往していた一消防団員とはモノが違った。彼らは温泉街の目抜き通りの瓦礫を約二時間で除去し、住民の家財道具から街に必要な大量の水まで何でも車で運んだ。その他、水道管工事、通信の復旧、街頭警戒と効率よく無線でやり取りをして、着実に問題を解決していった。

彼らの天の恵みのような助力に対し、他の住民同様、幸平には深い感謝の念があった。だが先の戦争が終わってまだ十年強。志願して入った海軍での理不尽なしごきが、「軍隊的」なものへの拭い難い否の感情として幸平の心に沈殿している。冬に海水で濡らした縄をムチとして振るわれた、あの痛みは今も夢に出てくるほどだ。

自衛隊が来てくれなければどうにもならなかった。しかし、自衛隊に助けられたということが素直に受け入れられず、なおさら非力な、三十過ぎの男一人は自傷的な嫌悪感を覚えるのだった。

目がヒリヒリと痛む。火事現場で少し眼球が焼けたようだ。これでは仕事にならない。いや、その前に明日から誰の髪を切って食べていけばいいのだろうか。

幸平は焼け野原に背を向け、赤十字病院の救護班がいるという芦原小学校へ向けて歩き始めた。

森下《もりした》君は芦原小学校にいると聞いた。

家が全焼し、近くに親戚がいない彼は、少なくとも数日は母と二人で避難所生活をするしかないだろう。

深夜、古いアパートの一室には外の喧騒が届かない。彼女の住居は、火元から最も離れた舟津よりさらに北にあって、周囲は田んぼや空き地だらけだ。

こうして一人、ふとんに入り闇に慣れた目で低い天井を見ていると、今日起こったことに現実味が感じられなかった。

朝、中学校に行くと、教室で友だちが「火事だ、火事だ」と騒いでいて、男子たちは先生とともに消火活動に向かった。

既に出勤していた母のことが気になったので、彼女も教室を飛び出し、念のためとアパートに寄ると、ちょうど母が自転車で戻って来るところだった。

「仕事場の荷物運び出すで、何時に帰れるか分からんわ。駅には近づかんときねの」

そう言い残して職場に向かった母の表情がかなり厳しかったので、五軒ぐらい燃えているのかもしれないと思ったが、学校に戻る途中に親友の道子《みちこ》と会い、舟津が燃えていることを知った。

駅の火事と関係があるのだろうか。道子から友だちの家が危ないと聞き、彼女が混乱した頭のまま舟津の友人宅に向かうと、既にそこら中から火の手が上がっていた。

辺りは放水する消防団員や荷車を押して逃げる人々でごった返していて、友人から預けられた形の悪い風呂敷包み二つを抱くように持って、とりあえず中学校に向かって歩いたのだった。

この風さえなければ……実際に火災の現場を見て、彼女は大火の真犯人が分かった。どこの家が燃えるかはまるでくじ引きで、人間の力ではどうしようもない風向きが明暗を分けていた。

その後、彼女は荷物の運び出しを手伝った家が全焼したと知った。青い顔をして唇を震わせる友人に、一体どんな言葉を掛ければいいのか。思考は宙をさまよったが、人生には突然目の前にシャッターが下りる瞬間があるということだけは分かった。

中学校に救助を求める人が増え始め、必然の流れで避難所になることが決まった。午後になって炊き出しが始まると、彼女は役に立ちたい一心で、雨の中を走り回った。

午後五時過ぎ。親戚や知人宅、商売の倉庫などそれぞれ仮住まいを確保した被災者たちがようやくひと息つき、少しずつ街が落ち着きを取り戻し始めた。しかし、それも束の間の羽休めに過ぎず、明日からは「復興」の名の下に立ち上がらなければならない。そんな過酷な状況で唯一の救いがあるとすれば、「温泉街」という明確な看板があることで、人々が一丸となって街の再建に臨めるということだった。

日暮れ前になって母が中学校にやって来た。まだ三十五歳の若さだったが、割烹着は破れ、黒ずんだ顔には疲れが見えている。母を自転車の荷台に乗せて、彼女はアパートに帰った。

日が落ちてからも職場に戻らなければならない、と聞いて心配になった。娘としては晩ご飯の用意をして、少しでも母に休んでもらうより他なかった。避難所で分けてもらったおにぎりと、ワカメの味噌汁、カワハギのみりん干し。顔を洗って髪を結び直し、新しいモンペと割烹着姿になった母が、食卓を見て張り詰めていた表情を崩した。中学生の彼女は多くは望まず、いつもの生活が続くだけでも幸せだと思った。

物心ついたときからずっと二人だった。親子が一緒に過ごせる時間は、他の家庭に比べて少なかったが、既に寂しいという感情は失せている。女手一つで子どもを養う、逞しい母のことを彼女は素直に尊敬していた。

午後九時過ぎ。仮眠を終えた母が「ちゃんと戸締まりして寝《い》ねの」と言い残し、職場に向かった。彼女はしばらく小説を読んでいたが、さすがに疲れてウトウトし始めた。

ハッと気づいたときには、日付が変わる三十分前。慌ててふとんを敷いて横になったものの、一旦消えた睡魔が再び訪れることはなく、彼女は同級生の森下勝也《かつや》のことを想った。

中学一年生のときに同じクラスになり、図書室でよく顔を合わせた。二人とも文学好きで、特に作品数の多い芥川について語ることが多かった。

彼は芥川のように華奢《きやしや》で、性格はひどく内向的。よく男友だちにからかわれたが、それもあまり相手にしない大人びたところに惹《ひ》かれた。彼女は勝也の方から話し掛ける数少ない友人の一人だ。

そして、互いに母子家庭だったことも、特別な仲間意識が芽生える上で重要なことだった。

今日は学校で彼を見掛けなかった。先生から勝也の家が焼け、小学校に避難していると聞いたときは動揺し、トイレに駆け込んで深呼吸しなければならないほどだった。すぐに駆けつけたかったが、自分に何ができるわけでもない。彼も母親に女子生徒といるところを見られたくないだろう。迷惑になるだけだと自らを戒めた。

しかし、一人でアパートの天井を見つめていると、孤独で胸が苦しくなった。

彼に会いたい——。

そう思うと動悸がして、寝ていられなくなった。

行動を思い留まるための言い訳を考え続けたが、勝也に対する想いは、二年の間に自らの認識を遥かに超えて大きいものになっていた。そして、ひと目見るだけならと、折衷案《せっちゅうあん》のような答えを導き出し、掛けぶとんを撥ね上げるのだった。

カエルの鳴く田んぼを通り過ぎ、駅へ向かって南へ進む。懐中電灯を使わなかったのは、歩き慣れた道ということもあるが、街頭警戒の大人に見つかりそうだったからだ。夜にほっつき歩く娘として噂《うわさ》が広まると、母に恥をかかせてしまう。

電柱や街灯、丸焦げになった木々が精気を失った巨人のように佇み、骨格だけになった旅館や家々が大きく口を開け、吸い込まれそうな濃密な闇を見せる。

生まれ育った街が死んでしまった。

中心エリアに近づくにつれ被害の大きさがひしひしと伝わり、彼女の胸の内で鈍い痛みに変わっていく。時折、話し声が聞こえ、所々に灯りが点いていたが、街には明らかに暮らしの気配が消えていた。

日付が変わると、この大きな火事も昨日の出来事になる、という当たり前の時の流れが、今の彼女には性急すぎるように思えた。すぐに立ち直れそうにはないからこそ、もう少し目を背ける時間がほしかった。

国鉄芦原駅近くの線路を通り、南側に出る。小学校まであと少しだ。実際、近くまで来てみても、具体的に何がしたいのか自分でも分からなかった。ただ、彼のことが心配で、遠目からその姿が確認できれば、それでよかった。いや、声を漏れ聞くだけでもいいとすら考えていた。だが、この深夜では既に寝ているのが自然で、起きていても満足に身じろぎもできないだろう。彼女の望みは、たとえそれがささやかなものであっても叶いはしない。

自らの無鉄砲さを笑いたくなって踵を返そうとしたとき、前方の広場で人が動いているのが見えた。

確か花屋の空き地だ。荷車に載せた生活用具や大型家具、商店のショーケースや自転車などが、雑然と置いてあった。近くの人たちが、とりあえず風上の駅南へと必死に運んだのだろう。

暗い中ではっきりとは見えなかったが、男たちが数人、小さなトラックのようなものに荷物を載せていた。これから親戚の家まで持っていくのかとしばらく眺めていたが、どうも様子がおかしい。彼らは手当り次第、トラックの荷台を満たしているように見えた。話し声も聞こえず、とにかく急いでいるようだった。

先ほど勝也を想ったときとは真逆の方向で、心音が早くなっていく。しばらくその場にいた彼女は、男たちが何をしようとしているのかを察した。

火事場泥棒――。

思春期の彼女の心に、燃えるような怒りが込み上げた。今、そこに家を失くした森下君がいる。家が全焼して唇を震わせていた友だちがいる。旅館が燃え、土産物店が燃え、呉服店が燃え、飲食店、陶器店、果物店……朝、突然暮らしを奪われ、絶望している人たちがたくさんいる。親や祖父母の代から受け継いだ店がなくなり、思い出の詰まった家々が灰になった。

一方で、少しでも助けになればと立ち上がった人たちもいる。やけどを負いながらも放水し続けた消防団員、交通整理に奔走した警察官、街の生活基盤を復旧させた自衛隊員、近隣の村から幟を持ってやって来て瓦礫を除去した奉仕団、互いの家財道具を運び合い、炊き出しのおにぎりを握り続けた住民たち。

自分だってそうだ。微力ながらもできるだけのことはしたつもりだ。不幸のどん底にいる人をさらに、蹴落とすような人間が許されていいわけがない。

正義感に突き動かされ、彼女は一歩を踏み出した。襲われそうになったら大声を出してやろうと心に決め、歩みを早めた。だが、出鼻をくじくように、違和感のある光景を目にして足を止めた。

女がいる——。

早く立ち去りたいであろう泥棒の一団は、ペースを早めてどんどんトラックの荷台の隙間を埋めていく。彼女はその一団に女の姿を認めたのだった。

そして、細めた目で女の横顔をはっきりと捉えると、彼女は小さく声を漏らし、すぐさま両手で口元を覆った。受け止めきれないほどの強い衝動が、感情を形づくるまでもなく涙となって、目尻からスッと落ちて筋をつくった。

何で……彼女の心が何度も問い掛ける。あのモンペ、あの割烹着。つい数時間前、カワハギのみりん干しをおいしいと言って食べてくれていた。何でこんなところに……。

男たちに何か言われて頷いているその女は、紛れもなく少女の母親であった。

第一部　事実

王雨桐《ワン・ウートン》の証言　二〇二〇年十月十九日

あぁ、大路《おおじ》さん。この前は会社の記事を書いてくれて、ありがとうございました。いろんなところで配信されましたねぇ。あれから一ヵ月でいっぱい仕事のオファーがきました。「Realism」が有名になりましたよ！

大路さんにまた書いてほしいことがあるんです。このメガネなんですけど、なんだか分かります？　あぁ、さすがです。「Another Glass」って言います。こうやってコードでスマホと接続して……ちょっとかけてみてください。

大路さんはＶＲゴーグルを持ってるって言ってたでしょ？　比べるとどうですか？　軽いでしょ？

これ……見てください。そうです。タレントさん……えーっと誰だっけ？　そうそう、富小路公子《とみのこうじきみこ》さん。本当に目の前にいるみたいでしょ？　ＶＲの良さは没入感だと思うんですが、このグラスは現実の風景と仮想世界をリンクさせるＡＲ的なところに面白みがあるんです。これだとグラスをかけたまま歩くことも可能ですからね。

例えば、マップを出しますね。こうして目の前に地図を出しながら進めるので、本当に迷子がなくなるんじゃないでしょうか？　今は有線でスマホとつないでますが、二年先には５Ｇが普及しているはずなので、そうなればコードレス化も近いと思います。そのうち、街を歩いているほとんどの人がグラスをかけている時代がくるかもしれません。

あっ、いえいえ「Another Glass」自体は、日本の電話会社と中国《ちゅうごく》のデバイス企業が開発したもので、私たちは映像制作の会社なので、グラス用のコンテンツを創ろうと考えています……。

そのままグラスをしてもらって、これも見てください。

デジタル・ヒューマンです。ええ、バーチャル・ヒューマンとも言います。これから私たちが挑戦する分野です。

本物の人みたいでしょ？　確かにもっと精度が上がれば、もう判別がつかないですね。リップシンクももっとうまくできるようになりますしね。

ええ、そうなんです。仮想空間上には、実在の人も浮かび上がらせることができます。さっきの富小路さんみたいに。つまり、バーチャルの世界では、人間かデジタル・ヒューマンかの境界が、かなり曖昧になるということです。

ずっと好きだった人が実は存在しなかった、みたいな悲しいことも起こるかもしれません。

珠緒《たまお》さんがうちに移籍してくれたのも、このデジタル・ヒューマンの可能性に気づいたからです。一緒にたくさん話しましたからね。

いいえ、最初は断られましたよ。前の会社で管理職でしたし、年齢のこともあったんで「もう新しい会社で一からとは考えられない」って。私が「業界自体が一からなので、みんな新人みたいなものです」って、強引にスカウトしました。

珠緒さんと話していると、未来を感じるというか、視界が開けるんですよね。

例えばですか？　そうですねぇ。「共有」と「相互監視」の話はよくしました。

ちょっと話が大きくなりますけど、資本主義って「所有」が中心だから、何らかの大きな機関に許可を求めるシステムが必要になりますよね。つまり「上下のライン」が。でも「共有」の時代は、自分たちでルールを決めるので「左右のライン」が重要になってきます。それが「相互監視」じゃないかと。

ええ、まさにブロックチェーンのイメージです。では「相互監視」の基になるのは何かと考えると「記録」ではないかと。忘却というのは人間の優れた特性の一つで、忘れられるからやっていける側面はあると思います。でも、記録社会はそれを許しません。

おっしゃる通り、一歩間違えればオーウェルの『一九八四年』の世界です。でも、珠緒さんは「忘れてしまってはもったいないことを確認することもできる」と。

例えばAさんの言動を録音・録画したデータをデジタル・ヒューマンが評価して、Aさんにフィードバックすると面白いんじゃないかって。デジタル・ヒューマンは褒めてもくれるし、耳の痛いことも言ってくれる親友になるということです。

本物の人間だと関係が壊れてしまうリスクがありますけど、実在しないからこそ、素直に聞けるってあると思いますよ。

私もよく、余計なこと言ったかなって自己嫌悪になるので、誰も見てないところで冷静に指摘してくれるって、ありがたくないですか？

老害って言葉がありますが、あれは年齢を重ねると注意してくれる人がいなくなるからだと思うんです。もっと早くに修正するポイントがあるはずで、そうなれば価値観が固定化される前に変われるはずです。

面白いですか？　あぁ、よかった。人によっては難しいって言われるので。

いえいえ、デジタル・ヒューマン自体は別の会社がつくってるんです。会社によって持ってる技術が違うんで、協力してつくります。例えば、デジタル・ヒューマンを制作する会社、サーバー上のデジタル・ヒューマンをストリーミングで届ける会社みたいな感じで。

私たちはデジタル・ヒューマンを映像用に企画、活用します。今お話ししたようなアイデアを実現すべく、データの収集や分析をしてるんです。AIが自然に会話するには、まだまだ時間がかかりますからね。

珠緒さんとは今、そんなプロジェクトを進めています。

それは、もちろんです。私が最も信頼するビジネスパートナーですね。大路さんに書いていただいた記事に、珠緒さんのコメントを入れてもらったのも、そういう考えがあるからです。一応、幹部社員という形なんですが、かなり説得して私の会社に入ってもらったので。

本当に魅力的な方ですよ。なれそめですか？　えー、長くなりますよ？　いいんですか？

ちょっと年がバレちゃいますけど、私は三十年以上前に中国から留学生として初めて日本に来たんです。当時はバブルで日本がキラキラしていて、ここで暮らしたい！と思ったんですよね。

卒業して中国に帰ったんですけど、大学のときに付き合っていた日本人と結婚して、夫の会社が東京だったので、それ以来、ずっとここに住んでいます。私はこの「Another Glass」を開発した電話会社——大手通信会社っていうのかな？　そこの研究所に長い間勤めていて、四年前に「Realism」をつくったんです。

テクノロジーの分野で、中国が日本を追い越すなんて、三十年前は考えられなかったですよ。留学生として日本に来たとき、私、未来にタイムスリップしたんじゃないかと思ったんです。本当ですよ！　まぁ、ちょっと大げさかもしれないですけど。

一番ハマったのがファミコンでした。もうめちゃくちゃ面白くて、授業をサボってしまったこともあるぐらいで。それ以来、ずっとゲーム好きなんですよ。

二〇〇三年に『ここではない、どこか』っていうパソコンゲームに夢中になったんです。大路さんは「サウンドノベルゲーム」ってご存じですか？　背景に写真と絵があって、文字でストーリーを追っていく……そうそう『かまいたちの夜』のあれです。うまく選択していけば、エンディングに辿り着けるという……『弟切草』も『街』もやったことあるんですか？　大路さん、ゲーム好きじゃないですか！

『ここではない、どこか』は温泉街を舞台にした殺人事件なんですけど、物語がリアルで本当に面白かったんです。

実はこの『ここではない、どこか』は初期バージョンで、「TAMAYUKI」って人が一人でつくって配信していたんです……正解、その「TAMAYUKI」が珠緒さんだったんです。

彼女は次の年に、大学の友人が経営していたゲーム会社に入って『ここではない、どこか』を本格的に商品化するんですが、このときに背景とかキャラクターをアニメ化して、人気声優を起用したおかげで、大ヒットするんです。大路さんは知りませんか？　ぜひやってみてください。実写版とアニメ版、両方とも面白いですから。

そうです。珠緒さんはもともと、素晴らしいゲームクリエイターだったんですよ。

その友人のゲーム会社――「ＮＹイノベーション」っていう制作会社なんですけど――私、ここの作品が大好きで、特に珠緒さんの企画したゲームがね……本当、面白いんです。

あっ、いえいえ、家庭用ゲームのソフトは創ってません。あれが創れるのは大企業ですから。

ガラケー時代に発表した『目覚めの階段』っていう育成系カードバトルゲームもすつごく面白くて、課金しまくりましたよ。

それで、スマホ時代になって出したのが『Blue Arrows』ね。聞いたことあるでしょ？　この防衛型バトルロワイヤルっていう発想がね、最高でしたよ。

それで、どうしても珠緒さんに会いたくなって、会社に連絡したんですよ。彼女、私があまりにファンで、同じ大学というのもあったから時間をつくってくれて。一度食事に行ったら何と！　珠緒さんが同じゼミの先輩だってことが分かったんですよ！

さらに、私が学生時代に読んで感動した、先輩のレポートがあるんです。冷戦と資本主義について書いたものなんですけど、これがすごく鋭い分析で。——資本主義は「大」を目指し、社会主義は「正」に向かう——中国で民主化運動が盛んだった時期に読んだんで、日本にはこんなことを考えている学生がいるのかって。もうお分かりだと思いますけど、そのレポートを二十一歳のときに書いたのが、珠緒さんだったんです。すごい人でしょ？

大好きなゲームをつくる人がいて、同じ大学の同じゼミの先輩で、コピーを取るほど感動したレポートを書いた人、それが全部同じ人物だったわけです。運命を感じちゃっても、不思議じゃないでしょ？

私が「Realism」をつくったのは二〇一六年で、その前から一緒に働きたいとスカウトしてました。説得に二年ぐらいかかったかな……そんな感じで今、一緒に働いています。

何か私ばっかりしゃべってますね。大路さんは何で珠緒さんにお会いになりたいんですか？

いやぁ……そんな事情があったんですか。では、大路さんのお祖母様《ばあ》と珠緒さんのお祖母様が、同郷だったってことですね。それで大路さんのお父様が、お知りになりたいことがあると……えっ、そうなんですか。それは心配ですね。

そういうことなら、正直に申し上げます。

実は、二十日ほど前に「しばらく休みたい」ってメールが届いてから、珠緒さんとは連絡が取れていないんです。ええ、電話もメールもダメです。彼女はSNSのアカウントを持ってないですし。

ちょっと、私も混乱してて……。

でも、今の大路さんのお話を知らせると、何かしらアクションがあるかもしれません。

悩みですか？　いや、ちょっと気づかなかったですね。大路さんに取材していただいたときも元気だったでしょ？　あぁ、そうか。電話だったから、直接会ってはいないんですね。

そうですねぇ……。ただ、真面目過ぎるところは確かにあるんです。

私が会社にスカウトしたとき、珠緒さんは、現場から退いて管理職に就いていたんですけど、一つ、大きな問題を抱えていたんです。

珠緒さんの親友の息子さんが、深刻なゲーム依存になっていて、彼女、かなり親身になって、治療のサポートをしてたんです。

たまたま私の知人が、依存症を専門にする精神科医で、彼を紹介したんです。それがきっかけで、珠緒さんが私を信頼してくれるようになったんで。

珠緒さんはね、「もう家庭用ゲーム機しかなかった時代には戻れない。高額課金や依存症と真剣に向き合うべきだ」って、日ごろから話してました。

人って、基本的に現在の価値観でしかものを考えられないじゃないですか？　今、「NYイノベーション」は絶好調ですけど、彼女にはこの問題を放置してきた業界や大儲けした会社が、断罪される未来が見えたのかもしれません。

えっ、そのお医者さんですか？　紹介するのは構わないですけど……三浦《みうら》半島の病院ですよ。構いませんか。分かりました。私の方から彼に連絡してみます。

そうか、大路さんは取材のプロですもんね。

私の方からもお願いします。もし、珠緒さんと連絡が取れたら教えてくださいませんか？　こんなこと、今までなかったんで、心配なんです……。

桧山達彦《ひやまたつひこ》の証言　二〇二〇年十月二十二日

遠いところを申し訳ありません。

そうですねぇ。こちらの別棟は入院患者さん専用で、建ててからまだ三年ほどなんです。この最上階のカフェテリアは一番気持ちのいい場所で、そちらがホームページに載せているオーシャンビューですね。相模湾《さがみわん》を一望することができます。今日は曇ってますが、天気がよければ富士山《ふじさん》が見えるんです。

王さんから伺いました。辻《つじ》珠緒さんの件ですよね。いやぁ、驚きました。まだ連絡が取れてないんですか？　私も翔大《しようた》君や翔大君のお母さんにメールしてみたんですが、ダメでしたね。

あぁ、大路さんのお父様の件ですよね。それも伺っています。そうですか。確かに何がヒントになるか分かりませんもんね。

辻さんと翔大君のお母さんが同郷で、中学時代からの親友だそうです。翔大君のお母さんですか？　杉浦沙織《すぎうらさおり》さんという方です。あんまり患者さんのことは言えないんですが、翔大君が結構、深刻な状態になって、ずっとお母さんが支えてきたんですけど、疲れ果ててしまって。ええ。ゲーム依存は家族全員を巻き込みますから。それで親友の辻さんが、献身的に翔大君をサポートされたんです。一時期は辻さんが翔大君を引き取って、一緒に暮らしてたんですけど、そのおかげでとてもいい方へ向かったんです。

ゲーム依存についてですか？　確かにそうですね。それが分からないとどうにもなりませんね。今日はお時間大丈夫ですか？　ええ、私の方は大丈夫です。

まず「依存とは何か」ということですが、これは「ある行動」が多幸感をつくり、その多幸感を追い求めるが故に、行動が異常になって問題が発生している状況、を指します。「ある行動」は人によって、お酒であったり、ギャンブルであったり。そして、依存のリスク要因で大きいのが「いつでもどこでもできる」という状態です。まさにスマホほどそれに該当するものはありません。

大路さんは「インターネット依存」という言葉を聞いたことがあると思いますが、医療機関に来る患者の大半が「オンラインゲーム依存」です。ツイッターやインスタで診察を受ける人はほとんどいません。

つまり、ネット依存とは現状、ゲーム依存とほぼイコールと言えます。それが証拠に、去年の五月にＷＨＯによって国際疾病分類として認定されたのは「ゲーム障害」

です。

症状としては「ゲームの時間が守れない」「ゲーム中心の生活になっている」「朝起きられない」などで、これは翔大君もそうでした。

家族より、学校よりゲーム。最初はクラスメイトと始めるんですが、強くなると大人のレベルを求めるようになる。大人は仕事終わりの午後九時とか十時とかにゲームを始めるわけですよ。一番白熱するのが午前二時、三時。

大人なら眠たい目をこすりながら出社しますが、子どもは歯止めが利きませんから、昼夜逆転になってしまって、通学の優先順位がすぐに下がる。結果「遅刻」「欠席」「成績不振」といった状態に陥ります。

要因は「本人」と「環境」の両方にあります。まず「本人」ですが、患者の共通点は「リアルライフに充実感がない」ことで、対人関係が不得手、ＡＤＨＤなどの発達障害の人がゲーム障害になるリスクは高いと言えます。

あぁ、そうです。肝心なことを言ってませんでしたね。うちの病院で言うと、約七割が十代で、残り三割もほとんどが二十代です。最近は小学生の患者も増えていて、治療は幼くなるほど難しい。依存症の治療は本人の自覚が必要なんですが、生活が懸かっているわけでもないので、自分を変えようという気持ちが大きくないわけです。

翔大君も最初にここに来たときは、高校一年でしたね。

次に「環境」ですが、世界的に言われてるのが、母子家庭や父子家庭。親が経済活動で一生懸命になると、どうしても子どもと過ごす時間が取れませんからね。ゲーム時間が長くなっても、注意する人がいないわけです。よほどしっかりと言い聞かせないとダメなんですが、子どもは我慢することが苦手なので。

よくあるのが、両親がスマホを取り上げると大暴れするという事例です。家庭内暴力がかなりの割合で出てきます。Wi-Fiを切っても同じ。あまりの抵抗の凄まじさに、母親は怖くて注意できなくなってしまう。

それで親は本人に「お金あげるから」「新しいデバイス買ってあげるから」って、金品で釣って受診に来るケースが少なくないので、非常にモチベーションの低い状態から治療が始まるんですよね。

もう、三割ぐらいは本人が来ませんから。その場合は家族会を開いて親御さんたちが勉強をするわけです。この病院ですか？　うちは全七回のカリキュラム――「依存症とは」「オンラインゲームとは」「家族の対応」――なんかを繰り返しレクチャーして、あとは家族同士の意見交換をする、という流れですね。

あぁ、そうですね。それはゲーム障害を診療する医療機関が少ないことが背景にあります。うちは一時期二年先の予約でも埋まるほどだったので、今は月一回の予約日を設けることにしてますが、受診まで一年かかった家族には、スマホを四、五台用意して、手分けして六百回電話をかけた人たちもいました。二年に一回、ゲーム障害を扱える医療機関がリストアップされるんですけど、今年の九月時点で八十九病院です。ええ。全国で百もありません。しかも、その多くが都会にありますから、地方の人はどこに相談に行けばいいのかも分からないんです。いや、なかなか急激には増えないですね。と言うのも、患者一人にかかる時間が長いんですよ。家族の話も聞きますから。コスパは極めて低くて、やるほどに赤字になりますよね。

そもそもゲーム依存って、二十年ちょっとの歴史しかないんです。治療スタッフと施設が少ないのに、テクノロジーの進歩は凄まじく、特にスマホが出てきてからは、爆発的に患者が増えてます。

ゲームの進化があまりにすごい。オンラインゲームの特徴は、クリアという概念がなく「永遠にできる」ことと、そこに「人がいる」ことです。ファミコンのときは機械相手でしたけど、今は競争相手も味方も人なんで、仲間との関係が大事。ボイスチャットだけで顔も知らない親友ができるわけです。質感のない関係でも、ゲーム愛が共通してますから、誰よりも分かり合える。そこに妙な責任感が芽生えて、途中で止められないという。翔大君も同じ落とし穴にハマってしまいました。

薬ですか？　いきすぎの行動を「行動嗜癖《しへき》」と言いますが、それに関しては世界中探しても薬はありません。ゲームもギャンブルも。我々には言葉の薬しかないですから。なかなか外科医のメス捌《さば》きのようにはいきません。本人と家族から話を聞いて、臨床心理士にもカウンセリングしてもらって、患者、心理士、医師が少しずつ歩み寄るんです。

翔大君は、通院のときにはほとんど来なかったんですけど、入院を機に少しずつよくなっていきました。アルコールもギャンブルも治療は苦しいですよ。成人は止めることが目標でしょ。断酒、断ギャンブル。でも、子どもは止められないので、減らすしかない。「止めている状態」は安定してるんですけど「減らしている状態」は不安定なんです。入院は「止めている状態」をつくれますし、何より僕らとコミュニケーションが取れるようになる。

依存症の中でゲーム障害が厄介だと思うのは、患者がこれからの人だからです。できるだけ早く元のレールに戻さないと、自分の人生を諦めることになってしまう。そういった意味では、翔大君はラッキーでしたよ。辻さんがそばにいたんですから。彼女は我々でもできないようなことをやってのけました。翔大君に勉強を教えて、学ぶことの面白さを伝えたんです。何よりお母さんに代わって一緒に暮らして、最終的に大学合格まで持っていったんですから、頭が下がりますよ。もちろん、翔大君が知的好奇心旺盛な少年だったのも大きかったですが、私なんかは、人生において師の存在がいかに大切か、なんてことを考えましたね。

辻さんは翔大君の師匠ですよ。

でも、だからこそ、彼女自身の負担も大きかった。辻さんは治療に集中するために、勤めていた会社を辞めたんですから。

中居《なかい》康平《こうへい》の証言　二〇二〇年十月二十七日

どうぞ、冷めないうちに。このコーヒーメーカー、なかなかいけるんです。

いやぁ、びっくりしましたわぁ。珠ちゃんと連絡が取れんて。僕も電話したんですけど、留守電にもならん。長い付き合いやけど、こんなことなかったなぁ。まぁ、昔から芯のしっかりした子やったから、そんなに心配はしてないんですけど……。

僕と彼女は学友ですからね。そうです、京都《きようと》大学で一緒でした。昭和五十七年入学ですから、大昔ですわ。でも、いい時代やったなぁ。僕、昔から機械が好きやったから、本格的なパソコン時代の到来やぁと、そんなこと考えてたなぁ。

いやいや、Windows の前にも波はきてましたよ。パソコンやなくてマイコンって言うてましたけど。あっ、そうや。NHKの『マイコン入門』っていう番組、僕も観てたけど、あれのテキストなんか百万部以上売れてましたからね。百万部言うたら、大路さんの本ぐらいの売上でしょ？　えっ、本一冊も出してない？　それは失礼しました。

あとはIBMの産業スパイ事件。ご存じないですか？　あれは衝撃的やったなぁ。

いやね、IBMの開発情報を不正入手したって、国内の電機メーカー二社の社員が、FBIに逮捕されたんです。FBIですよ、FBI。ダミー会社を使っておとり捜査してね。知的財産がお金になるって感覚を知ったというか、僕にとっては今につながってる事件なんですよね。

えらい横道にそれましたけど、大路さんは珠ちゃんとお知り合いなんですか？　以前、電話で取材されて、はぁ、はい、それは大路さんのお祖母ちゃんと珠ちゃんのお祖母ちゃんがってことですか？　ほぉ、それでお父さんが。なるほどなぁ。でも、珠ちゃんあんまり実家の話せんかったから。

実はね、僕と珠ちゃんは入学前に知り合ったんです。合格掲示板の前で、偶然、隣同士で泣いてたんです。お互いの存在に気づいたときは恥ずかしくて、僕が「というわけで、よろしく」って言うたら、珠ちゃんがめちゃくちゃ笑ってくれてね。泣き笑いの出会い。

ひょっとしたら、大学で一番仲良かったかもしれんなぁ。いや、プライベートなことはよう知らんのですよ。ただ、誰よりも一緒にいたのは間違いないです。映画観に行ったり、本屋行ったり——みんなアニメとコミック目当てですけど——でも、やっぱりゲームですよ。お互いのアパートで、酒飲みながら徹夜でやってましたからね。

いやいや全然、付き合ったりはなかったです。そもそも僕、大学四年間で一回も彼女でけへんかったしね。珠ちゃんに恋人がいるかどうかすら、知らんかったぐらい。周りも僕とじゃ釣り合わんということで、疑われたことすらなかったな。僕の友だち、全員失礼なんですよ。ええ、そうです。全員です。

でもまぁ、それがよかったんかもしれません。僕は家族のことでつまらん思いをしてて、現実逃避でアニメにどっぷり浸かったんですよ。多分、珠ちゃんもそうじゃないかと。お互い家の話は一切せんかったから。僕はね、友情は現実世界だけのもんやないと思ってるんです。エンタメの世界だけでつながってても、共通の思い出はできますから、それも立派な友情やないかと。

当時「イノベーション」っていう読書サークルがあって、できたばっかりで人数も少ないし、何より面白い先輩がいたんで、楽しかったんです、緩さが。八〇年代って、いかに面白がるかの時代でしょ。優等生は罪なんですよ。

僕が珠ちゃんを誘って、紅一点の部員になってくれてね。みんなが結構真面目に選書する中、僕はアニメとゲームの話ばっかり。毎回ブーイングやねんけど、むしろ生きてるって感じがして、自分にはこの世界しかないって当時から思ってました。

あぁ『ここではない、どこか』ね。あれはびっくりしたなぁ。「Vertex《ヴァーテックス》」っていうソフトライブラリーのサイトがあって、当時、そこで話題になってたんよね。ダウンロードランキングがずっと一位で。

二〇〇三年なんで起業して四年か。「NYイノベーション」は、ゲーム制作の会社なんですけど、僕と共同代表をしてる友人がアニメ好きで、何とかその特徴を取り入れられへんかと、もがいてた時期でした。今もそうですけど、よりがむしゃらにヒントを探してましたね。

この「TAMAYUKI」って人が創った『ここではない、どこか』がめちゃくちゃ面白かった。最初は純粋に楽しんでたんですけど、段々『かまいたちの夜』の影響をモロに受けてるな」「このセリフの言葉遣い、既視感あるな」と思い始めて、背景に使われてる写真を観てるうちに「これ、芦原やないか」って。

ええ、そうです。彼女、自分で芦原温泉街の写真を撮って使ってたんです。僕は珠ちゃんが福井の芦原出身って知ってたし、年賀状のやり取りの中でサウンドノベルが好きっていうのも分かってたから、ひょっとしたら、この「TAMAYUKI」って珠ちゃんのことなんじゃないかって閃《ひらめ》いて、久しぶりに電話したんですよね。

そしたらビンゴやったんですよ。嬉しかったなぁ。卒業していろんなことあったけど、ずっとゲームを続けてくれてたんやって。あれ、創るの並大抵の苦労じゃないから、相当好きじゃないとできないですよ。

それでうちの会社にスカウトしたんです。いや、びっくりしてましたよ。実際に話したんは卒業以来初めてぐらいやったから。十……七か、十七年ぶりの電話でいきなり「うちの会社で働いてくれ」ですからね。僕もちょっとおかしいけど。

当時、彼女は京都でお母さんと二人暮らしをしてて、二人して上京するのも勇気がいったと思います。だって、既に四十歳でしたからね。四十路《よそじ》にして新人ゲームプランナーですから、二の足を踏むのも当たり前です。

もちろん、友だちと一緒に働きたいって気持ちもありましたけど、僕の中でも考えがありました。まず、珠ちゃんは銀行勤めやったから数字に強い。僕は当時からユーザー解析の重要性を認識してましたから、彼女は戦力になる、と。

あとは『ここではない、どこか』をアニメ化したかったんです。最初に知的財産の話をしましたけど、いわゆるＩＰビジネスですよね。もともと僕の趣味が高じてアニメーション関係の人脈が広いので、こんな小さい会社ですけど、設立当時から自社ＩＰの創出に力を入れてきました。だから権利を買い取ったんです。

確かにお金を払ってまで使用したいと思うキャラクターや設定を育てるのは一朝一夕にはいきません。自社ＩＰは失敗のリスクも大きいですけど、回収の魅力もある。僕らの会社でも今、シリーズもののゲームを三作抱えていて、キャラクターの認知度がやっと上がってきてる状態です。

彼女は一度話すと必ず要点を理解しますから、その誘いの電話で「中居君、私、高いよ」って。

サウンドノベルは開発費が安く済みますから、アニメ版『ここではない、どこか』はその分、映像と声優に制作費をかけました。翌年ですから、二〇〇四年に発売して、おかげさまで我が社初の大ヒットになったんです。

二〇〇〇年代からの二十年間は激動の時代だったんで、挑戦の連続でした。珠ちゃんが入社したころはガラケー市場が伸びていく時期で、あれって複雑な操作ができないでしょ？　だからカジュアルゲームが流行《はや》ったんです。つまり、プレイの技術がいらないってことで、高齢者層と女性層を取り込める可能性が出てきたわけです。

珠ちゃんは女性をターゲットにした『目覚めの階段』というカードバトルゲームの企画書を書いてきました。引いたカードでアクセサリーとか資格とか、内外面の「両面磨き」を続けて、ライバルたちを押し退けながら理想の男性を勝ち取るっていう内容です。

ちょうどテレビで「女性の格付け」番組が流行っていた影響もあって、ターゲット層を一気に取り込みました。珠ちゃんはとにかく、世の中の流れを読む能力に長《た》けてましたね。

あぁ、そうです。ガチャですね。まぁ、平たく言えば、一回百円のクジを、千円のチケットを買えば十一回引ける、みたいな回数券方式です。確かに射幸心を煽るビジネスではあると思います……。

ソーシャルゲームの市場規模は二〇〇七年からの五年で、約三十倍に膨れ上がりました。これまでの「月額定額」や「売り切り」と違って、プレイを無料にしてアイテムで課金してもらうシステムに変わっていったんです。ガチャは収益の中心で、僕らにとってはバブルの出現でした。

あぁ「景品表示法違反」の件ですね。それは全てのガチャが対象ではなくて「コンプガチャ」に限定されています。ガチャをしてあるアイテムを全種類揃えることができたら――コンプリートできたら――別のレアアイテムを入手できるというものです。普通のガチャより、もう一つ奥行きがあるというか。

「コンプガチャ」騒動があった二〇一二年の後半から、ソーシャルゲームの舞台がガラケーからスマホに移り変わっていって、新たな挑戦が始まります。アメリカで初代の『iPhone』が発売されたのが二〇〇七年のことですが、珠ちゃんは当時からタッチパネルでの仕様書を書いていました。

あっ、仕様書というのはプログラマーとかデザイナーへの指示書ですね。キャラクターがジャンプできるのか、移動は横スクロールなのか、画面構成から効果音まで、ゲームの基本設定が書かれています。

つまり、ボタンを押すガラケーと直接画面にタッチできるスマホでは、まるで操作性が変わるということです。グラフィックも飛躍的に向上しましたし、売上における開発費の割合が相当高まりました。まさに電話からパソコンへの進化、暇つぶしからエンタメへの昇華です。副作用として各社の利益率は軒並み低下しましたけど。

表現の幅が広がるっていうのは、本来創り手にとっては喜ばしいことなんですけど、できることの限度が上がってしまうと、どの次元で勝負するかってことに頭を悩ませるようになるんです。いわゆる『荒野行動』なんかは、百人以上が同時にプレイするわけで、快適に操作してもらうにはサーバー代がとてつもなくかかる。

常識的に考えれば、お金をかけた方が良質な作品になる。でも、良質だからといって売れるとは限らない。結局、いかにユーザーの心をつかむかってところに懸かってるんですね。参加人数を絞って、操作性を高めて、達成感と継続性を両立させる。規模の大きくない僕らみたいな会社は、知恵を絞る必要がありました。

ある日、珠ちゃんが憲法の本を持ってきて「これをゲームにできないか」と言ってきたんです。具体的には九条のいわゆる「専守防衛」のことを言っていて、僕はすぐにピンときました。面白いと思ったので、会議で「専守防衛」を具体化しようってなって、出てきたのが黒澤明《くろさわあきら》の『七人の侍』でした。

数的不利を補うために戦術を練り上げ、効率よく相手の人数を減らしながら最後の一戦に懸ける、というあらすじですが、珠ちゃんはそこに「時制のズレ」を入れたいと。彼女のアイデアって表面的なものじゃなくて、本質的なものなんです。「面白い」からではなく「伝えたい」から始まるんです。

『ここではない、どこか』では自分の家庭環境、『目覚めの階段』は「女子力」への皮肉があります。企画書の冒頭に書かれてたのが「テクノロジーの進歩は表面から伝わる」という一文でした。

珠ちゃんは在学中に冷戦と資本主義についてレポートを書いてるんですけど「新しいことに浮かれると、本質的なことを蔑《ないがし》ろにしても構わないと思うのが人間だ」って言うんです。経済格差も環境汚染も無理やり蓋をしてきた箱から溢《あふ》れ出たものだと。

彼女、読書サークルでシュンペーターの『資本主義、社会主義、民主主義』なんかをプレゼンしてましたから、死角から企画書を書く人でしたね。

まぁ、そんな小難しいこと書いてても、ゲームでやるとなると「銃を使う相手に対して、いかに弓と刀で戦うか」みたいなものになるんですけど。機械的に使う便利な武器と知恵を振り絞って使う昔ながらの武器。この時点でプレイヤーの動機づけはできてるんですよね。

『Blue Arrows』はね、社運を懸けたプロジェクトで、あえて三頭身の親しみやすいキャラクターをつくったり、定期的に「防衛会議」っていうイベントを開いて協力プレイを充実させたり、SNSと実況動画を絡めたメディア展開をしたり、全社員総出でがんばったおかげで『目覚めの階段』を遥かに凌ぐヒットになりました。

このビルが建ったのは珠ちゃんのおかげです。僕にとって、彼女は神ですよ。

あぁ、聞かれると思ってました。珠ちゃんが辞めた原因ねぇ……。『Blue Arrows』を発売した翌年に、彼女、ガンを患いましてね。いや、早期発見で今は元気ですよ。再発せずに六年経ってますから。

手術の後は長期休暇を取ってもらうことにしました。僕としては彼女に何の不安もない状態で復帰してもらいたかったんです。ゲームは当たると大きいですが、外すと会社が傾きます。珠ちゃんにはずっとプレッシャーが掛かる仕事を任せていたので、申し訳ない気持ちもあったんです。

ちょうどそのタイミングで中学時代の親友と再会したことも大きかったと思います。杉浦さんという方です。

彼女の息子さんが『Blue Arrows』にハマってたみたいで、それでうちの社にメールしてきたそうです。何や三十年ぶりとかで、珠ちゃんがえらい喜んでたん覚えてます。

退社したんは、それから二、三年したときやったかな。

そうそう、翔大君……あっ、もう病院に行かれた？　じゃあ、大体の事情はご存じなんですね？　まぁ、そういう感じで、手術とゲーム依存のことがあって、いろいろ考えたんじゃないですかね。王さんとの出会いもありましたし。

珠ちゃんが辞めるちょっと前にね、二人でご飯行ったんですよ。いっぱい思い出話して、最後は二人でおいおい泣いてね。なんや、合格発表の掲示板前みたいやなぁって。僕ら、三十何年経っても、結局同じことしてるやんって。最後は気持ちよく握手して別れました。

大学行ってよかったと思うのは、珠ちゃんと出会えたことですわ。

数少ない、僕の親友です。

谷川治則《たにがわはるのり》の証言　二〇二〇年十月三十日

いえいえ、それは構わないんですけど、私の話なんか役に立ちますかね？　辻さんと会ったのって、ほんの数回ですし、がっつり話したのなんか、そのインタビューのとき一回だけですからね。

あぁ、そうです、この記事です。懐かしいですねぇ。何しろ顔写真も本名も公開NGでしたから、なかなか苦労した記憶があります。「四十歳、元銀行員、異色のゲームクリエイター」っていうのが、中居さんから言われたコンセプトでしたから「えー！　顔写真ダメなのー」ってなりました。だから、あんまり話題になりませんでしたね、この記事。

そうそう、スーパーファミコンの『かまいたちの夜』のカセットを持ってもらって、手元だけ写したんですよ。「TAMAYUKI」さんね、懐かしいなぁ。もう十六年も前になるのか。

品がよくて、おきれいな方で、何より聡明でしたね。何を聞いても、さして間を置かずって感じで理路整然と答えられるんですよ。このときは、アドベンチャーゲームにハマったきっかけとか……そうですね、サウンドノベルはアドベンチャーに分類されます。あと「マイベストゲーム　トップ3」とかも聞いたな。

最近全然やってないなぁ、サウンドノベル。考えたら、文章と画像と効果音のみのゲームですからね。大路さんはプレイされるんですか？　『かまいたちの夜』と『弟切草』『街』ですか。私もその三つはやってますね。原始的だからこそ、想像力をかき立てるんですよね。落語みたいなもので。

大路さんは『ここではない、どこか』……当時『ここどこ』って言ってたなぁ……あぁ、すみません。『ここどこ』ってプレイされました？　そうですか。アニメ版ですか？　両方ともですか。それは気合い入ってますねぇ。おっしゃる通り、傑作ですよ。私も両方好きですけど、本人から話を聴いたからか、実写版の方が愛着があるんですよ。

これをね、たった一人で、しかも二〇〇三年に出してるんですからすごい。やっと家庭用に光回線が出てきたころですよ。インタビューでも「相当大変だったでしょ」って聞いたんです。記事にもありますけど「三年かかった」って言ってました。執念ですよね。

いや、専門学校は行ってなかったですよ。ゲームクリエイターにもいろいろあって、デザイナー、モデラー、音響とか。辻さんはプランナー志望だったんです。そうですね、もちろん、企画は起点になります。でもプランナーは、スケジュール管理も含め、ゲーム制作の工程のほぼ全てに携わる唯一のスタッフでもあるんです。

プランナーの仕事の基本は「考える」ことです。ゲームのストーリーとか設定を「企画」して、ルールの詳細とか操作方法なんかの「仕様」をゼロから生み出して、具現化していく。

ゲーム制作は分業制ですから、実際は「プレイヤーユニット」や「敵ユニット」といった感じで、ユニットごとにプランナーがいて、それぞれの全工程に関わるんです。

技術というより、アイデア勝負ですからね。当時、プランナー志望で専門学校に行く人はほとんどいなかったんじゃないですかね？　辻さんはパソコンと出始めだった「ツクール系ソフト」を買って、一人で黙々とやったみたいですから。

でも、ソフトがあると言ったって、相当時間かかりますよ。彼女は恋愛シミュレーションを創るソフトを買って、まずデフォルトで入ってる女子のイラストを全部自分で撮った写真に入れ替えたんです。

ええ、そう言ってました。芦原温泉に自分で撮りに行ったって。実家はお好み焼き屋さんをやってたと思います。ただ、日帰りしたって言ってたなぁ……そうです、東京から福井県の生まれ故郷まで行って、泊まらずに帰って来るって、ちょっと異常ですよね？　理由は憶えてないですね。すみません……いや、彼女は当時、京都に住んでたんだよ。仕事はしてなかったと思うんだけど。あぁ、そうか、お祖母さんだ。何かお年を召したお祖母さんと暮らしていたからと言っていたような。

何の話をしてたんだっけ？　そうそう、プランナーですね。辻さんはＣＧの技術もプログラミングも知らなかったので、勝負するとすればサウンドノベルしかなかったと思います。技術がない分を労力でカバーしたということですが、話が分岐するごとに登場人物の言動が変わっていくので、それを全て設定してからソフトに打ち込んでいくわけです。気が遠くなる作業ですよ。

辻さんが『ここどこ』を「Vertex」にアップしたのは、四十歳のときでした。プランナーは基本、若い人が多いので、四十路と言えばプロデューサーの年齢ですよ。だから、就職のことを具体的に考えていたわけじゃなくて「とにかく『かまいたちの夜』のようなゲームを自分で創りたかった」ってことだと思います。

大ヒットと言っても、実写版とアニメ版は全然事情が違うんですよ。「ＮＹイノベーション」で制作したアニメ版はもちろん、ビジネスになりました。でも、辻さんが個人で「Vertex」にアップしたものには、一切利益が発生していません。当時はネットの課金システムが未成熟で、ユーザーが無料でダウンロードしていました。でも、ゲームの創り手としては、とにかく反応がほしいんですよ。お金は二の次で、自分の作品をユーザーに認めてもらいたい。だから、異例の五十万ダウンロードを達成して、サイトでランキング一位の殿堂入りを果たしたことは、彼女にとって収益以上の充実をもたらしたはずです。

魅力ですか？　やっぱり話の展開かなぁ。何かこう、重厚でしょ？　でもね、ストーリーづくりには苦労したって言ってたなぁ。辻さんは経歴からも分かりますけど、非凡な頭脳の持ち主ですよ。物語を描くのに頭の善し悪しなんか関係ないんでしょうね。

だから、彼女は生まれ故郷を使ったんだと思います。実体験ほど強い味方はないですからね。もちろん、殺人事件が、という意味じゃないですよ。そんな経験あったら、怖いですよ。何か芦原にお気に入りの場所があって、そこで構想を練ったみたいなこと言ってましたね。あっ、記事に書いてます？「場所はヒミツです」か。こんな軽い会話してたんだ。全然憶えてない。

一時期の「ＮＹイノベーション」は彼女で持っていましたよ。銀行にもいたし、機を読む能力に長けてましたから、潮流が見えるんでしょ。日本は家庭用ゲーム機が強かったから、海外みたいにパソコンゲームが波に乗らなかったんです。だからどうしても「パッケージ販売型」の発想から抜けきれなかった。でも、辻さんはいち早く「サービス課金型」モデルを企画してましたから。

『目覚めの階段』っていうガラケーのカードバトルゲーム。簡潔に言えば「冴えない女性主人公が理想の男性を獲得するまでを描くシンデレラストーリー」ですよ。あれで女性層を独り占めみたいにしてましたから、アバターのアクセサリーでどんだけ儲けたことか。プレイヤー同士でアクセサリーを交換するのも流行りましたし、まさにソーシャルの部分を最大限に現金化したわけです。

ガチャですか？　中居さんには言えませんけど、私はあんまり好きじゃないなぁ。だって「アイテムを入手できるかどうか」とか「手に入れるまでの総額」とかが分からないじゃないですか。判断基準に関わる情報が不明って、怖くないですか？「操作が簡単で時間がかからない」っていうのも、金銭感覚を底抜けにしますよ。

アバターに時間とお金をかけて「理想の自分」に近づくほど、後には引けなくなりますから。「今止めれば、これまでの苦労が水の泡になってしまう」っていう。「サンクコスト効果」でしたっけ？

ガラケーの性能がショボいおかげで開発費が抑えられて、尚且《なおかつ》金を生むのはプレイヤーの人間心理で経費がかからない。高額課金問題って起こるべくして起こったと思いますよ。

それがスマホになって、一本あたりの制作費と広告費が上昇して、利益率を上げることが難しくなった。ユーザーの目も肥えてますから、もう「ボロい商売」は難しいかもしれませんね。「数撃ちゃ当たる」から「確実に一本を当てる」ってビジネスになりました。

『Blue Arrows』もうまくやったなぁ。バグ多くて修正に時間がかかったって聞きましたけど、発売が一年延びた間にスマホの所有率が右肩上がりで伸びて追い風が吹くんですから、好循環に入ると何をやったってうまくいくってことですね。

めっちゃ売れたもんなぁ。だって六百万ダウンロードですよ。テレビアニメにまでなりましたし、中国の大手動画配信会社がかなりの好条件で配信権を買ったって噂です。グッズも売れたみたいだし。

辻さんはね、プロデューサーになってからは、顧客データってあるでしょ？「登録ユーザーの年齢層」とか「性別」とか「平均ログイン時間」とか。その顧客の情報を分析して、データベースをつくってたみたいだから、ほんと神様みたいな社員ですよ。

私も何度か取材させてほしいって頼んだけど、全部断られたんですよね。だから、取材はその記事の一回だけ。
あのとき、何か失礼なこと言ったかなぁ。

池脇亜美《いけわきあみ》の証言　二〇二〇年十一月八日

まだ珠緒ちゃんと連絡が取れないんですか？　そうですか。もう一ヵ月以上ですもんね。警察には届けてるんですか？　はぁ……なるほど。

いえいえ、私でお役に立てるなら。大学では違う学部でしたね。珠緒ちゃんが法学部で、私が経済学部だったんで、四回生のときまでほとんどしゃべったことなかったです。もちろん、当時はすごく女子が少なかったので、存在は知ってました。法学部と経済学部って、同じ館を使うので。

きっかけはやっぱり、就職活動ですかね。四回生のときが一九八五年で……そうです。男女雇用機会均等法の成立の年で、施行の年に入行してますから、私たちの代って独特なんです。

企業の説明会なんて、ほぼ男子向けですから、女子同士で連帯するしかなかったんですよ。だから他学部の女子学生と急激に仲良くなりましたね。

たまたま中央創銀《ちゅうおうそうぎん》が女性枠を設けるって聞きつけたんで、珠緒ちゃんに教えました。確か図書館のトイレの前だったと思います。女子学生の面接の条件として「英検一級」というのがあって、珠緒ちゃん、ＥＳＳに入ってたから持ってるんじゃないかと思って、声を掛けたんです。それで「持ってる！」って話になって。

　そうです、入行は八六年です。どういう時代？　うーん、何だろ……今振り返って思うのは、そうですねぇ。「女性の社会進出」「国際化」「機械化」っていう三つの流れがあったと思います。

　私たち総合職二期生は十人、前年の一期生は五人が入行しました。一期生は全員関《かん》東《とう》圏にある大学からの採用でしたが、二期生は珠緒ちゃんと私が関西の大学出身でした。

　珠緒ちゃんと私が最初に配属された「海外金融チーム」は、前年にできたばかりの部署で、八七年に部に昇格しました。アメリカで開発された金融商品を日本向けに整えて法人に販売したり、シンジケートローンを扱ったり、とにかく海外と関係があれば何でも対応してましたね。

　それと、手書き時代の「終わりの始まり」で、確か入行二年目だったと思うんですが「ロータス１２３」という表計算ソフト――今で言うエクセル――が職場に導入されて、これは画期的でした。珠緒ちゃんと私は若かったので、すぐに使い方を覚えて職場で重宝されました。

新人のころは研修が多かったです。模擬紙幣で札勘《さつかん》——お札の勘定ですね——それをしたり、加算器の使い方、名刺交換、タクシーでの上座下座まで基本的なことを学びました。それから決算書の見方、融資の申請書の書き方、あとは金融関係の通信教育とか。生保関係とかいろんな資格も取らないとダメで、忙しなかったです。

でも、とにかく飲みました。ネットが普及していない時代なんで、人と人との距離が近かったです。同期で肩を組んで、ライバルの銀行をからかうような替え歌を歌ったり……そう言えば、珠緒ちゃんは歌がうまかったんです。普段大人しいのに、マイク持つと人が変わる、みたいな。そういう人いますよね？　彼女、見た目はかわいらしいんですけど、声は結構しっかりしていて、おもいきりのいい歌手でした。

海外金融部ですか？　簡単に言うと、外資系銀行と交渉して仕入れた商品を国内法人に売る、その中間の存在です。法律も税制も異なるので、上司と一緒に弁護士、税理士の事務所へ行って契約書をつくってましたね。

財テクブームの時代で忙しかったです。海外のワラント債を日本企業の株に転換できる、という社債をガンガン出してました。

覚えることがたくさんあったので、日曜日に珠緒ちゃんと二人で勉強会をしていたのが懐かしいです。彼女は理解が早くて、機器類の扱いもうまい。本当に優秀な行員でした。

珠緒ちゃんがパソコンの前に座って「ロータス123」を使っていると、すかさずおじさんたちが寄って行って「俺のも頼むよ」と。珠緒ちゃんがワープロでセールス資料をつくっていると、これまたおじさんたちが寄って行って「俺のも頼むよ」と。嫌に決まってるんですけど、彼女は笑顔で「はぁい」って引き受けちゃうんです。私なんかははっきり「嫌です」と言うもんだから「そんなに突っ張って。お肌荒れるよ」とか言われて、しょっちゅう「はぁ？」でした。

男女差ねぇ……いっぱいありましたよ。それこそ、話し始めると「お肌荒れるよ」です。まず、朝出勤すると、吸い殻を捨てて灰皿を洗います。次に上司のデスクを拭いて、最後はお茶出しです。これは珠緒ちゃんと私の仕事でしたが、女性だからなのか、新人だからなのか分からなかったので、とりあえず二人の間では「年次の問題」ってことにしてました。

他にも雑用がありましたけど、珠緒ちゃんはコピーを頼まれるとその資料を読んで、ゴミ箱の掃除をするときも捨てられた文書に目を通していて、どんな機会も無駄にしないというか、そのあたりは見習わなきゃと思いましたね。

あと、女性だけ制服着用でした。これが結構面倒で、銀行の用事でお使いに行くときはそのままでもいいんですが、ランチに行くときは着替えないとダメで。あと、弁護士事務所とか外に出るときもスーツに着替えることになっていて、いちいちフロアを移動して大変でしたね。スーツ姿になると、おじさんたちから「外回りがんばってね!」って、肩を揉まれたりしました。これも今なら問題なんでしょうけど、当時は日常茶飯事で、こっちも麻痺してるところはありましたね。

大事な顧客に謝罪に行くときなんかは担当でも何でもないのに一緒に訪問して、訳も分からず頭を下げてました。大抵、立場のある男性なんですけど、向こうも怒るに怒れないような雰囲気になって、機嫌を直してくれるんですね。その後、寄り道してケーキなんか奢ってくれて「今日は本当に助かったよ。恩に着る」って拝まれました。

私たちがいた部署は帰国子女も多くて、進歩的な方だったと思います。フレンドリーな先輩が多かったですし、居心地はよかったんです。それでも、腹の立つことが多かったので、他部署の女性行員はもっとイライラが多かったと思いますよ。

いえ、珠緒ちゃんの結婚式には出てないです。そのとき、私は会社の留学制度を利用してアメリカの大学に通ってたので。ですから、祝電を送ったのみです。お相手の方、「藤屋《ふじや》聡兵衛《そうべえ》」の創業家の方ですよね? あっ、そうか、離婚したことは風の便りに聞きました。いえ、本人からではないです。

珠緒ちゃんとは海外金融部で四年過ごしましたけど、気遣いが細やかで優しい人です。何より聡明な人でした。職場では私よりうんと好かれていて、早くに辞めてしまったのは残念です。

私たち同期十人は、女性というだけで補佐的な立場に甘んじなければならない現状を何とかしようと、暇を見つけては勉強会を開いていました。実際は目の前の仕事に追われる日々でしたが、志を持って働いていたつもりです。

ですから、アメリカで同期から珠緒ちゃんの寿退社を聞いたときは、ショックでした。もちろんおめでたいことではあるんですが、せっかく中央創銀に入って、ゴミ箱の資料を読んでまで勉強していた人が、結婚をするからって、なんで辞めなきゃならないのか。周囲の上司はなぜ引き止めなかったのか。

もちろん、結婚相手が京都の老舗《しにせ》和菓子店でなかったら、結果は違っていたのかもしれません。珠緒ちゃんと一緒に過ごして、明晰な頭脳と控えめでありながら芯の通った人柄を知っているからこそ、悔しかったんです。

結婚を機に、珠緒ちゃんは同期の集まりに顔を出さなくなって、いつの間にか連絡先も分からなくなりました。私の中でもそのことはずっと引っ掛かっていて、また会いたい気持ちが強いです。

大路さん、もし、彼女と連絡がついたら教えてくださいね。

珠緒ちゃんと連絡を取っている人……うーん、分かんないなぁ。少なくとも同期の中にはいませんし、京大の学友にも心当たりなしです。

あっ、一人だけ、海外金融部の部長だった小暮《こぐれ》さんなら可能性があるかもしれません。小暮さんは若くして部長になられた方で、上司というより私たちの兄貴分のような存在でしたから。珠緒ちゃんの退行に際して、一人だけ思いとどまるよう説得した上司でもあるんですよね。

小暮さんなら、何か聞いているかもしれません。

小暮仁《ひとし》の証言　二〇二〇年十一月十一日

谷口《たにぐち》君……そうか、今は辻さんでしたっけ？　いいですか？　呼び慣れているもので。谷口君が連絡もなしねぇ。にわかに信じがたいな。彼女は私の部下だった人の中でも、一、二を争う真面目な人でしたよ。事件に巻き込まれたりはしてないんですか？　あぁ、そうですか……でも、心配ですね。

私に語れることはあまりないですよ。いや、連絡は久しく取ってないですね。まぁ、当時の銀行業界については池脇君の言う通りです。

一九八〇年代の銀行業界は、金融の自由化と国際化の時代だったと言えます。各銀行が機構改変して「本部」を発足させ、意思決定を一括で執り行って効率化を目指し始めたのもこのころです。資産運用による「企業の銀行離れ」に抗う必要がありました。時代が護送船団の乗組員たちに変革を迫ったんです。

時を同じくして男女雇用機会均等法の成立、施行があったでしょ？　中央創銀は八五年に第一期総合職の女性行員を五人採用して、翌年入行の――これが谷口君たちです――第二期は十人。いずれも四年制大学の卒業と英検一級という資格条件をクリアしてスタートラインに辿《たど》り着いた、極めて優秀な人たちでした。第二期は男女含めて入行者が約二百人だったので、彼女たちは五％の存在だったわけです。

谷口君たちが入行した年の夏、第二期の女性行員が集められて「総合職か一般職か」のルート選択を問うたことがあります。「どんな違いがあるか？」と人事担当に質問をした人がいたんですけど、正直、私たちもよく分かってなかったですね。

谷口君と池脇君が「海外金融チーム」に配属されたのは、期待値が高かったからです。チームは翌年、部に昇格して、当行にとっても目玉になる部署でしたよ。

八五年後半から「財テクブーム」が起こったでしょ？　その影響で、次から次へと仕事が舞い込みましてね。一例を挙げると「売掛債権の流動化」なんかはよくやりましたね。

具体的に？　しかも簡単に？　そうですねぇ……。

企業がね、売上のうちまだ受け取れていない代金、これを請求する権利を「売掛債権」というんですが、この「売掛債権」を決済期日前に資金化――つまり、流動化――することですね。こんな感じの資産担保証券を数多く取り扱ってました。よく分からない？　確かにねぇ。このころからどんどん業務が複雑になっていったなぁ。海外での資金調達にワラント債を発行する企業が急増しましたし、猫の手も借りたい状況でしたよ。

あぁ、懐かしいなぁ。「ロータス１２３」ね。このソフトは画期的だったんですよ。顧客に提示する「内部収益率」なんかを会計処理するには、いろんな計算が必要なんですけど、もはやソフトの存在抜きで業務をこなすことは不可能になりました。谷口君は仕事が早かったなぁ。早い上にミスが少ない。文句も言わない。もうちょっと厚かましくてもいいと思ったぐらいで。でも、彼女は即戦力でしたし、新人に負けていられないってことで、周囲のおじさんたちもパソコンの勉強を始めたりしてね。刺激を与えてくれる人でしたよ。

計算技術の発展とともに金融商品は進化していきます。それに応じて弁護士が入れる筆が増えて、契約書がどんどん長くなっていきましたね。契約書が「ペラ１」だった時代は「問題が起きれば誠実に協議しましょう」って、書いてあってね。牧歌的ですよねぇ。でも、それでは世界に取り残されてしまう。だから谷口君のような人材が必要だったんです。コンピューターを前に固まる先輩行員から「先生！」って呼ばれてたぐらいですから。

谷口君はね、女性寮に入ってたんですよ。この寮の門限が早いから、部長の私が管理人さんに電話することが半ば慣例化してましたね。電話し忘れると、エントランスのドアがロックされちゃうんです。あの管理人のおばさん、私にも不機嫌だったから、谷口君もきつく当たられたんじゃないかな。

時代、と言ってしまえば身も蓋もないですけど、男性行員ならまず支店から経験を積んでっていう道筋があるんですが、ロールモデルがなかった彼女たちは全員本店勤務になったんです。それがよかったのか、悪かったのか。ただ、都内の支店で三ヵ月勤務するという研修があって、谷口君は初めて外の空気に触れて、楽しんでましたよ。

真面目な子なんで、逐一報告をくれました。支店では外為部門に配属されて、外貨預金の出入金やトラベラーズチェックの対応なんかを担当してたと思います。当時はね、通帳記入のシステムが全ての通貨に対応してなかったんで、通貨によっては先輩と一緒に手書きで記入するっていう苦労も味わったみたいです。

あと、何かあったかなぁ……。昔はね、よく社員旅行があったんですよ。ご多分に漏れず、新人が幹事をするんですけど、あらゆる手配が行き届いてるんですよね。あぁ、そうだ、面白いことがあった。

今はないかもしれませんが、昔は宴会で一発芸やらされたでしょ？　谷口君も逃げられなくて、何をするんだろうと思ったら「高速で詰碁を解く」っていう仕上がった芸を披露したんです。こっちは問題の意味も解答の意味も分からないから、ぽかんとするだけで。そんな同僚たちを置き去りにして自室に引き上げた後ろ姿は、仕事人でしたね。

あっ、そうそう。接待ゴルフのときに、手土産を忘れてきたことがあったな。たまにそういう抜けたことをするんで、逆にホッとするというか。

池脇君との関係ですか？　そうですねぇ、仲は良かったですよ。お互いに助け合ってましたし。でも、ライバルでもありました。谷口君は池脇君の不在を見計らって、会社で受ける通信教育のテキストを持参してね、よく私を質問攻めにしてましたから。

ゴミ箱の資料を……それも何度か見たことがあります。実際、何の業務であれ、谷口君の方がひと足早く仕事を覚えたのは確かでした。ただ、池脇君は経済学部出身ですから、銀行理論に対する考えが深かった。面接での印象がよく、彼女が社内の留学試験にパスしました。

ほとんど差なんてありませんでした。ですから、私はあと少し待てば君も留学できると説得したんですが、谷口君は既に別の人生を考えていました。ええ、結婚です。お相手の成瀬《なるせ》さん、私は彼がもう少し銀行勤めを続けると思っていたので、こんなに早く家業に戻るとは思ってもみませんでした。あぁ、そうでしたねぇ。創業二百周年のことは本人から聞いたことがあります。

ええ、会ったことありますよ。谷口君と三人で食事したこともありますから。それは幸せそうでした。結婚前は大抵そうでしょ？　大路さんは独身なんですか？　これは失礼しました。

二人ともファミコンが好きで、よくゲームをして遊んでいたようです。スーパーファミコンが出たときは、いろいろと教えてくれましたよ。『シムシティ』とか。あと、谷口君から聞いて娘に『ちびまる子ちゃん』のカセットを買いましたね……。

結婚式ですか？　出席しました。当日の座席表？　さすがにないですねぇ。そりゃ「藤屋聡兵衛」ですから、一流どころが顔を揃えてましたよ。

何かあまり実のある話ができなかったな。申し訳ない。また何か思い出しましたら、ご連絡差し上げます。

笹倉邦男《ささくらくにお》の証言　二〇二〇年十一月十七日

いろいろ散らかってて、すみませんね。この模型ですか？　滋賀《しが》でカフェを開かれるお客さんがいましてね。その人が洋館のテイストを好んではるんで、ちょっとつくってみました。まだまだ完成形じゃないんですけど、模型見ながらいろいろ考えるんが好きなもんで。

ホームページ観ていただいたんですか。いや、何でも屋ですよ。民家から店舗までいろいろ建ててきましたけど、お客さんに恵まれただけでして。いえいえ、建築士としては三流です。

その後、珠ちゃん、どうですか？　まだですか。さすがに心配になるなぁ。僕も話聞ける人考えたんですけど、何しろ卒業以来、一回も会《お》うてへんので。それに僕は一学年上になるんで、ちょっと距離があるというか。

ええ、「イノベーション」というサークルです。中居の会社の名前もここから取ったみたいですよ。えっ、違うんですか？　偶然……いや、それは嘘《うそ》やなぁ。僕にはサークルから拝借したって言うてましたよ。まぁ、ほんまにどうでもええ話ですね。

珠ちゃんが入ったときは結成七年目、メンバー六人の吹けば飛ぶような集まりでした。二、三週間に一回集まって、それぞれのお薦め本をプレゼンするっていう感じのええ加減なサークルでしたね。

珠ちゃんは最初、中居に連れて来られたんですよ。結成以来、初の女性会員で、しかもかわいらしかったんで、僕らもテンションが上がってね。何かみんな急にカッコつけて難しい本をプレゼンしだしたから、面白かったなぁ。

盛り上がるのは小説でしたね。純文学を必要以上に深読みして、ナンセンスな議論、いや、あれはほとんど口論やったな。とにかくペチャクチャしゃべってました。

珠ちゃんはエンタメ小説が好きで、意外にハードボイルドな作品を好んでました。フレデリック・フォーサイスの『ジャッカルの日』とか、ジャック・ヒギンズの『鷲《わし》は舞い降りた』とか。僕ら珠ちゃんの影響で海外エンタメ読み始めましたからね。

部長の直弘《なおひろ》さんは——宝《たから》直弘っていうんですけど——根っからの文学青年でしたから、芥川《あくたがわ》、谷崎《たにざき》、三島《みしま》でしたが、僕らみたいなノンポリは、娯楽小説に鞍替えしました。

飲みに行くと、三次会、四次会でよく直弘さんのお宅にお邪魔してましたね。下鴨《しもがも》の大きなお屋敷。なんぼ豪邸や言うても、深夜まで騒いでましたから、今考えたら迷惑な話です。

もともと父親の純男《すみお》さんが土地持ちの子どもなんで、裕福を絵に描いたような一家でしたね。富士通《ふじつう》かNECかのマイコンがあって、珠ちゃんと中居がよく遊んでたなぁ。

いえ、残念ながら、卒業後は直弘さんと連絡を取ってないんです。彼、就職してすぐに東京へ行ったんで。今みたいにメールもスマホもないですから、ハガキ一枚書くのって、なかなか億劫でしょ？

いやぁ……紹介ねぇ……何か気が乗らんなぁ。

実は直弘さんと珠ちゃんって、最後の方、少しギクシャクしてて……いや、原因は分からないんです。付き合って別れたんちゃうかって噂がありましたけど、実際のところは分かりません。彼女が結婚したって聞いたの、だいぶ後になってからでしたよ。学生時代、結構一緒にいたから、式に呼ばれへんかったのは、まぁまぁショックでしたね。しかも、京都で式挙げたんですから。「藤屋聡兵衛かい」ってひっくり返りました。

どっちかって言うと、珠ちゃんは直弘さんより、お父さんの純男さんと仲がよかったですね。さっきもちょっと触れましたけど、中居と一緒に下鴨の屋敷に行って、マイコンの使い方を教えてもらってましたから。

あとは何やろ？　彼女、魯山人《ろさんじん》が好きで『何必館《かひつかん》』にはよう行ってたな。当時は出来て間もない新しい美術館で「好きな作品があるのに、滅多に展示されへん」って愚痴ってましたわ。そう言えば、二ヵ月ぐらい来《け》ぇへんこともあって、一人旅してた、みたいなこともありましたね。昔からやっぱりちょっと変わった子でしたから、今回もその放浪癖が出たんかもしれません。

だって、中居の乱心としか思えんプレゼンを支持してましたからね。読書サークルやって言うてるのに、ゲームの話ばっかりするんですわ。ファミコンが流行る前は、ゲームウオッチ、懐かしいでしょ？　中居は正しく「ゲーム&ウオッチ」って言うてたけど。あと「カセットビジョン」とか。ファミコンの前のやつやね。そのゲーム機自体を持って来て、画面も何もなしにプレゼンするさかいに訳分かりませんわな。

あとはアニメね。『おじゃまんが山田《やまだ》くん』から『未来警察ウラシマン』まで。アニメの紹介だけやなくて、テーマ曲まで歌うから、全投球変化球みたいな奴で、それが今や人気ゲーム会社の社長ですから、人生諦めたらあきまへんな。

珠ちゃんはあいつのせいでゲームマニアになったんや。ほんまにハマってましたから。普段はおとなしいのに、ファミコンの話になるとようしゃべってましたわ。

そう言や、珠ちゃん雑誌載ったなぁ。

意外な感じするでしょ？　やっぱり、大路さんの取材のときも嫌がってましたか。あのときもそうでした。

女性誌、いや、ファッション誌か。大学に取材に来てた雑誌の編集者がかなり強引な人で、サークルのメンバーとキャンパスにいたとき、彼が珠ちゃんに目つけてね。最初は「絶対イヤ！」って、かなり渋ってたけど、こんな面白いイベント滅多にないからって僕らが囃《はや》し立てて、断られへん雰囲気になったんです。

何の取材やったかなぁ。京都の女子大生の特集やったと思いますけど。数多《あまた》いる中の一人という感じで。そうや、メンバー全員でその雑誌をプレゼンしたわ。みんなが掲載号買って、一人ずつ「今日僕が紹介するのは……」ってボケて。探したら家にあるかもな……。ええ、探してみます。僕も久しぶりに読みたいなぁ。


世の中変わりましたねぇ。

三十数年前はまだ中核とか民青《みんせい》とか結構いましたもんね。講堂に入って来てアジったこともありますし、寮の窓にポスター貼ってましたし。最近でも府警が学生寮にガサ入れすることとありますけど。

他に仲のよかった人？　珠ちゃんがESSに入ってたことは……ご存じですか。工学部の地下に薄暗い食堂がありましてね。そこがESSの溜まり場やったんです。僕は工学部やから、よう彼女の顔を見ましたね。

珠ちゃんが英語を勉強するようになったんは、バカロレアの子と仲良かったからやと思います。バカロレアです。僕らの代ぐらいから始まった、帰国子女を対象にした入試組のことです。何かむさ苦しい国立大学の中で、おしゃれな子がいたのを憶えてます。

珠ちゃんはそれに憧れてね。あの子はパソコンとかゲームとかもそうですけど、新しいもん好きなとこがありました。

あっ、バカロレア組で連絡先を知ってる奴がいますわ。その男経由で珠ちゃんと仲のよかった女子学生とつながるかもしれません。名前忘れましたけど、法学部の子やったと思います。

その子、ヴィトン持ってたなぁ。

田丸佳恵《たまるよしえ》の証言　二〇二〇年十一月十九日

あっ、映りました。よかったぁ。はじめまして、田丸です。

ごめんなさいね、ハワイっぽくなくて。背景にビーチとか見えたらいいんですけど、普通の家に住んでるんで。

本当にこんな世の中になるとは想像もつかなかったですよねぇ。先が見えないです。こっちも緊急事態宣言が出て、マスクの着用が義務化されました。日本人みたいにマスク好きな人たちばっかりじゃないですから。でも、活気がないのは寂しいです。ワイキキの渋滞が懐かしいぐらいですもん。年内にはワクチン、打てたらいいなぁなんて話を夫としてます。

それが、連絡先が分からなくて。学生のときはあんなに毎日一緒にいたのに。珠緒が結婚してからかな。段々と疎遠になってしまったんです。

そうです。一九八二年に、珠緒と同じ法学部に入学しました。文学部とか教育学部に比べると、法学部と経済学部は女性が少なくて、女子学生は一割もいませんでしたね。だから自然と仲良くなって。

印象的なことねぇ……キャンパスが暗かったなぁ。色彩に乏しいというか。冬なんかね、台所で使う紫のゴム手袋あるでしょ？　あれをして学校に来てた人がいるぐらいでしたから、ザ・昭和の国立です。

あと、トイレね。本部構内に法学部と経済学部が使う本館があるんですが、そこは男子トイレの中に女子トイレがあったんです。びっくりするでしょ？　構造？　どう説明すればいいんだろ？　入口は西部劇のバーに出てくるみたいな、上と下が空いてる短いドア、分かります？　そうです、そうです。あの押しても引いてもすぐに元に戻る、両開きタイプの扉ですね。

そのドアを開けて中に入ると男子トイレで、斜め前方に男性用の小便器が並んでるんです。そこで用を足す男子学生の後ろ姿を見ないように視線を背けて、中にある女子トイレに入るという。

いや、全部のトイレじゃないですよ。法経本館の隣に図書館があったんですが、そこは建物が新しくて男女別のトイレでした。まぁ、当たり前ですけど。女性は四大《よんだい》に行かなくていいって考えてた人が結構いた時代ですからね。

えっ、珠緒がですか？　何で私に憧れるんですか。それ、どこの情報ですか？　そんなことない、ない。普通の友だちです。

あぁ……なるほど。バカロレア組ってことでね。全員がそうってわけじゃないですけど、私もどちらかと言うと、派手だったかな。巻き髪にしてましたし、あぁ……バッグはヴィトンでした。確かに珠緒はヴィトンのバッグを生で初めて見たって言ってましたね。

彼女がESSに入ったのも多少、私たちが影響してるかもしれません。発音のこと気にしてましたからね。珠緒は一生懸命勉強してたなぁ。私はESSじゃないですけど、手伝いましたもん。

ESSには「ディベート」「スピーチ」「ディスカッション」「ドラマ」っていう四つの部門があって、珠緒は「ディベート」に力を入れてました。

学外の対抗戦は、一年ごとに社会問題からテーマが決められます。各大学の部員がテーマについて調査し「肯定派」「否定派」に分かれて、英語のディベートで闘うって流れです。

図書館でリサーチして、小さいカードに使えそうな情報を英語でまとめていくんですけど、そのとき珠緒の隣で英語表現についてアドバイスしてました。

ええ、すごく仲良しでしたよ。一時期、バイトまで一緒でしたから。祇園《ぎおん》のスナック。そうです、いわゆるスナックです。意外ですか？　確かに京大の子はあんまりいなかったな。カラオケのステージがあるところで、景気のいいおじさんが多かったから、いっぱいボトルを入れてくれましたね。飲めや歌えやで、楽しかったなぁ。何でしたっけ、あの合いの手入れるやつ、「ウォンチュウ！」。

そうそう『星降る街角』。何で「敏《とし》いとうとハッピー&ブルー」まで瞬時に出てくるんですか！　大路さん、世代じゃないでしょ。

でも、やっぱり就職活動が一番の思い出かなぁ。

私、アメリカの方が長かったんで、男の子ともフレンドリーな環境で育ったんですよね。大学に入っても、就活が始まるまではそんなに性別を意識することなかったんですけど……驚きました。

まず求人案内が男子にしか来ないんで、「こんなのあるよ」って男の子から教えてもらうんです。それで「私たちも行っていいのかしら」って感じで、恐る恐る説明会に参加して。他はかろうじて外資系金融会社にハガキを出すぐらい。

実名は出しませんけど、とある証券会社の説明会に行ったときは、性別の壁を痛感しましたね。会場を出て、大学の友だちと一緒に歩いて帰っていると、その証券会社の男性社員が後から追い掛けて来て、男子学生だけに「飲みに行こうよ」って声を掛けたんです。で、珠緒と私には「仕事の話があるから、友だち借りるね」って言い残して、分乗したタクシーで去って行きました。取り残された私たちは、しばらく言葉が出なかったです。

その社員が言った「仕事の話があるから」に全てが詰まってて、つまり女子学生は仕事と無関係な存在であるという。あの小バカにされた感じは、すごく腹が立ちましたね。私たち、何か悪いことしましたかって。私、京大の学生って結構、個々が自由なイメージを持ってるんですけど、就活のときばかりは女子が結束しましたね。

いろいろ思い出してきた。いいですか、話してしまって？　あのね、男子は一度の上京で数社回るんですけど、各社から新幹線代をもらうんです。だから結構な儲けになるんですよ。その上、飲み食いまでさせてもらえる。でも、私たちはもちろん自腹で、それでも会ってもらえる会社がほとんどないので、藁《わら》にもすがる思いで東京に行くんですよ。

採用の窓口すら、どこにあるか分からない状態で。コネ入社はあったかもしれません。でも、ネットもない時代、企業に電話を入れるにも限界があります。だから、必死に情報交換したんですよ。

昔、キャンパスの西部構内に『エスポワール』というカフェがあって、確か私が入学したときにオープンしたんで、新しくてきれいだったんです。そこで女の子同士、採用情報を教え合ってました。本当に公務員ぐらいしかなかったので。

突然目の前でシャッターを下ろされて「なかったこと」にされるのはつらいものがあったんですけど、でも、どこかで「そんなもんだろ」って受け入れてた自分もいたんですよね。そのときは社会を俯瞰《ふかん》する余裕なんてなくて、目先の針の穴を探すのに必死でしたから。

外資系の証券会社も受けたんですけど、先に勤めてた先輩に話を聞くと「外資は即実力の勝負。日本企業は一から育ててくれるよ」ってアドバイスしてもらったんで、日系から外資に転職することはあっても、その逆はないかなと思って。

それでも私なんかは割とのんびりしてた方でしたが、珠緒は必死でしたね。企業にもいっぱい電話かけてましたし。

ええ、銀行も受けましたよ。中央創業銀行《ちゅうおうそうぎょう》も珠緒に教えてもらって受けましたけど、私は落ちました……。採用の情報は亜美から聞いたって言ってました。そうそう、図書館のきれいなトイレの前で。亜美も経済学部だったから、同じ本館を使ってたんです。みんな例の西部劇のところが嫌なんで図書館に行ってましたから、珠緒にとっては本館のトイレのおかげで知れた情報かもしれませんね。

そうです。当時の中央創銀の採用条件は、四大卒で英検一級。もちろん女性だけの条件です。そうでもしないと、応募が殺到してたんでしょうね。

ええ、珠緒も英検一級取ってましたよ。ＥＳＳって二年で活動を終える人が多くて、珠緒はそれから通訳の専門学校に通ってました。私は帰国子女で、亜美も高校生のときに留学経験があったので、珠緒は相当勉強してましたよ。もちろん、そのときは中央創銀の採用条件のことなんか知らなかったはずですけど。

あぁ、そう言われると、スナックのバイト代を専門学校の学費に充ててたのかもしれないですね。彼女、苦労とか努力とかを人に見せないタイプだったんで。

当時の中央創銀の採用は、女性には試験がなかったんです。男子は大阪にも窓口があったんですけど、女子は自腹で東京に行ってました。

事前にどの部門の人に会いたいかって聞かれるんですけど、業務のことなんか分からないから、私は適当に答えてました。東京本店に行くと、人事とかディーリングとかにいる京大ＯＢの人に会わせてくれるんです。

そうですねぇ……それが面接の代わりだったのかなぁ。多分、銀行側も私たちもよく分かってなかったと思いますよ。だって私、ワンピースで行ってましたから。一番きれいなものを着て行きましたけど、珠緒も真っ白なワンピース着てました。

何か、自由ですね。あっ、そうそう、珠緒はハットかぶってましたよ。夏だったから、麦わら帽子かな？　つば広の。採用の話をしに行くのに、つばの広い麦わら帽子をかぶっていくって、おかしいですよね？　珠緒、帽子を入れる箱まで持って行ってましたよ。優雅ですよねぇ。ロールモデルがなかったから、みんな〝一張羅〟のワンピースを着て、状況が飲み込めないまま東京へ向かってました。私は生命保険会社から内定をもらいました。

今ですか？　会社を転々とした後、アメリカ人男性と結婚したんで、こっちで夫と一緒に不動産会社を経営してます。

あとはそうですね……。何回生のときだったかは忘れたんですけど、珠緒に弁護士を紹介してって言われたことあったなぁ。

詳細は全然憶えてないんですけど、確か私の友だちが『法律相談部』に入ってて……土曜日に学生が無料で法律相談するんですよ。その友だちか、部の先輩を紹介したと思います……ダメだ。思い出せない。

今考えると、あのとき、珠緒は何で弁護士を探してたんだろ。

内田充代《うちだみつよ》の証言　二〇二〇年十一月二十二日

えっ？　何ですか？　耳が遠いもんで。タマダさん？　えっ？　タマオ？　タマオって何？　あんた誰やの？　マスク外しねま。外さんのか？　ちょっと店入ってま。いいで。外うるさいさけさっぱり聞こえんわ。

ちょっと待っての、補聴器つけるで……ライターって記事書く人かの？　タマオって、谷口さんのこと？　ほんで、何を聞きに来たの？　そんな昔のこと憶えてえんざ。

谷口さん、行方知れずなんか。それは大変やの。何で私のとこなんか来たんやの？　話すことなんか何もないざ。知らん、知らん。だって、卒業以来、全然連絡ないもん。

そんなこと言われたって、確かにかわいがってたけど。よくここが分かったの。誰から聞いたんや？　言われん？　言われんって……生徒？　まぁ、いいわ。

谷口さんとはもう連絡取ってえんざ。

そんな昔話聞いて何になるんや？　私なんて、もう随分前に教師辞めて、ほら、ご覧の通り今はこんな小さい店出してるだけやで。教え子なんか誰も来んわ。薄情なもんやざ。

あんた、本当に昔話聞きに来たんか？　それだけ？　分かった。ちょっとコーヒー淹《い》れるで座っときね。

今日はどっから来たの？　芦原でね、なるほど。谷口さん、芦原の子やったもんの。福井までは遠かったでしょ。

昔はね、私ももっとしゃんとしてたよ。私がどこで教師をしてたか知ってる？　そう、福井県内でもトップクラスの高校やから。

よう調べてるのぉ。怖いわ。あんたの言う通り、囲碁部の顧問をしてたの。谷口さん、強かったよぉ。一年生のころは私も互角に対局してたけど、二年生の最後の方では、まるっきり敵《かな》わなかったわ。強豪の男の子とやっても五分五分。今まで教えた女の子の中では群を抜いて強かった。

いやいや、三年間じゃなくて、二年間の。彼女は二年で辞めたで。大学受験に集中するためで、それは私が勧めました。よく憶えてるって、話すうちに段々と……。それにあんた……大路さんのこと知らんのやで、あんまり余計なこと話せんやろ。

やっぱり彼女が紅一点の部員やったからやろ。女同士でしか話せんこともあるでね。私にとっても心強い存在でしたよ。

囲碁部で冬休みに合宿する話は聞いてるかの？　あぁ、知らない。本当に？　分かりました。

谷口さんの同級生が芦原温泉の旅館の息子で、そのお父さんも同じ高校の囲碁部やったで、随分安くしてもらえての。部員たちも存分に囲碁が打てて、いっぱいカニが食べられるで楽しみにしてて。

二年生のときに、二人で語り合ったのをよぉ憶えてます。

谷口さんは継父から進学を反対されてたで、悩んでたんや。そうです。お母さんの再婚相手の。お好み焼きの「写楽《しゃらく》」。夜遅くまで相談を受けて、彼女を励ましました。

いやいや、全然。初めは京大なんか夢のまた夢という感じで。学力的なことでないよ。家庭の問題で。ほやで彼女の中では地元の大学へ行けたら万々歳で、実際は短大を妥協点にしてたんです。あまりにもったいないで、私が「谷口さんの学力なら東大でも京大でも行ける」って背中を押しての。彼女には苦手な教科がなかったで、十分可能性があると思ってました。

でも、お父さんがのぉ。これが頭の固い人で「女に学があっても損しかない」という考えやったんです。それはもう古い、古い。でも、昭和のころはまだまだこんな男の人がいっぱいいたでねぇ。

私は谷口さんの家庭の事情を知ってたで、失礼を承知で言いました。「あなたが生きるこれからの人生は、お祖母さんやお母さんの時代とは違う」「そんな苦労はあなたで食い止めないと」って。とにかく可能性のある生徒やったで、放っておけんかったんや。

その日の最後になって、やっと彼女が「京都大学に行きたい」と言ってくれての。もともと京都への憧れがあったようで、福井と隣接してますし、私もベストやろうと思いました。

そのとき、彼女が泣いてね。ずっと、一人で抱え込んでたんやろねぇ。私も感極まってもて。だって、十七歳の子がそこまで抑圧を感じて生きてきたなんて……。

もちろん、私の説得もあったやろうけど、最初からそういう気持ちがあったんやと思います。でも、言い出せんかったんですよ。父親はあんなに可能性のある子を自分の店でこき使おうとしてたんやもん。ほやで、退部を勧めたのも私です。碁は大学へ行ってもできますし、京大ともなると相当勉強せな入れませんでね。

三年生の夏になっての、谷口さんはまずお母さんに進学の希望を伝えて、お父さんに話してもらったんですけど、てんでダメで。「インテリ女は不幸になる」だの「就職してもどうせ結婚したら辞めさせられる」だの……。この当時はね、女子生徒の大学進学率が一二%ほどで、男子の三分の一程度やったんです。

埒《らち》が明かんで、お祖母さんも含めた三人で作戦を練っての。お母さんもお祖母さんも谷口さんに懸けることにしたんです。合格通知を受け取るまでは、お父さんに内緒にしようってことで。谷口さんも浪人が許されず、滑り止めも受けられずやから相当重圧が大きかったやろうけど、その重荷を背負うことが、唯一の道やったんです。

何か思い出したら、涙出てきたわ。何で教育を受けるっていう当たり前のことで、こんな苦しまんとダメなんですか。

谷口さんはね、がんばったんです。共通一次でいい点を取ったで、一次試験の配点が高い法学部に狙いをつけることにしました。本来は褒められたことでないですけど、大学で何を学ぶかというよりは、とにかく京大へ行くことが、私たちの目標でしたから。

二次試験は京都です。「体調の悪いお祖母ちゃんのアパート行って、泊まり込みで看病する」ということにして、出掛けました。試験の出来も気になりますし、お父さんに知られはしないかって、もう我が事みたいにドキドキしました。

後で本人から聞いたんやけどね、初めての一人旅で解放感を覚えたんやとの。試験が終わってから一人で鴨川に行って、楽しそうにはしゃぐ大学生とかきれいなユリカモメを眺めているうちに泣けてきたって。どこで誰から生まれ、どこで誰に育てられって、子どもはどうしようもないですもんね。

四条通《しじょうどおり》の雑貨屋さんでお祖母さんとお母さん、それに私へのお土産を買って、それでお金がなくなったで、晩ご飯はおはぎを一つだけ買って鴨川で食べたんやと。そのときの彼女の話が印象に残ってるんです。

遠くに先斗町《ぽんとちょう》の灯りがぼんやりと見えて、暗がりから川のせせらぎが聞こえる。京都の旅情もあったと思いますけど、試験が終わって張り詰めていた緊張の糸が緩んだんやろね。また涙が出てきて、しばらく止まらんかったたって。

それで決心したそうです。結果はどうあれ、家を出ようって。

えっ、お土産ですか？　髪留めやったと思います……。

幸い、試験は落ち着いて受けられたそうです。一次の点がよかったで大丈夫やとは思ってましたけど、問題はご家族の方です。

京都で一泊した谷口さんが帰宅すると、お父さんの大声が外まで響いてるのを聞いて、嘘がバレたと察したそうです。

台所で食器の破片が散乱して、家の中がめちゃくちゃに散らかってる中、お母さんが正座させられてたみたいです。お父さんに問い詰められた谷口さんが黙ってると、おもいきり平手打ちされて、お腹も蹴られたって言うてました。

「よくも恩を仇で返したな！」って。口の中で血を舐《な》めながらね、お母さんの隣で正座して……ひどい話やろ？

卒業まであと少しやったで、谷口さんは家を出てお祖母さんのアパートに身を潜めることにしたんや。合格発表の日、京大まで行って結果を確認した谷口さんは、すぐに学校で待機していた私に電話してくれたんです。それは嬉しかったですよぉ。

はぁ、最初と印象が違う？　私がですか？　そうですね、おっしゃる通り、子どもたちの話を始めると、スラスラ言葉が出てくるというか。特に谷口さんは印象に残ってる生徒やったので。

京大へ行って、人生を変えたわけやでねぇ。まぁ……そうですねぇ、年賀状もやり取りしてないですね。寂しくないと言えば嘘になりますけど、過去の教師のことより、自分の未来に目を向けていてほしいですしね。

あの、そろそろいいですか？　夕飯の支度せなあかんで。

本当に、谷口さんから何か言われて来たんでないですよね？

杉浦沙織の証言　二〇二〇年十一月二十五日

汚いところですみません。

この美容院も開店して二十一年になるんですけど、前の店から居抜きで引き継いだんで、実際はもっと年季が入ってるんです。常連さんだけで細々とやってますけど、息子も大学生で奨学金ももらえてるんで、何とかやっていけてる感じです。

大体のことは桧山先生から聞きました。私も珠緒に連絡してるんですけど、一向に返信がなくて。だって、もうすぐ二ヵ月でしょ？　さすがに心配になってきて。私の話が何の足しになるかは分からないですけど、何なりと聞いてください。

あぁ、大路さんのお祖母さんのことも先生から伺いました。珠緒のお祖母ちゃん、静代《しずよ》さんとお知り合いやったんでしょ？　そうですね。静代さんはもう亡くなってしまいましたけど、お母さんの咲子《さきこ》さんはお元気なんで。一年ちょっと前から千葉の老人ホームに入ってはるって聞きましたけど。珠緒、咲子さんとは連絡取ってるんやろか？　でも、変に知らせて心配させるのもねぇ。もうご高齢やから。

あの子、疲れちゃったんやと思うんです。それで多分、原因の一つが私じゃないかって。息子の件でね。私が精神的にしんどかった時期に、翔大を引き取ってくれて、その上勉強まで教えてもらって第一志望の大学に合格させたんですから。どん底の時期のこと思たら奇跡ですよ。

珠緒もいろいろあったからなぁ。離婚して、大好きやったお祖母ちゃん亡くなって、ゲームプランナーで成功したと思ったらガンでしょ。復帰してすぐ翔大の面倒見てくれたから、きっと疲れたんですよ。私、同い年やし、何となく分かるんです、気持ちが。

珠緒と私って、ドーナツみたいな関係性で、空白の期間が長いんです。高校を卒業してから再会するまでに、三十年ほど会ってないんですから。でも、私はずっと珠緒のことが気になってたし、向こうもそう思っててくれたみたいです。だから、翔大のことを親身になって考えてくれたんやと思います。

私は中学二年のときに神戸《こうべ》から芦原に引っ越しました。父はお酒で人生を壊してしまって、母と娘の人生にその皺寄せがきた、ということです。私は人間がここまで人を嫌いになれるのか、というぐらい父のことが嫌いで、それが原因で偉そうな男の人を見ると虫酸が走るんです。若いときはずっとイライラしてました。

でも、神戸という街は好きでした。だから、最初は何にもない芦原が嫌で嫌でしょうがなかったです。もう完全に腐ってました。

珠緒と最初に喋ったのは、詳細は忘れましたけど、とにかく私の焼き魚の食べ方が下手《へた》で、珠緒が「沙織ちゃんは都会の人なんやの」って驚いたのがきっかけです。それが本当にびっくりした顔で、嫌味がなかったから面白くて。その場で骨と頭だけにする食べ方を教えてもらいました。

相性ってフィーリングじゃないですか。性格は全然違うのに、この子は私と同じ匂いがすると思ったんです。案の定、珠緒の家もうまくいってませんでした。

彼女の家は「写楽」というお好み焼き屋でした。関西出身の私からしたら、お世辞にもおいしいと言えるような店やなくて。

お母さんの咲子さんと、継父の芳雄《よしお》さん、芳雄さんの息子の慎平《しんぺい》君。慎平君は私らより一つ下で、小学五年生だった珠緒にしたら、いきなり血の繋がりのない弟ができて戸惑ったと思います。それは弟の方も同じかもしれませんが。

谷口芳雄さんに対しては「咲子さんと再婚してから変わってしまった」と言う大人が多かったです。「奥さんに働かせて」みたいな陰口を言われてました。

私が転校して間もないころ「写楽」が改装したんです。スナックで飲食チェーンの社長からアドバイスされたとかで、芳雄さんがその気になってしまって。珠緒は咲子さんに止めるよう言うてたんですが「子どもが口を出すことじゃない」って。久しぶりにやる気を見せた夫のことが嬉しかったんでしょうね。でも、やっぱり小手先のやり方で商売がうまくいくことなんてありません。またすぐに客足が鈍るようになりました。この改装費用も結局、咲子さんが出しました。

珠緒は結婚に反対やったみたいです。確かに学校でもしんどそうでしたし、谷口って言われるの嫌がってましたから。

それに、珠緒だけ店の手伝いをさせられてたんで部活に入れなかったんです。慎平君はサッカー部に入ってたのに。担任の先生も気の毒がってました。

珠緒は見た目に透明感があって、大人っぽくて、派手じゃないのに存在感があるというか。あと、勉強がすごくできましたからね。男子のファンが「写楽」に行くことがよくありました。おじさんの客でも彼女目当ての気持ち悪い人いましたよ。看板娘に仕立て上げられて、夜にお酒入ると、お尻とか触られてましたから。

慎平君ですか？　さぁ……随分前に加賀温泉《かがおんせん》のどこかで働いてるって聞きましたけど、分かりません。珠緒とも彼の話にはならないから。

正直言って、彼のこと嫌いなんです。陰湿な奴やったんで。珠緒の下着盗んで友だちに売ったり、お風呂覗《のぞ》いたりしてましたからね。珠緒から相談を受けて、あまりにも腹が立ったから、一回、部活帰りに友だちといるところをどやしつけたんです。

私、よう口が回るから言い負かしてしまって、ほんなら、あの子、よっぽど悔しかったんか、泣き始めたんですよ。でも、いらんことせんかったらよかったんです。その夜、珠緒は芳雄さんにめちゃくちゃ怒られて、一晩中台所に立たされたみたいで。咲子さんも隣で泣いてるだけで……。

今、嫌なこと思い出しました。

私ね、中学二年生のクリスマス前に、一学年下の男の子からデートに誘われたんです。ほら、私こんな見た目で、当時はもっと太ってたから、男子から誘われるなんて夢にも思ってなかったんです。何かすごく嬉しくて。

その年の夏に、福井市の中心街に「福井映画ビル」っていう映画専門の新しいビルができて、そこでデートするのが、私たちにとっては憧れやったんです。そのビルの前で待ち合わせをしてたんですけど、とうとうその子、来なかったんです。

はい、すっぽかされました。

私、不安やったから、当日、珠緒について来てもらってたんです。彼が来たら帰ってもらうっていう、今考えたらかなり厚かましいお願いなんですけど、珠緒は優しいから「いいよ」って。

その日は特に寒くて、途中から雪が降ってきて震えながら待ってたんです。もともと薄暗い日でしたけど、陽が沈むころになると現実が分かってきて、私、泣いてしまったんです。だって、その日のために貯めてたお小遣いからスカート買って、リップもつけて、髪もきれいにして、できること全部したって感じやったんで。帰りの電車が帰りは二人とも無言で、傘を差して雪の街を歩いてね。帰りの電車がまた長くて、その間、珠緒はずっと私の手を握ってくれてました。

冬休みに入ってその噂がワーっと広まって、そのすっぽかした男の子が親と一緒に謝りに来てくれたんです。彼、サッカー部に入ってて、慎平君と先輩たちに無理強いされたことが分かりました。

私も友だちの前で慎平君に怒鳴ったことは悪かったと思ってます。でも、その仕返しにしたら、あまりに陰湿というか。珠緒もしんどかったと思います。だって、自分の弟が黒幕やったわけでしょ？　その弟ができたのも、彼女が望んでいない親の結婚の結果ですから。

私も母親と、親戚を頼って芦原に来たから肩身が狭かったんですけど、改めて「あぁ、珠緒も苦しいんやな」って思ったら、もっと絆が深まったというか。いえ、慎平君は謝りに来るような人じゃないですよ。でも、すぐにサッカー部を辞めました。周りからも冷たい目で見られてましたし、居心地は悪かったんじゃないですかね。

この一件があってから、私、同級生の男の子に君づけするの止めたんです。やっぱり、この世の男女って不公平やと思って。珠緒も私も父親にビクビクして、振り回されてつらい思いしてきたんで。何でかって考えてもよく分からないんです。

女の人が当たり前のように台所に立って、進学を諦めて、男の人の言うこと聞いて……その根拠が見えなくて。もちろん、男の人全員を否定するわけじゃないけど、それでも基本設定として「偉いもの」とされてることに違和感があったんです。だって、珠緒なんか学年で一、二を争うほど勉強ができたのに「大学行かれへんと思う」って、暗い顔してたんですよ。

そのころ、親戚のお姉ちゃんに教えてもらって『フェミニストJAPAN』っていう雑誌を読んで衝撃を受けたんです。私が感じてたモヤモヤが全て言葉になってて「男性主義ってマスコミがつくった神話なんや」「無意識のうちに男性視点で語られてることがこんなにあるんか」って興奮して、「私だけじゃなかった。世の中には味方がいるんや」って救われた気持ちになりました。たった雑誌一冊でですよ。

私も感化されやすいから、周りの友だちに「私たちは今、ターニングポイントにいる」とか「キャリアを手に入れるのか、ずっと『お母さん』でいるのか」とか言い始めて、先生にも食ってかかるようになりました。ちょっと度が過ぎてるとこがあって、気持ち悪がられるようになったんですけど、私は不公平なんはおかしいと思ってたから、そのまま突っ走ってね。周囲との距離ができても、珠緒だけはずっと一緒にいてくれました。

　中学三年のとき、珠緒の生活は受験勉強一色でした。勉強に集中するっていう理由で、静代さんのアパートで過ごす時間を増やしてました。珠緒はよく、芳雄さんと慎平君の顔を見ると「胸の中を鷲づかみにされたような気になる」って言ってたから、解放感があったんだと思います。受験やのに、表情が明るかったんで。中学三年生になってから、お店の手伝いを免除されてましたし。

　お祖母ちゃんと言っても、当時、静代さんはまだ五十七歳やったんです。実は今の珠緒や私と同じ年なんですよ。それで中学生の孫がいるんですから、ちょっと想像がつかないですけど。でも、静代さんはずっと一人暮らしやったから、頼ってもらえて嬉しかったんだと思います。珠緒は「いつかお祖母ちゃんと一緒に暮らしたい」って言うてましたから、孫がかわいかったでしょうね。私もたまにアパートに遊びにお邪魔して、お菓子もらったりしてました。

　静代さんは趣味で俳句をつくってたんですけど、珠緒も教えてもらってて、校内であった俳句大会で一等を取ってましたね。とにかく何させても勘が良くてうらやましかったです。どんな俳句？　いや、さすがに憶えてないですね。

珠緒は福井市内にある県内一の進学校に合格しました。咲子さんは喜んでましたけど、芳雄さんは気に入らなかったみたいです。とにかく女の人にバカにされるのが嫌いな人だった印象があります。珠緒にも「理屈をこね回す女は嫌われる」「根本で客商売をバカにしてるのが透けて見える」みたいなこと言ってたみたいです。

高校に入ってからも月に一回は会ってました。私も四月から福井市内の女子校に通い始めたんで、学校帰りに福井駅近くの商店街とか、あと、昔「ピア」っていうショッピングセンターがあって、そこでお茶飲んだりして。そのまま一時間かけて一緒に帰ったんですけど、楽しかったなぁ。電車通学のおかげで却《かえ》って自由な時間が増えた感じです。おしゃべりが一番面白かったです。

「写楽」の常連客がね、珠緒に子どもの家庭教師を頼むと、芳雄さんが安請け合いしちゃうんです。そのバイト代を珠緒に渡さなかったことも何回かあって、それでも休日は店の手伝いしてましたからね。それもこれも「大学に行かせてもらうため」って耐えてました。

だって、珠緒は進学校でも学年で上位十位以内の成績でしたから、可能性の塊《かたまり》ですよね？　高校二年のときなんか、文化祭で開くミスコンの最終候補者に選ばれてましたよ。本人は嫌がってて、私も「出んとき」って言いました。「男を喜ばせるだけのランキングなんか、なくなればいいのに」とか「女を磨くとか、結局男の価値基準で弄《もてあそ》ばれてるだけ」とか、こんな話をすると周りが引いていくんですけど。

高校時代は、珠緒も私も比較的自由を満喫してました。頭を押さえつけようとする人たちと過ごす時間が少なかったから、それだけのことで幸せを感じてね。

珠緒が京大に受かったときは嬉しかったなぁ。あぁ、高校の先生から聞かれました？　芳雄さんが「裏切られた！」とか騒いで、結構大変やったんです。酔っ払って静代さんのアパートに来たときは、私のアパートに避難したりして。私のお母さんも酒乱の父に苦労したから、見境がなくなった人間の怖さが分かるんです。

珠緒が京都に行く日、私、見送りに行く約束してたのに寝坊してしまってね。慌てて自転車に乗って駅に行きました。ちょうど電車が出発したところで「たまおー！たまおー！」って大声出して。

私に気づいた珠緒が窓開けて大きく手を振ってくれてね。ほんま太ももちぎれるんちゃうかっていうぐらい自転車こいで、しばらく並走して、そのときに目と目で会話したんですよ。ずっと友だちでいよなって。

電車が見えなくなったとき、あぁ、ほんまに遠くに行ってしまったなぁって。しばらく自転車にまたがったまま泣いてました。

あぁ……そうですね。それから四十年近く経つんですね。まぁ、いろいろありました。

ちょっと今日はしゃべり過ぎました。疲れたわ。

牧田千恵子《まきたちえこ》の証言　二〇二〇年十一月二十九日

珠緒ちゃんが隣の部屋に引っ越してきたのは、彼女が三歳のときです。私は当時小学二年生で、一人っ子やったんで、妹ができたみたいで嬉しかったです。周りはみんなきょうだいがいましたでね。

珠緒ちゃんは四歳のときに「瑞心寺《ずいしんじ》」が運営する幼稚園に通うようになります。このお寺の住職やったのが、福永光水《ふくながこうすい》という方で、静代さんと咲子さんが事あるごとに相談してました。何でも住職さんと静代さんが昔からの知り合いやったみたいですけど、詳しくは知りません。

珠緒ちゃんは利口な子で、ここらでは神童って言われてました。そのことにいち早く気づいたのは光水さんで「珠緒ちゃんは頭一つ抜けて賢い」って。そろばんを教えても覚えが早いし、暗算もできるって。私もそう思うことが多かったです。

珠緒ちゃんがまだ小さかったころ「昨日はあの旅館にお客さんがいっぱいいた」「今日はこっちの旅館が忙しそう」みたいなことを言ったので「何で分かるんや？」って聞いたら、街ゆく観光客を見て、どの旅館の浴衣が多かったかを憶えてるんですって。

あと囲碁やね。旅館の従業員のおじさんに教わってから碁会所に通うようになって、小学二年生になるころには、教わった旅館のおじさんに勝つようになってましたから。小さい子が椅子にちょこんと座って、それはそれはかわいかったです。

この写真見てください。えぇ、そうです。これは珠緒ちゃんが小学校に入ったときに、アパートの前で撮ったものです。このランドセルを背負った女の子が珠緒ちゃん、ワンピースの若いママが咲子さん、和服姿の女性が静代さんです。珠緒ちゃんと私はこのアパートの二階に住んでました。今はもう取り壊されてないんですけど、当時は比較的新しいアパートでした。この写真も五十年前になるんやねぇ。

珠緒ちゃん、かわいいでしょ？　咲子さんもスタイルのいい人で。静代さんとは別に暮らしてたので、彼女に用事があって、咲子さんが遅いときは、私たちが珠緒ちゃんの面倒を見てました。「ありがとう」と「ごめんなさい」が素直に言える、ちゃんと躾《しつ》けられた子でした。

咲子さんは「松風荘《しょうふうそう》」という旅館で仲居をしてたんですけど、どんなに疲れてても、休みの日には珠緒ちゃんをあっちこっち遊びに連れて行ってました。目に入れても痛くないって感じでかわいがってましたね。

珠緒ちゃんはお祭りが好きでね。二面《ふたおも》地区で「ナイトハプニング」というイベントがあって、露店も出るんですけど、メイン通りを馬車が走るんです。珠緒ちゃんはそれに何度も乗りたがってね。お母さんが忙しいで、寂しい思いをしてたんと思います。普段は詰碁を解いたり、本を読んだり、自転車で雄島《おしま》に行ったり。雄島です……東尋坊《とうじんぼう》の近くにある無人島なんですけど。一人で過ごすことが多かったで、賑やかな雰囲気が楽しかったんでしょうね。

賑やかやったので覚えてるのが、開湯九十周年の記念イベントです。昭和四十八年やから、私が中学三年生で珠緒ちゃんが小学四年生でした。セスナ機が祝賀飛行して始まって、町内パレードがあって、芸妓さんの踊りがあって。『アフタヌーンショー』の生中継もあったんです。観たことない？　あの指圧の人とか「恐縮です」のあの人、梨元《なしもと》さんが出てたテレビ……そうですか。もうだいぶ前ですもんね。

その何日間かは本当に楽しくて、神輿《みこし》が出たり、芸妓さんがパン食い競走みたいなことしたり、珠緒ちゃんとラムネ飲みながら打ち上げ花火を見たの憶えてます。

あのころのことはたまに思い出すんです。いろんなことがあったでね。駅が変わりましたしね。国鉄の芦原駅が芦原湯町駅になって、金津《かなづ》駅が芦原温泉駅になって、駅前に広場ができたんです。

珠緒ちゃんのことで言うと、小学生の囲碁大会で優勝したんですよ。年上の男の子相手にどんどん勝ち進んで。新聞に載ったんです。私も我が事みたいに鼻高々でしたよ。

街に活気があったし、幸せやったなと思うんです。

あぁ、前川《まえかわ》さんのことですか？　そうやねぇ、あれは本当にかわいそうというか。実の父親やのにねぇ。えぇ、その通りです。咲子さんと内縁だった人で、暴力団の人です。

彼は珠緒ちゃんが載った新聞を持って来て……九十周年の年で、十月の記念行事が終わって、秋が深まった時期やったと記憶してます。あの人が来るまでは「いい年やった」という思いがあるので。

実は珠緒ちゃん、前川さんに連れ去られたんです。本当です。誘拐ですよ。警察も来ましたけど、順を追って話しますね。今思い出しても血の気が引きます。

あの人は珠緒ちゃんを連れ去る何日か前に、アパートに来てるんです。それでお金を要求したそうですけど、咲子さんが断ると殴りつけて。壁が薄かったんで、男の怒鳴り声と咲子さんの悲鳴が丸聞こえで、壁越しでも叩かれてる鈍い音がしました。私は珠緒ちゃんのことも心配で、母が一一〇番したんです。

十分ぐらいしたら制服の警察官が何人も来て、前川さんをパトカーに乗せて連れて行きました。そのとき、割と素直に従ったんで拍子抜けしましたね。いや、反省しているというよりか、慣れている感じでした。下手に抵抗したら逮捕されるのを知ってたんやろうね。

事情を聴いていた警察官が帰った後、すぐに部屋へ行くと、咲子さんが慌てた様子で身繕いしてて「ご迷惑をお掛けしました」って、申し訳なさそうに平謝りするから、気の毒でね。

玄関に咲子さんの長い髪の毛がいっぱい落ちてるのがショックで、その近くで珠緒ちゃんが目を真っ赤にしてました。こっちに目を合わせんと、必死に我慢してる様子でした。咲子さんは子どもの目の前で、髪の毛をつかまれて引きずり回されたんやと思います。一生懸命働いて、目一杯子どもを育てて、何でそんなことされんと……ごめんなさい……思い出したら、込み上げてしまって……。

それから何日かして、私が中学校から帰って来たときです――多分夕方やったと思うんですけど――隣から話し声が聞こえたんです。それが男の人の声やったんで、ヒヤッとして。またあの男が戻って来たんやって。怖かったんですけど、咲子さんがえん（いない）ことは分かってたんで、チャイムを鳴らしたんです。

もちろん、すごく怖かったです。何日か前に怒鳴り声を聞いてますし、あの抜け落ちた髪の毛を見てますでね。でも、自分より五つも年下の女の子が、さっきも言いましたけど本当の妹みたいに思ってたんで、どうしても放っておかれんかったんです。

何回チャイムを鳴らしても、ドアを叩いても反応がありませんでした。仕方ないで一旦《いったん》部屋に戻って、壁に耳をくっつけて様子を窺《うかが》うことにしたんです。しばらくして『書け！』とか『早《は》よせぇ！』とか怒鳴り声が聞こえ始めたんで、母の職場に電話すると、警察を呼んでくれることになりました。

その電話の途中でドアの開く音がしたんです。私がすぐに部屋を出ると、階段を下りて行く二人の後ろ姿が見えました。思った通り、珠緒ちゃんとあの男でした。そのまま車のある方に行こうとするので「珠緒ちゃん！」って声を掛けると、彼女は振り向いて……すみません……珠緒ちゃん……必死に笑顔をつくろうとしたんですよ。

母から連絡を受けて、咲子さんが慌てた様子で帰ってきました。もう真っ青な顔して部屋に飛び込んで、すぐにまた出て来て……私に珠緒ちゃんの書き置きを見せて「車で？」「どっちの方に？」って、切羽詰まった感じで聞いてきて……いえ、珠緒ちゃんが書いたものです。

「お父さんと大さかに行きます」とか「頭イタイときはくすり飲んでね」とか、そんなことが書かれてました。印象に残ってるのは、かわいらしい馬車の絵とハートが描かれてたことで、多分「ナイトハプニング」の馬車やと思います。よっぽど楽しい思い出やったんやろうなって。お母さんを心配させまいと……明るい絵を描いたんやろうね。

部屋の中も見たんですけど、食器が洗ってあって、洗濯物もたたんでありました。「早よせぇ！」って言われて怖かったでしょうけど、それでもお母さんのためにがんばったんやなと思うと、小さいころから知ってるで私、涙出てきてもて……ごめんなさい、さっきからずっと泣いてますね。

いくら頭のいい子とは言え、珠緒ちゃんは十歳の少女でした。恐怖と哀しみで混乱したと思います。家の中をきれいにしてるときだって、お母さんが帰って来ることを期待していたに違いないんです。それでも抗いきれないと思って、少しずつ心を整理して手紙を書いたんでないかな。

結局、その日は珠緒ちゃんを見つけられませんでした。もちろん、咲子さんが警察へ行きましたけど、連れ去ったのが実のお父さんで、子どもも素直についていってるで「家庭の問題」やと。

私と母もそうですけど、旅館の人たちも動ける人は夜遅くまで捜しました。でも、何の手掛かりもつかめなくて。いえ、咲子さんはあの男の人の住所も知りませんでした。

次の日の昼、「松風荘」に情報が入ったんです。「三国のボートにいる」って。

咲子さんは自転車で隣町の競艇場へ向かいました。でも、そこには父親の方しかいなくて、珠緒ちゃんはえんかったんです。いや、ちょっと理由は分からんのですけど、子連れで競艇場にいると目立つと考えたんかもしれません。

咲子さんは自転車を飛ばしてアパートに帰ったんですけど、やっぱり珠緒ちゃんは帰ってなくて。しばらく行き先を考えてるうちに、珠緒ちゃんがよく雄島に行ってたことを思い出して「災害で離れ離れになったときのための待ち合わせ場所にしよう」って冗談を言ってたみたいなんです。ここからだと七、八キロあるんで。

冗談でも心当たりがそれしかないで、咲子さんはタクシーで雄島へ向かいました。無人島なんですけど、大湊《おおみなと》神社があるところで。咲子さんが島に入っていくと、何とそこに珠緒ちゃんがいたんです！

珠緒ちゃんは拝殿でお祈りしてたみたいで、手拭いをお供えしてたと。多分「松風荘」のものだと思うんですけど、そこに「お母さんを助けてください」って書かれてあったそうで……ええ、珠緒ちゃんが書いたんです。「自分が怖い目に遭ってるのに、母親のことを心配してくれてた」って、咲子さん、泣いてました。

五十年近く前の話ですけど、やっぱり忘れられないですよ。珠緒ちゃんは私にとって特別な存在ですから。咲子さんが谷口さんと結婚してからも、たまに店から連れ出してパフェを食べたり、それこそ雄島へ行ったりしました。

珠緒ちゃん、雄島が好きなんですよ。海を見ながらあれこれ想像するのが楽しかったみたいです。いつやったかは忘れましたけど「お姉ちゃん、この世に公平な場所ってあるんかな?」って聞かれたことがあって、困ってしまいました。
変わった子で、冬はね、雪が葉に当たる音を聴いてました。寒いで早よ帰ろうって言っても、しばらく耳を澄ませてるんです。

——雪の音《ね》が　誘《いざな》う雄島　朱の化身——

これ、珠緒ちゃんの句です。中学校の俳句大会で一等を取ったんですよ。雪の音を聴くって、なかなか風情があるでしょ?
珠緒ちゃん、本当にどうしたんやろう。強い子やで大丈夫やとは思うんですけど……。大路さん、もし彼女に会えたら、教えてほしいんです。もう何十年と会ってないでね。私、どこへでも行くので、ひと目だけでも会わせてください。

峰岸睦美《みねぎしむつみ》の証言　二〇二〇年十一月三十日

咲ちゃんが芦原に帰ってきたのは、昭和三十七年の暮れやねぇ。

そのときは珠緒ちゃんを身籠《みごも》ってたざ。あれは普通の里帰り出産と違うで、妻子持ちの悪い男に騙《だま》されて、そうそう、前川さんね。咲ちゃんは全然知らんかったんやよ。あの人が逮捕されてから、ヤクザもんで、お金も盗《と》られたことに気づいての。そりゃかわいそなかったよぉ。

「三八豪雪《さんぱち》」で雪がようさん降った冬やったから、印象に残ってるんやろね。電車も止まって、温泉のお客さんでも帰れん人もいたざ。戦争が終わったら大地震がきて、大火事になって今度は大雪。何でこんな災難ばっかり続くんやろのって。

次の年の五月に珠緒ちゃんが生まれて、働かんとアカンかったで、私、親戚に相談されての。と言うのも、咲ちゃんと中学が同じやからちょっとだけ知ってたんや。そんな縁もあって、私が働いてた旅館で「一緒に仲居やる？」ってなって働き始めたというわけです。

そうです。「松風荘」という旅館です。最初は、咲ちゃんが働いている間は子どもを静代さんに預けて、新築の社員寮から職場に通ってたんやよ。私も同じ寮やったで、よく面倒見たよ。夜泣きなんかで大変やったけど、まぁ、かわいい子やったし、みんなで母親代わりして、大事に育てました。

東京オリンピックのときは、寮のテレビでみんなで応援して楽しかったけどね、一歳ぐらいの珠緒ちゃんが訳も分からんと小さい日の丸振ってて、まぁ、愛らしいこと。みんなから愛される子どもやったね。

咲ちゃん？　そら肌のキメが細かい器量よしの人での。とにかく物覚えが早かった。すぐに人気の仲居になったざ。当時の仲居はお客さんに呼んでもらうんや。シメイ？　あぁ、はいはい、指名ね。そうです。個人事業主みたいなもんやの。駅までお客さんを迎えに行っての、目で大体のサイズを測って浴衣を選ぶんや。着替えの手伝いして……昔はね、してましたよ。お話ししながら浴衣着せて帯締めてね。あとはお食事とふとんの用意ね。結構な重労働やざ。飲み物の注文を取るとあれがもらえんの、あれ……そう、チャージ。旅館からチャージ料がもらえて、心付けに関しては全額ちょうだいしていいことになってたで。

正直言うてねぇ、売れっ子の仲居さんはたんまり溜め込んでましたわ。この辺りで不動産を買う人もいたぐらいやでね。私？　私は全然ダメ。見ての通りやわ。お金が好きで好きで、手放さんお客さんばっかり回ってきたわ。

咲ちゃんは筆まめな子での。きれいな字ってわけでもないけど、一生懸命さが伝わる、いじらしい、そういう字を書く子で。あとね、お誕生日にはちょっとした物を贈るさけ、お客さんがまたすぐに来てくれるんやわ。

お兄さんには分からんかもしれんけど、昭和三十年代のころは、まだ蒸気機関車が走ってての。温泉での〝お遊び〟が粋やったの。景気のいい殿方は、全館貸切、芸者総揚げみたいなことしてたでね。

一回目に前川さんが来たのはオリンピックが終わって、二、三年してからやったと思うけど……そうです。あの人、二回来てるんです。何しにって、お金や。すぐにカーっときて人を殴るんやで。

寮まで押し掛けて来てね、「奥さんと別れるで、やり直したい」って勝手なこと言うて咲ちゃんを困らせるもんやで「絶対あかんざ！」で、私らみんなで押し返そうとしたら、まぁ、汚い言葉で怒鳴ってねぇ。怖いで警察呼んだんや。

いいえ、咲ちゃんは殴られてましたよ、髪つかまれて。「おどれコラァ！」とか「誰にもの言うとんのじゃあ！」とか、もう耳を塞ぎたくなるような大声で。

逮捕？　してえんと思うよ。警察が来たらすんなりついて行ったさけ。

来たのはその日一日だけ。静代さんがお金渡したとかいう話やったわ。前川さんにの。いや、静代さんも働いてたと思うけど、焼肉屋やったか、どこかで。貯金があったんかもしれんけど、お付き合いしてた男の人がいたでね。町議で、不動産屋してた人やけど、もう随分前に亡くなったわ。

でも、それがきっかけで咲ちゃんは寮を出てアパート暮らしを始めたでね。疫病神や、あの男は。

私ら右肩上がりで世の中よくなってくと思ってたで、人もようさんいたし、明るかったねぇ。

昭和四十三年に国体あったやろ？　夏は皇太子夫妻が「べにや」に泊まられて、秋は天皇陛下と皇后陛下が「開花亭」でお休みになって。大阪万博のときは「おしゃれ湯の町」っていうて、お客さんを呼び込んで、いっぱい来てくれたで忙しかったわ。観光会館とか海水浴場できたのもこれぐらいの時期やったで、活気があったんやよ。

咲ちゃんも恋人ができて……知ってるんやの。そう、「写楽」の谷口さん。珠緒ちゃんも順調に育ってたし、もう大丈夫やと思ってたんやけどの。

ええ、おっしゃる通り、九十周年のときの。ほやで、それから六年か七年してもう一回来たんやざ、あの男が。しつこい男で、谷口さんとこに押し掛けてのぉ。えっ？

誘拐？　あぁ、珠緒ちゃんが連れて行かれたやつ？　あったのぉ。そうそう雄島で見つかっての。いやいやそれだけでないざ。

珠緒ちゃんは無事やったけど、今度は谷口さんとこのお好み焼き屋さんに行き始めたんやよ、前川さんが。咲ちゃんがお付き合いしてたやろ？「人の女に手ぇ出しやがって！」って、店で暴れたんやよ。一人でない、手下みたいなの何人か連れて。お店にいた人に聞いたで間違いないわ。

そう、とにかくひどい人やったんやで。何で谷口さんのことを知ったんか分からんけど、珠緒ちゃんの後は芳雄さんに目ぇつけて、店の外に連れ出したんやざ。これも見た人から聞いたで。空き地か路地かどっちか忘れたけど、膝立ちの芳雄さんが三人ぐらいの男に囲まれて、蹴飛ばされたって。

それから店まで乗っ取ったんやざ。「写楽」を。私も見に行ったけど、シャッターが閉まってたで。あのぅ、息子さんいたやろ、そう、慎平君。芳雄さんと慎平君が家から追い出されたんやよ。そう、店舗兼の住宅やったから、芳雄さんは慎平君を連れて親戚の家に行っての。ひどい話やろ？

咲ちゃんが身の回りのことさせられての。旅館も休まされたんや。珠緒ちゃん？　珠緒ちゃんは静代さんが預かってたと思う。別々に暮らしてたでね。

その後はね、いつの間にかいなくなったんやわ。前川さんが。いや、静代さんはお金用意できんかったと思うよ。お付き合いしてた町議が亡くなってたでね。でも、誰かがお金用意したんやろの。

芳雄さんも元通りお店を始めたんやけど、愛想が悪なったというか、陰気くさい感じになっての。女の人とか子ども相手やと、お客さんでも返事せんこともあったらしくて、どんどん常連が離れていったわ。もともと芳雄さんの人柄で持ってたような店やったでね。

その次の年に咲ちゃんと芳雄さんが結婚したけど、あんまりうまくいってなかったんでないかな。その後も咲ちゃん、いろいろあったで。

前川さんはそれきり。あぁ、そう言えば、前川さんがえんようになって何年かして、身内の人が訪ねてきたよ。あの人の奥さんと息子さん。関西弁やったし、息子さんが前川さんによう似てたで、嘘でないと思うけど。

「てっちゃん」やともっと憶えてるかなぁ。ちょっと、聞いてみよかな。

えっ、前川さんの奥さん？　夫から連絡がないってことやったね。旅館にも来たし「写楽」にも行ったみたいやし、こっちの警察にも相談したって言うてたよ。

行方不明って言われてもの。いろんなとこで散々悪事働いてたで、いい思いしたくて妻子を捨てたんでないの？

まぁ、ヤクザもんやさけ、碌《ろく》な死に方せんと思うけどの。

第二部　真実

父の依頼――発端――　二〇二〇年十月十五日

一年半ぶりに会った父は、嫌な痩せ方をしていた。

文机《ふづくえ》の前で胡座《あぐら》をかき、冊子のようなものを熱心に読んでいる。大路亨《とおる》は疑心が表情に出ないよう気をつけながら、和室にいる父に「久しぶり」と声を掛けた。

「おぉ、来たか」

冊子から視線を上げた父は、息子を見てひょいっと右手を上げた。痩せてはいたが、いつも通り軽快な動作だった。

和室には隣の仕事部屋から溢れた本や書類がなだれ込み、大都市のビル群のように積み上げられている。今も現役である証拠だ。

「これ、お土産」

大路はダイニングテーブルに和菓子の入った紙袋を置いた。父は昔から酒と甘味の両刀遣いだったが、三年前に中咽頭《ちゅういんとう》ガンの手術をして以来、酒は止めている。幸いガンは初期の小さいもので、リンパ節へ転移したのも一つだったので、切除することができた。

だから細くなってしまった首や手足を見るとドキッとしてしまう。

「お茶淹れるからゆっくりしといてくれ」

父が台所に立っている間、大路はテーブルの椅子に座って、メガネのフレームの位置を整えてから周囲を見回した。都内にあるありふれた2DKのマンション。

水回りや段差に古くささはあるものの、六十六歳の男一人が住むには十分な広さだろう。最低限の家具と家電があるだけで、観葉植物やオブジェの類は一切ない。この住処《すみか》にタイトルをつけるなら「仕事と生活」で事足りる。

父——松江準平《まつえじゅんぺい》が独り身になって、既に三十年以上経っている。大路が四歳のとき、両親が離婚した。全国紙『大日《だいにち》新聞』の記者だった父は、仕事にのめり込んで家庭を顧みる余裕がなかった。大路が生まれたのは彼が入社四年目のときで、神戸総局で警察担当をしていた。

一九八〇年と言えば、まだ昭和だ。そのころの新聞社で「子守で帰ります」などと口にできるわけがなかった。言葉が通じず、ひたすら暴れる息子と、ほとんど家におらず、仮眠をとりに帰るだけの夫。母親が孤独を深めるのにさして時間は必要なかった。

離婚した後、母は京都の京北《けいほく》地方へ帰郷した。港町の記憶は微かなもので、大路を育てたのは京都の厳しくも美しい自然だった。

「久しぶりやなぁ」

テーブルに湯呑を二つ置いた父は、一年半前に比べて髪が薄くなり、大半が白髪になっている。急に老け込んだその容貌を前に、大路は不吉な想像をせざるを得なかった。切り出すタイミングを見計らいながら、皿の上に手土産のどら焼きを載せた。

軽いものであっても、飲食が整うと場が落ち着く。大路は改まった様子で、頭を下げた。

「長い間お疲れ様でした」

父が「何や、俺が引退するみたいやな」と笑った。

「まだ居座るん？」

「何ちゅう言い草や」

「今日はお父さんが抱えてる、ネタ元の引き継ぎで来たんやけど」

「年々面《つら》の皮が厚なるな。職業病やで」

大路がよく父と話すようになったのは、大学に入ってからだ。ノンフィクションにハマったのがきっかけだった。以来、軽口の応酬を始めて、かれこれ二十年になる。

「『フィールドワーク』好きやったのになぁ。あれぐらい骨太のルポ雑誌は、これからますますつくられへんで」

「まぁでも、粘った方やで」

父と付き合いが深かった『フィールドワーク』は、昭和・平成の事件を有名無名にかかわらず、再取材して掘り下げる月刊誌だった。時効成立後や未解決の事件について、警察調書、裁判記録などを入手し、関係者の証言を交えて新たな側面を描き出す──というコンセプトで、力の入った特集記事では、実際に大手メディアが追従することもあった。

創刊した一九九八年ごろは、出版をはじめ新聞、テレビといったマス媒体の広告収入が大きく、『フィールドワーク』を発行する水彩社《すいさいしゃ》も小規模ながら、取材費を惜しまなかった。

「季刊誌になったのって、いつやったっけ？」

「二〇一七年の秋やったと思う」

「それから三年か……」

今年八月、『フィールドワーク』誌は二十二年の歴史に幕を下ろした。

出版業界の斜陽が著しい中、ノンフィクションの分野でも書き手の連載媒体である紙の雑誌が続々と廃刊・休刊となっていて、玉石混交のネット媒体に主戦場が移りつつある。しかし、ネットと言えど電子書籍への転進で形になっているのはコミックスだけであり、絵心のない書き手たちは印税面でも苦戦している。

「まぁ、僕も人のこと言うてられへんけど……」

「そうか、亨も先月、クビ切られたんやな」

「『クビ切られた』て、物書きやったら、もうちょっと言葉選びぃや」

大路が勤めていた「Core Zone《コア・ゾーン》」は、いわゆる「クライアントのブランドイメージ向上をアシストする」ためのWEBコンテンツ制作とPRを兼ねた会社だ。依頼を受けた会社を取材し、ビジュアル重視の記事と動画を制作。それをSNS上で拡散させて広報するという業務内容だ。

この二年間、従業員十二人という小さな会社の中で、自分だけが蚊《か》帳《や》の外で仕事をしていた。大路は本業には参加せず「Core Zone」が持つ「Owned Media《オウンド・メディア》」で、せっせとニュース編集とデスク業務をこなしていたのだった。

ホームページやブログから進化した「Owned Media」は「自社製品の紹介」から裾野を広げ、業界の濃密な情報を分かりやすく、楽しく提供することで、サイト来訪者の信頼を得ようとする流行りの広報スタイルだ。広告費の削減は無論のこと、消費者が企業に専門性や倫理観を求めるようになったこと、またネット広告がクリックされにくくなっていることも背景にある。

「ニュース解説はおもろかったけど、エッセイの方はこう言うたら申し訳ないけど、ない方がええんちゃう」

二年前「Core Zone」の契約社員になった大路に割り振られた役割は二つあった。一つは政治、経済、法律などからメディアに関するニュースを選んで解説すること。そして、もう一つが社員のライターたちが書くエッセイを編集することだった。

「全くおっしゃる通りで」

大路はまだ熱いほうじ茶を音を立てて啜《すす》った。一瞬、メガネのレンズが曇る。

「結局、エッセイが契約解除の引き金になったたかもしれん」

社長の方針により、エッセイのページはデザイン性が最優先となった。淡いグレーの背景色に「プラスだけでは得られない、〝当たり前〟をデトックスして見えてきたもの」や「間違った我慢を捨てることで知った〝労働〟からの卒業」などのタイトルとともに、意味深長風のモノクロ写真が額装のように並ぶ。

ＳＮＳによる個人的な情報発信が定着してから「慧眼《けいがん》を持つ自分に酔っている文章」が散見されるようになった。より本質的なことを言いたがる人々の青くさい承認欲求。

最初は新鮮だったが、デスクとして週に二、三度、この類のエッセイを読み続ければ飽きてくる。大路は次第に最低限の誤字脱字を指摘してお茶を濁すようになっていた。

年齢に関係なく、ライターたちの文章には決定的に臨場感がなかった。現場から得た気づきがなかった。また気づきから得た言葉もなかった。言葉に鍛えが入っていないから教訓めいた偉そうな文章の域を出ず、既視感のある筋に話がまとまってしまう。

ネタに困るとジョブズやダ・ヴィンチの名言を引っ張り出してくる感覚にもうんざりし、我慢が限界に達した。大路は「間違った我慢を捨てることで」「〝労働〟からの卒業」をしたかったのだ。

「半年前、社長にエッセイの方針を変えようって提案してん」

「まぁ、一年半もあのエッセイに付き合ってたら頭おかしなるわな」

今でもそのときのことを思い出すと心が沈んでいき、しばらく何も手につかなくなる。

眉間に皺を寄せながら大路の提案を聞いた社長は「大路さん、それこそオールド・メディアの発想ですよ。ヤバいですよ」と薄く笑った。

SNS上でリアクションがあるのはニュース解説の方で、エッセイの方はほぼ無視されている現状を伝えても効果はなかった。彼は自分たちの会社が、世間より一歩先に進んでいると認識しているようだった。

すが」
「私にはこの自己陶酔に浸ったエッセイが、顧客の獲得につながるとは思えないんで
　大路と同い年の社長はムッとした表情を見せた後「やっぱり三つ子の魂百までか」
と、やるせないように首を振った。
　この件は速やかにライターたちへ報告され、大路はデスク業務から外された。もと
もと蚊帳の外だったのが、さらに孤立する事態となり、契約が切れた九月末を以《も》っ
て、彼らとの縁も切れた次第だ。
「『オールド・メディア』出身者はつらいなぁ」
　さらにオールドな父がおどけるように言う。
「まぁ、古いもん否定するのが一番手っ取り早いから。確かに僕は新聞社の古さが嫌
になって外に飛び出したよ。でも、事情を知らん外野の人間にそれを言われると腹立
つねん」
「いや、至極真っ当な捻《ね》じれやで」
　二人してオールド・メディアの悲哀を共有できるのは、親子で『大日新聞』の禄を
食《は》んだからだ。父は離婚の三年後、バブル景気真っ只中のときに福井県の地元紙『越《えち》
山《ぜん》新報』に転職したものの、五十五歳で早期退職するまで新聞人として生きた。
　大路もまた、かつて父が所属した全国紙の大阪本社で採用され、十二年の間、自分

の目で悲喜劇を目撃してきた。

「送別会は盛り上がったやろ？」

父の皮肉に、大路は力なく手をひらひらとさせ「宴会の構図そのものがハラスメントやって」と答えた。

「何やそれ。近未来やな。もう長生きしたないわ」

普段ならジョークになるはずが、セーターのサイズが合わなくなるまで痩せている父に言われると、不用意な一言を濾過《ろか》するのに時間がかかった。

「亨は、俺が芦原出身って知ってるよな？」

突然話題が変わり、大路は会話の糸に少し張りが生じたように思った。

「もちろん。お祖母ちゃんがよう言うとった」

父方の祖母である菊代《きくよ》に、大路はよくかわいがってもらった。大学生になってもお年玉をくれたのは、この祖母だけだった。毎年とはいかなかったが、二、三年に一度、福井へ会いに行くと殿様でも来たかのような歓待を受けた。

「まさしく、そのお祖母ちゃんのことでな、話があるんや」

「お祖母ちゃん？」

祖母の菊代は十四年前に亡くなっている。今更改まった話などあるのだろうかと、大路はどら焼きに伸ばしかけた手を止めた。

「実はずっと気になってることがあって、それを調べたいと思っててな」

「お祖母ちゃんのことで？」

「そうや。ちょっと、これ見てくれ」

父は先ほど文机の前で読んでいた古びた冊子をテーブルの上に滑らせた。紐綴《ひもと》じで表紙に「調査報告書」と墨字で書いてある。

大路が中を開くと、砕けそうなほど脆《もろ》くなった紙に【ご依頼内容】【調査対象者】【調査期間】といった項目があり、罫線の上に手書きの文字がびっしりと埋まっていた。ページをめくると、ドキュメント方式で「午前6時24分　出勤」という字の下に不鮮明な白黒写真が貼り付けてある。

「冬月《ふゆつき》興信所……」

報告書の最後のページに、奥付のように興信所の名前と連絡先が書かれていた。

「興信所の報告書やん。何これ？　昭和三十一年七月って、六十年以上前やで」

「そう。俺が二歳ぐらいのときや」

「ひょっとして、これを依頼したのって……」

「菊代お祖母ちゃんや」

「えっ」

あの、どんないたずらをしても怒らなかった祖母のイメージと「興信所」につきまとう薄暗い印象が、どうしても大路の中で一致しなかった。

「このときはもう、親父は死んでるから」

祖父の壮平《そうへい》が短命であったことは、祖母から聞いていた。

「お父さんが生まれて間もなくやんな？」

「一歳のときにな。だから、この報告書にある『松江様』は母のことになる」

「いや、ちょっと想像できひんな。菊代祖母ちゃんが興信所の事務所に入っていくとこが。そもそもこれ、何の調査なん？」

ざっと目を通しただけでは、何が目的かよく分からなかった。

「そこがひどく曖昧なんや。【ご依頼内容】読んでもはっきりせんし」

「この辻静代って人のことを調べてたってことやろ？　壮平祖父《じい》ちゃんの浮気相手ってことかな？」

「いや、亡くなった後に浮気調査するかな」

「あぁ、そうか」

「亨は芦原であった大火事を憶えてるか？」

「お祖母ちゃんから聞いたわ。温泉街一帯が燃えたやつやろ？」

「それでうちの家も全焼して、福井市内に引っ越したんや」

つまり、祖母は夫を亡くした一年後に火事で家を失った、ということになる。独身のまま四十路を迎えた大路にも、苦難の一端ぐらいは想像できる。

「二歳の俺を抱えて引っ越して、その三ヵ月後に依頼してるねん。これをどう思う？」

「よっぽど知りたかったことがあった、と」

「そういうことや。金銭的にも大変な時期やからな」

「じゃあ、祖父ちゃんの浮気みたいなことやないな。そもそも、この辻静代って人は誰なん？」

「ポイントはそこやねん。最初は姉妹なんかなと思ったんや。ほら、菊代と静代って名前似てるやろ？」

「確かに」

「でも、どうも違うみたいやねん」

「芦原温泉にある旅館……『白露』か。ここで仲居をしてたんやね。でも、年齢から考えて亡くなってるやろなぁ」

祖母と同年代となると、百歳を超えていてもおかしくない。大路はまだ、興信所の記録を持ち出した父の真意を測りかねていた。

「これ、亨が一ヵ月前に書いた記事やけど」

父がA４用紙を一枚、差し出した。

「あぁ、会社の紹介記事ね」

それは最先端の技術を駆使して映像を制作する「Realism」という会社の紹介記事だった。王雨桐という中国人経営者がユニークな人物で、知人から紹介されて取材したのだ。

「びっくりするような映像創ってて、面白い会社やったけど、これがどないしたん？」

「最後にコメントしてる人なんやけど」

「えー、『同社のエンターテインメント部門を統括する辻珠緒さんは……』。ん？」

大路は「辻」という名字に反応して父を見た。

「辻珠緒と辻静代……」

「この辻珠緒さんの生年月日分かるか？」

「もちろん」

生年月日の確認は取材の基本だ。大路はバッグからタブレットを取り出して、取材メモを呼び出した。取材に関する書類は、機密性が高くない限りパソコンと同期している。

「えーっとね、一九六三年の……」

「五月十日、やろ？」

「……嘘でしょ？」

「俺の調べた限り、辻静代の孫の名前は珠緒で、生年月日は一九六三年五月十日。どうや？　今まで同姓同名で、生年月日まで一緒やった奴が周りにいたか？」

父の言う通り、彼女が辻静代の孫である確率はかなり高いと言える。だが、大路の心の焦点は、興奮に値する偶然とは別の地点に絞られつつあった。

取材メモにある「珠緒」の文字に海馬が刺激され、一つの薄気味悪い記憶が蘇《よみがえ》る。

この辻珠緒のコメントは、電話取材で取ったものだ。今進めているプロジェクトとテクノロジーの未来について尋ねただけなので、十分弱の短いインタビューだった。最後に個人情報を確認したとき、彼女は自分の名前を「環境の『環』に世の中の『世』で、環世《たまよ》です」と説明した。

だが、後に原稿チェックをした王から、彼女の名前が珠緒であることを指摘されたとき、大路は狐につままれた気になった。不安になって生年月日を確認すると、生まれた年まで違っていたのだ。

一企業の紹介記事で目くじらを立てることはなかったが、まるで自然な形で虚偽の個人情報を述べた珠緒に対し、大路は数日の間、モヤモヤとして過ごしたのだった。

「亨に頼みたいことがあるんや」

父に話し掛けられて我に返った大路は「これは、面倒なことになるかもしれない」と、勘が働いた。

顔を顰《しか》める息子を面白がるようにほうじ茶を啜った父は、湯呑を置いてから一つ、ため息をついた。

そして数秒、逡巡の間を取ってからポツリと言った。

「ガンが再発したんや」

始まりの日　二〇二〇年十月十六日

松江準平は昭和二十九（一九五四）年、福井県坂井郡芦原町で生まれた。父の壮平は芦原温泉街にある店舗で靴屋を営み、母の菊代は店番をしながら一人息子の準平を育てた。

朝鮮特需、そして前年の開湯七十周年の記念行事を経て、観光客が増え始める中での子どもの誕生。松江家は幸福の絶頂にあった。だが、それらが砂上の出来事であったように幸せが崩れ落ちていく。

翌年早々、壮平にガンが見つかり、治療の甲斐なく七月に死去。菊代は悲しみに暮れる間もなく、大きな不安と戦わなければならなかった。乳飲み子を抱えながら、壮平が残してくれた靴と流通品を販売し、親戚の菓子屋からせんべいや水飴《みずあめ》を譲り受け、別の窓口を設けて売ることで糊口をしのいだ。事情を知る人々のおすそわけもあって、菊代は温泉街の人情に支えられながら、何とか生活を立て直していった。

しかし、今度は悪鬼が温泉街そのものに牙を剝いた。翌年の昭和三十一（一九五六）年四月二十三日、芦原大火が発生。

午前六時四十分ごろ、国鉄芦原駅前の店舗から出火し、常時風速一〇～一五メートル、最大風速二三メートルというフェーン現象の強風に乗って、同時に九ヵ所に飛火したとされる。数日前から高温が続き、空気が乾燥していたことも不利に働いた。鎮火までの約五時間で温泉街の四二％が焼け、大半の旅館が焼失。三百軒以上の民家が全焼し、直接的な死者がいなかったことが不幸中の幸いだった。

父が急死した翌年に住居と店舗を兼ねた家が全焼。菊代の戦後は終わらなかった。彼女は準平を連れ、福井市内の実家に戻った。そして再起の糸口を見つけられないまま、断腸の思いで芦原の土地を売却した。

大火から三年後、菊代は福井市内のガラス会社に勤める男と見合いをする。悩み抜いた末に再婚を決意。以後、吉村《よしむら》姓を名乗ることになる。準平が五歳のときだった。

ガラス会社は創業六年の小さな会社だったが、高度成長期の波に乗って事業を拡大。継父は社長の高校の後輩で、設立メンバーだったため順調に出世していった。準平が小学校に上がった年に異父妹が誕生。継父は分け隔てなく接してくれたが、準平は幸せそうな母に違和感を覚えるようになる。写真でしか知らない本当の父に対する愛情は、不在だからこそ神格化と同じ方向で大きくなっていった。

妹が成長するにつれ、居場所がなくなったように錯覚したことが、結果的に準平の独立心を育んだ。中学・高校では野球に打ち込み、家ですることと言えば、食べるか、寝るか、風呂に入るかぐらいで、意識的に家族と過ごす時間を減らしていった。

昭和四十八（一九七三）年、準平は京都市内の私立大学に進学し、バイトと読書の日々を過ごす。卒業後の昭和五十二（七七）年、大日新聞大阪本社の試験を受けて合格。二年後に大学時代から付き合っていた中根《なかね》郁美《いくみ》と結婚、昭和五十五（八〇）年、郁美は長男亨を出産した。

しかし、大阪で府警担当として多忙を極めていた準平と、子育てと家事を孤軍奮闘で務めた郁美との間にすれ違いが生じ、昭和五十九（八四）年に離婚。郁美は四歳の息子を連れて京都・京北の実家に帰った。

準平もまた、体を壊したのを機に福井へ戻り、地元の『越山新報』に転職。五十五歳で早期退職するまで新聞社に勤務する。

郁美は一九九〇年に地元の司法書士と再婚。亨が独立してから、趣味だった木工作品の販売を兼ねたカフェを地元に開いた。

Ａ４用紙に印刷したメモを机に置き、大路は温《ぬる》くなったコーヒーを口に含んだ。苦く笑ったのはコーヒーのせいではなく、自分の両親のストーリーを客観的に表記することが気恥ずかしかったからだ。

父は新聞社を退社後に上京し「松江準平」として、原稿を書き始める。五十五歳の新人フリーライター。定年延長の流れにある中だったが、大路は父の決断を予感していた。

親子の会話と言えば、取材した事件かノンフィクション作品のあれこれしかなかった。特に本田《ほんだ》靖春《やすはる》については『誘拐』『不当逮捕』『私戦』といった代表作から、本になっていないルポまで多くを語った。国会から遠い地方の社会部記者にとっては、同じ会社にあっても〝政治屋〟は敵である。父からもらった「政治的『政治記者』の体質」という原稿のコピーを大路は今も持っている。

豊かな商品棚の裏側にある劣悪な労働環境、日常生活に潜む差別意識。本田作品の本質はメディアの過渡期にある今にこそ突き刺さるものがある。

酒を酌み交わすたびに、父は若い現場記者である大路を羨んだ。

「もう一回、もう一回な、アホになっておもいっきり取材したいんや」

呆《あき》れて介抱しながらも、大路は父の物書きとしての疼《うず》きを痛いほど感じていた。父から退社すると聞いたときは嬉しく、また落ち着くべきところに落ち着いたと、安堵した。

デスクの椅子から立ち上がり、窓際まで歩いてカーテンを開けた。外は既に暗く、強めの雨が降っている。本と資料、パソコンと周辺機器。仕事場にときめきは必要ないが、それにしても殺風景だと自分で思う。

静かだった。二十三区外の街で、駅から徒歩二十五分。さして新しくはないものの、大路はこの2DKのマンションを気に入っていた。本と仕事、それに健康な体があれば、取り立ててほしいものはない。

再び椅子に腰掛け、メモを手にした。

昨日、父と別れてからは酒を飲む気にもなれず、記憶が新しいうちにと、帰宅してすぐに文字起こしをしたのだ。

今日は午後に一本取材をこなした後、色濃い雨雲が見えていたのでコンビニに寄り、コーヒーのドリップバッグと弁当を買ってマンションに帰った。その間もずっと父の話が気になっていた。

独立後、父は「アホになって」取材をし、雑誌、ネット媒体を問わず原稿を書いた。得ようとしたのは金ではなく、東京での人脈だ。特に単価の安いネット媒体からありがたがられる一方、取材費は持ち出しになることも少なくなかった。

独立して五年が経つころには週刊誌で連載をするようになり、事件雑誌『フィールドワーク』誌が主催する「水彩社ルポ大賞」の選考委員を務めるまでになった。

父がフリーになった二〇〇九年、その三年前に亡くなった菊代のことで異父妹から父に連絡があった。

「お母さんが興信所を使ってたみたいなんや」

妹が結婚して引っ越した際、実家から持って行った段ボールがいくつかあった。その段ボールの中身を処分しようと開けたところ、妹の私物に混じっていくつか菊代の身の回りの品が出てきたという。

「そのうちの一つが興信所の記録や」

昨日の父の声が蘇る。

壮平が亡くなった一年後、そして大火で店舗兼住居が全焼して三ヵ月後に依頼された素行調査。

調査期間は一週間で、内容は辻静代という女性の経歴確認と行動記録だった。興信所は――静代が芦原温泉の旅館「白露」の仲居をしながら一児を育てていて、勝部《かつべ》元吉《もときち》という旅館の番頭と愛人関係にある――旨を報告している。

父はその後、壮平の葬儀の芳名帳を発見し、そこに辻静代の名前を見つけた。このことから、壮平と静代は何らかの関わりがあると推察でき、菊代には怪しむべき点があったのかもしれない。

東京でフリーライターをしながら『越山新報』時代の伝手《つて》を辿って、辻家のことを調べた父だったが、家族構成のほかは目ぼしい収穫はなかった。それでも、静代の娘の咲子が、前川勝《まさる》というヤクザに騙され、失意の帰郷をして彼との子どもを出産。珠緒と名付けて育てた――などいくつかのピースは手に入れていた。

大路はメモを置いてからメガネを外し、眼精疲労用に買った目薬を差した。

父の中咽頭ガンが再発したと聞いて気を揉んだが、幸い今回も早期発見で、内視鏡手術で取り切れるようだ。大路は何も知らずどら焼きを手土産にした間抜けな自分が嫌になった。病気に関して大して役に立てないことにも無力を感じる。

ガンはもちろん悪性腫瘍との闘いでもあるが、再発への不安と対峙することでもある。父はあのマンションで孤独な夜を過ごしているのだ。

寝不足のせいで体が怠《だる》かった。

大路は七月に不惑を迎え、疲れが抜けにくくなったり、物覚えが悪くなったりして苛《いら》立《だ》つことが増えた。精神的なものもあるだろうが、衰えを自覚するときの切なさには未だ慣れない。

三十路を迎えたころの寂しさは、若さを失っていくことへの未練だった。だが、五十路が視界に入って来ると、人生を逆算で捉える時間が多くなる。今からどれだけのことができるだろうか、と。そして先月、大路は仕事の契約を切られた。もはや逆算も何もない。

「この辻珠緒って人に会われへんか？」

昨日、父にそう頼まれた。

報告書はもう一冊あり、祖母は翌年も辻静代の素行調査を「冬月興信所」に依頼している。結果は似たようなものだったが、なぜそこまでして静代のことを知ろうとしたのか。父にとってはその問いが心残りなのだろう。

もちろん、大路は協力するつもりだった。だが、それは自分のためでもあった。優しかった祖母に何があったのか、知りたくなったのだ。

大路が新聞記者になることを母の郁美は反対した。それはかつて夫だった男の激務を目の当たりにしているからだ。

「もうちょっと人間らしい生活をしてほしいねん」

四十歳になった今なら、母の心配はよく分かる。だが、大学生だった大路には、その労《いたわ》りが生温さにしか映らなかった。

こういうとき、温厚に過ぎる継父は頼りにならない。どっちの味方にもなって、どっちの敵にもなるカメレオンだからだ。それがまた、彼の良さでもあった。

悩んだ挙げ句、大路は福井の祖母に電話した。思いの丈《たけ》を全て聴いてくれた祖母は、母に手紙を書いてくれた。内容は分からない。だが、苦労人の彼女のことだ。自らの人生で得た至言を書き連ねたのだろう。すると、あれだけ頑固だった母が、最後には折れてくれた。

「手紙は面倒なようでも、人の心へ言葉を届けるには、一番の近道なんやよ」

お礼を言いに福井へ行ったとき、祖母はこう言って孫にご馳走を振る舞った。確かに両親は離婚した。だが、菊代は大路の理想の祖母であり続けた。お祖母ちゃんがどうしても知りたかったことって何やろう——。

再びコーヒーを淹れるため、大路は立ち上がった。そのときには既に、取材工程を描き始めていた。

何はともあれ、まずは王雨桐からだ。

岸本将成《きしもとまさなり》の協力　二〇二〇年十二月二日

父の依頼から、早くも一ヵ月半が過ぎた。

大路亨はJR品川駅の改札を出て、師走《しわす》の東京を足早に歩いた。ニュース配信メディア「シンクロニュース」の本社ビルに向かう。

マスクの人々の間を縫うように進み、昭和末期に建てられたというビルに入った。天井が低く、エレベーターの動作も遅い。だが、セキュリティシステムは新しく、同社が借りている二階、三階の入口は顔認証による入室が徹底されている。

大路は過去に数回仕事で使わせてもらっているが、普段狭いマンションで原稿を書いていると、オフィスに来るだけで心が浮き立つ。会社員時代からは考えられない心境の変化だ。

今日はこれから雨の予報で、冬ではあったが空気が湿っている。

コートを脱いだ後、大路はスマートフォンを手にした。受付の無人電話は使わず、いつものように到着を知らせるメッセージを送る。

「久しぶりぃ」

ほどなくして重量感のあるドアが開き、そのドアより頑丈そうな岸本将成が巨体を現した。

「悪いね、来てもらって」

「いえ、こちらこそ無理を言ってしまって申し訳ありません」

「どうぞ」

岸本はマスクを外し、顔認証のカメラに向かった。そのとき満面の笑みを見せたので、大路は吹き出してしまった。

「まだやってるんですか、それ」

登録している顔が「ツボに入ったとき」レベルの笑い顔だったので、普通の表情だとドアが開かない、と岸本は言い張るのだ。

「素の顔じゃ開かないんだよ、ドアが」

「絶対ウソでしょ。サングラス掛けてても認証するんですよ」

「大路君は俺の表情筋をナメてるから」

フロアは複数の会議室が秘密基地のようにひしめく三階だ。ちなみに二階は百人が優に入れるワーキングスペースで、長机とパソコンが規則正しく並び、セルフのカフェコーナーや靴を脱いでリラックスできる空間もある。大路も岸本から原稿の依頼があったときは、ここで書くようにしている。

岸本は「プラスチックゴーゴー」というプレートが掛かっている部屋に入った。三階は目的別に五つのブロックに分かれているが、来客用応接室が集まるこのブロックは、各部屋に解散したお笑いコンビやバンドの名前がついている。いかにも新しい会社といった遊び心だ。

室内には最低限の視聴覚機器を備えているが、長い机と椅子が六脚だけのシンプルな造りである。

「これが木村静香《きむらしずか》さんのプロフィールね」

「いつもすみません。それに、今回は個人的なことなのに」

「いや、何言ってるの。俺がどれだけ松江さんの世話になったか。当然だよ」

「京大のリストも助かりました」

岸本はもともと在京テレビ局の報道局にいた記者で、三年前から「シンクロニュース」に勤めていた。

ネットニュースメディアは大きく分けると「配信メディア」と「コンテンツメディア」の二つがある。その名の通り、記事を集めて配信に特化するか、自分たちでニュースコンテンツをつくって発信するかの違いである。

アプリ配信を軸とする「シンクロニュース」は前者に当たるが、岸本がリーダーを務める企画部は、メディア研究や記者の育成に従事する風変わりな部署だ。大路はその岸本が京都大学卒だと思い出し、頼ったのだった。

辻珠緒が在学していた一九八二〜八六年に通っていた人のリストをつくってもらい、そのうちの一人が、読書サークル「イノベーション」で一緒だった建築士の笹倉邦男である。

「まぁ、京大って言えば、岸本だから」

「全く、あまりにもイメージとかけ離れてるんで、僕は未だに嘘やと思ってますから」

アメフト部で活躍した岸本は、一九〇センチで横幅もある。上機嫌でも眉間に皺を寄せているので、近寄りがたい雰囲気をまとっている。

「君、それは流行りのルッキズムだよね」

「僕はただ外見で偏見を持っただけです」

「ルッキズムの定義だよ。まぁいい。それにしても、お父さんのためとは言え、ご苦労なこったね」

「本業の方もぼちぼちですし、自分でもこんなに時間かけて大丈夫かって不安になりますよ」

取材に協力してもらう都合上、一連の経緯については岸本に話してある。新聞社を辞めた大路に岸本を紹介してくれたのは父だった。

「大路君はそんなおしゃれなメガネをかけて賢そうな顔をしてるのに、間抜けなほどお人好しだから笑える」

「それ、流行りのルッキズムですよ」

「俺から偏見取ったら何が残るんだよ。それにしても、辻珠緒はまだ連絡つかないの？」

「ええ。昨日、王さんとかゲーム会社で一緒だった中居さんにメールしてみたんですが、珠緒さんからの反応はないみたいです」

映像制作会社「Realism」の社長、王雨桐と幹部社員の珠緒との連絡が途絶えたのは、九月末。二ヵ月強の間、音信不通となっている。

「母親は？ 咲子さんだっけ？」

「千葉《ちば》の高齢者施設に入ってるようですが、そちらの職員と相談して、まだ咲子さんには知らせていないようです。それにも限度があるでしょうが」

「警察は？」

「事件性は低いと判断しているようです」

警察庁が把握しているだけで、毎年八万人ほどの行方不明者がいる。よほど確定的な形跡がなければ、捜査とはいかないだろう。

太い指で顎をさすりながら、岸本は「何かもう一つ釈然としないね、彼女」と漏らした。

それは大路も同感だった。だが、複雑な物事も明晰に捉えることができる岸本の考えが聞きたくて「どういう意味ですか？」と先を促した。

「実父のヤクザが絡んだ生い立ちの複雑さとか、結婚の失敗とか、就職時の男女差別とか、逆境はあるんだよ。でも、辻珠緒は受験に合格して、都市銀行の総合職に就いて、ゲーム会社でヒット作を連発するわけ」

「ええ」

「何かさ、明と暗の対比がきれい過ぎて、不自然じゃない？　ほら、取材してるとさ、編集で削るだろうなぁっていう情報あるでしょ。こちらのストーリーに当て嵌まらないというか。それを入れちゃうと分かりにくくなって、受け手が混乱してしまうというような情報が」

「いや、僕も同じことを思ってたんです。これだけ具体的に証言を得ているのに、まだ対象者が遠いというか。たまに……ちょっと伝わりづらいかもしれませんが『逆さ絵』なんじゃないかって思うこともあって」

「あぁ、分かる。言い得て妙だよ。全然違うものを見てるかもしれないっていう不安ね。まだ人間味みたいのが見えてないんだよなぁ。多分さ、これ普通の取材じゃないから余計に気になるんじゃない？」

「個人的な事情で進めているからですか？」

「うーん……どうしても主観的になるよね。それがいつもの取材者の視点と違うというか……何となくで恐縮なんだけど、俺、大路君がやってることって『今日的』な感じがするんだよね」

大路にも岸本が言わんとすることがおぼろげに見える。記者として取材する視点、身内として調査する視点。情報が一方通行だった時代には明確に区別されていたはずの二つの視点が、今のメディアのあり方では重ねられるかもしれないという漠然とした感覚。だが、明確な輪郭を描き出すには、決定的に情報が不足していた。

珠緒と銀行で同期だった木村静香の取材日を確認した後、大路は礼を言って暇《いとま》を告げた。

「いや、ちょっと待って。今日は俺の方からもお願いがあって」

「はぁ、何でしょう？」

「今ね、うちの部署で大学生を対象に、オンラインレッスンをする企画をまとめてるんだけど」

「ジャーナリズムのレッスンですか？」

「そう。いろんな記者に講師をしてもらう予定で、そのうちの一回を大路君にお願いできないかと思って」

「僕が講師？　何の冗談ですか、それは」

「いや、冗談みたいな本当の話なんだ」

「冗談みたいな、って言っちゃダメですよ」

「俺が思う大路亨の魅力は、ツイてないとこだと思うんだ」

「本当に頼む気あります？」

「まず、じっくり取材しないと書けないタイプなのに、日刊の新聞なんて一番向いてない職場に十二年もいたこと」

それは父からもよく言われてきた。頷くしかない。

「で、やっと新聞社を辞めたら、今度はページビュー稼ぎの飛ばし記事専門のニュースサイトに三年もいた」

「飛脚通信」というそのサイトに契約社員で入ったのは、父に勧められたからだ。

「自分が恵まれていたことを痛感するよ」という彼の予言通り、大路は世の中にこんな無責任な言論があるのかと目眩《めまい》がした。

現場に行かず、原稿はネット情報で処理。電話取材でコメントを取って記事の末尾につければ、何となく臨場感が増す。いわゆる「こたつ記事」だ。

固定給をもらいながら東京に人脈を築く、という父のプランに従って勤めたのだが、いつしかどんな飛ばし記事にも驚かないメンタルが仕上がっていた。辞めるころには、出版社から依頼を受けた匿名原稿の収入が、給料を上回っている状態だった。

大路が岸本と出会ったのも「飛脚通信」時代だ。

「今度は給料の良さに釣られて『Owned Media』に移籍したものの、道徳エッセイのナルシシズムに神経がやられ、オールド・メディア容疑でお払い箱」

返す言葉がなく沈黙している大路に構わず、企画部のリーダーが続ける。

「それで今は、原稿料にも印税にもならない親孝行の取材を続けている。客観的にこういう人物を見てどう思う？」

「かわいそう」

「そう！　かわいそうなんだよ。だからこそ、滅多にいない」

「反面教師ってこと？」

「新聞、飛ばしサイト、ビジネスサイト、それぞれでニュースを扱った人ってあんまりいないよ」

「全然嬉しくないんですけど」

「こっちは全力で褒めてるぜ」

「今の話を聞いて落ち込むことはあっても『講師やろう！』とはならないですよ」

実際、大路はかなり腰が引けていた。中途半端な経歴は、ネタにはなってもレッスンにはならない。

「せっかくですけど、僕には前途有望な若者に伝えられるものなんてないと思います」

「大路君、俺がいっつも言ってる社会人の基本は？」

「ギブ・アンド・テイク」

「そう！　ギブ・アンド・テイクは社会の潤滑油」

岸本に「そう！」と言われると、次も間違えられぬという独特のプレッシャーがかかる。大路が迷っていると、わざとらしく目を細めた岸本が、木村静香のプロフィールの方に顎を突き出した。

最初から退路は絶たれていたのだ。

「やりますよ。やりゃあいいんでしょ」

岸本にとって自分を説得するなど短手数の詰将棋だろう。だが、その彼をして見えないと言わしめた「辻珠緒の人間味」の謎。

大路は木村静香のプロフィールを手にして、どこかに鉱脈はないかとぼんやり考えた。

杉浦翔大への取材　二〇二〇年十二月四日

京急電鉄の最寄駅から十五分ほど歩くと、ライトグレーの大きな建物が見えてきた。

特に門はないようで、広大な芝の庭が冬の控えめな陽光を受け止めている。海沿いでやや風が吹いているものの、大した寒さではない。ベンチに座って本やスマホを手にしている人も、ちらほらと見られた。

薄い雲から陽が差す朝の三浦半島。「三浦海浜病院」の周辺に漂う空気には、平日の都心にはない穏やかさがあった。

正面玄関へ続く緩やかな坂も基本的に芝生だが、車道にはアスファルトが敷かれ、緑のキャンバスに美しい円形が描かれているように見える。

玄関がある背の低いキューブ型の棟と横長の大きな棟は隙間なく接していて、どのフロアからでも行き来できる構造になっている。大きな棟は上から下までガラス窓が整然と並んでいて、海に向けて視界が開けているが、同じ数だけある室外機のせいでやや景観を損ねていた。ホームページに載っていた入院施設だろう。

アスファルトの坂を半円形に上がると、玄関アーチに辿り着く。立派な二本の柱に支えられた水平の庇が長く、十分に車止めができるほどの空間を日陰にしている。周辺は時が止まったような静けさで、十月の下旬に医師の桧山達彦を訪ねたのがつい先日のように感じる。

自動ドアから中に入った大路は、多くの患者がベンチと椅子に腰掛けているのを見た。コロナ対策として座席の間隔を空けていても、圧迫感を覚える。都内の自宅から一時間以上かけてようやく到着したので、半ば小旅行の感があったが、こうして座るべき場所に困るほどの患者がいることに、現代社会の一端が垣間見えた。

「三浦海浜病院」は依存症の専門外来だ。彼、彼女らは「何か」が止められないためここにいる。今、座って診察を待つ間も「何か」のことを考えている可能性が高い。

中高生のような子どもは、見る限り全員が男子だった。そしてこれも例外なく、彼らはスマホを熱心に見つめ、付き添いの母親には目もくれないのだった。

キューブ型の棟には奥行きがあり、一度外に出て屋根のある通路を抜けると、入院患者たちが生活に利用する別棟につながっている。築浅の病院ではあるが、三年前に改築したばかりのこの別棟は特に新しい。

リラックスをテーマにした棟は「朝凪《あさなぎ》の館」という名がつけられている。五階建てで、シアターや図書室、大浴場まで完備。最上階にあるカフェテリアは、大きなガラス窓からオーシャンビューを楽しむことができる。桧山ともそこで面会したのだ。

一階のロビーはソファが点在する明るい空間で、カーペット敷きの窓際は、寝転がってイングリッシュガーデンを眺めることができる。

受付で手続きを済ませ、ゲストカードのプラスチックケースを首からぶら下げた大路は、疎《まば》らな人の間を通って奥にあるエレベーターに向かった。

最上階でエレベーターが開くと、すぐ艶《つや》やかなフローリングが目に入った。フロア全体がカフェテリアになっている。

大路に気づいた女性の係員が、心得た笑顔で近づいてきた。病院内の、さらに有料施設となれば、一般客が紛れ込むことなどほとんどないだろう。

「大路です」と告げると、白いブラウスに黒ベストというシンプルな制服の女性が「お待ちしておりました」と言って、案内のため先を歩いた。

需要があるかないかは別として、大人数を収容できる店内は、ソーシャル・ディスタンスが叫ばれる今日では、ありがたい面会場所に違いなかった。

海が見えるガラス窓は一面ではなく、縦長の窓が連なって等間隔のストライプを描く。それでも佳景を楽しむには十分で、扇形の窓際は木製のカウンターになっている。

そのカウンターから少し離れたところにある大型のラウンドテーブルに、線の細い青年が一人座っていた。女性から「杉浦さん」と声を掛けられると、ハッとしたような素振りで振り向いた。

案内の女性に礼を言った後、大路が「翔大さんですか？」と尋ねると、青年はもじもじしながら一つ頷いた。

「今日はお時間を取ってもらってありがとうございます」

「いえ……こちらこそ……」

翔大はマスクの向こうで何かを話していたが、はっきり聞こえなかった。向かい合う形で座っているものの、テーブルが大きいので距離がある。

大路は断りを入れてからＩＣレコーダーの録音ボタンを押し、準備運動として大学生活について聞いた。

母親の沙織によると、翔大は一浪の期間に猛勉強し、都内の私立大学に合格した。現在は社会学部でメディアを学んでいる。

「まぁ、こういうご時世なんで、授業もオンラインですし、イマイチ実感がないですね。ここの方がいるかもしれないです」

「桧山先生に聞きましたけど、ボランティアされてるんですよね」

「入院とか半日のデイケアとかで来る子の話し相手になってます。ゲームの知識もありますし、しんどさも分かるんで」

人見知りと聞いていたが、会話に問題はなさそうで、大路は少しずつ本題に入っていくことにした。

「お母さんから出版社を希望しているって聞きましたよ」

「何か余計なこと言ってませんでしたか？」

「翔大さんが大学に進学されて『時々夢じゃないかって思うことがある』っておっしゃってました」

「あぁ、それは僕も思ってます。数年前なんか完全に詰んでましたから」

「珠緒さんが寄り添ってくれたと聞いてます」

「えぇ、本当に感謝してます」

大路はどんな話題になっても笑みのない翔大の表情に注視しつつ、インタビューを進めた。

「翔大さんが初めてスマホを持ったのはいつですか？」

「中学一年生のときですから、二〇一三年です。夏休みに母と祖母からプレゼントしてもらいました」

「初めてダウンロードしたゲームが、珠緒さんの企画した『Blue Arrows』やったんですよね？」

「それは本当に偶然なんですよ。ハマってる友だちが多くて、やってただけなんで。

会話の中で母が知って、それを創ってるゲーム会社に友だちがいるって聞いてびっくりしたんです。母はずっと働いてて、友だちと出掛けたのを見たことがなかったから。そんなすごいゲームを創る知り合いなんかいるわけないと思って『嘘つけ』って」

「お母さんは、珠緒さんが『NYイノベーション』で働いてることを知ってたんですね？」

「何か記事みたいなの見せられましたけど」

大路はバッグからクリアファイルを取り出し、谷川治則が書いた『ここではない、どこか』のインタビュー記事を引き抜いた。

「これじゃないですか？」

「あぁ、そうそう、これです。『かまいたちの夜』の写真、憶えてます」

記事が配信されたのは二〇〇四年だ。大路は友情に三十年の空白がある、という沙織の話を思い出した。自分で話していた通り、彼女は珠緒のことを気にかけていたのだろう。

「お母さんと珠緒さんは長い間会ってなかったみたいですね」

「あぁ、母の事件があったから、お互いに気まずかったんじゃないですかね」

「母の事件？」

大路の反応を見た翔大は「聞いてませんか？」と、意外そうだった。

「まぁ、今更隠すのもあれなんで話します。母が二十歳のとき、働いていた美容室の店長を刺して逮捕されたんです」

「刺した……」

翔大によると、一九八三年八月、沙織は勤務先の美容室の男性店長をハサミで刺し、重傷を負わせて殺人未遂容疑で逮捕された。だが、命に別状はなく、突発的な犯行の側面が強くなったため、起訴の段階では傷害罪に変更されたという。

沙織が劣悪な労働環境に耐えていたのは、店長と男女関係にあったからだが、彼には常に複数の女性の影があり、それを隠そうともしなかったことから、口論が絶えなかった。

「珠緒さんは私選の弁護士を探してくれたみたいですけど、迷惑を掛けたくない母が断ったそうです」

大路は京大バカロレア組の田丸佳恵の取材を思い出した。珠緒は田丸に弁護士の紹介を頼んでいる。恐らく、この沙織の一件で動いたのだろう。

福井地裁で開かれた初公判の傍聴席には、珠緒の姿があった。

「母は手錠に腰紐の姿を見られて、ショックを受けたようです。一度も目を合わせられなかったと言ってたので」

だが、初公判の法廷で親友の顔を見た沙織は、時間が経つにつれて心が揺らぎ、親友に救いを求める。弁護士を通して情状証人としての出廷を依頼したのだ。

「珠緒さんは引き受ける気でいたそうですが、ご両親が強く反対されたと聞きました。田舎ですし、お好み焼き屋さんをしていたので、世間体を気にされたのかもしれません」

中学生のときは、自分のために弟を叱ってくれ、その弟がデートのすっぽかしを企んで、思春期の彼女を傷つけた。高校生になっても福井市内のカフェで語り合い、京都へ行くときには自転車で見送ってくれた——二人には親友と呼ぶに値するつながりがあった。だが、両親は頑として出廷を認めず、これを機に珠緒と芦原の「谷口家」の関係は、さらに冷え込むことになったという。

「珠緒さんに証人を断られた母は、かなりメンタルにダメージを受けたそうですけど、断った珠緒さんも苦しんでいたんです。それが三十年という時間だったんだと思います。母は執行猶予付きの判決を受けて、祖母と一緒に故郷の神戸に帰りました」

大路はそのまま、神戸に帰ってからの沙織について聞いた。

沙織は美容師として働き、一九九九年に勤めていた美容院の常連客と結婚、翌年長男・翔大を産んだ。だが、八年で離婚。養育費の振り込みはすぐに滞り、困っていたところを昔お世話になった美容師の先輩が声を掛けてくれ、横浜《よこはま》で経営していた店を好条件で譲り受けることができたという。

二〇一〇年、最低限の改装を施し、自分の店を開店。店名の「Sisterhood」は、沙織が十代のころに読んでいた雑誌『フェミニストJAPAN』の表紙裏に掲載されていた詩から取ったものらしい。

かつての親友同士は、互いに後ろめたさを覚えて遠い存在のまま月日を過ごしたが、沙織は匿名で顔写真もない記事を読んで、珠緒だとすぐに気づいたという。

「僕が母に『珠緒さんから話を聞きたい』とせがんだので、母も引くに引けなくなったんでしょう。『Blue Arrows』を口実にして、会社にメールを送ったって言ってました」

「NYイノベーション」社長の中居が話していた通り、二人はその後すぐに再会を果たした。

「最初は緊張したそうですけど、お互いがバツイチと知って『気が楽になった』って母が言ってました。一瞬で打ち解けたみたいです」

それから翔大を含めた三人で食事する機会が増え、珠緒がガンを患って入院した際、沙織たちが身の回りの世話をしたことで、さらに距離が縮まる。ともに気を張って自立し、年老いた母の介護という現実がうっすら見え始めていたことも共感を生んだ原因かもしれない。

親友の息子を引き取ってまで世話をしたという特殊な事情の背景には、友情のほかに長年かけて熟成された罪悪感があったのだ。

「本当に富士山が見えるんですね」

相模湾の向こうに冠雪する富士がうっすらと浮かび上がっている。

「僕、ここに来てから富士山のありがたみが分かるようになったんですよね」

翔大の表情から初対面の緊張が薄れ、トレーナーパーカーが似合う、どこにでもいる若者の雰囲気で椅子に腰掛けていた。

「こんなこと言うと失礼ですけど、大路さんって話しやすいですよね？」

「そう？　まぁ、威厳がある方ではないけど」

「初めて会った人とこんなに話したことなかったんで。僕、昔から人と接するのが苦手で、中学一年のときに卓球部に入ったんですけど、四日で辞めたんですよ。人間関係がうまくいかなくて。そのころから母とよく口喧嘩するようになって、いつも祖母が間に入ってくれました」

「そうですか。桧山先生もおっしゃってましたが、ゲームの世界に依存する人は対人関係が苦手であることが多いと」

「まさしく、僕のことです」

翔大はそう言って、ようやく相好《そうごう》を崩した。

「自分が依存状態っていう自覚はありました？」

「いや、なかったです。いつでも止められると思ってましたね。でも、今振り返ると、スマホ買って二年目ぐらいのときは、既におかしかったかもしれません」

「ということは中三のとき？」

「はい。友だちから借金して、その子の親からうちの母に連絡がいって、すごく怒られたんです」

翔大は友だちから借りた金を持ってコンビニへ行き、プリペイドカードを買ってゲームの課金をしていた。最初は母親のクレジットカードを登録して、断りを入れてから課金していたが、回数が多くなると口うるさく言われるため、知恵を働かせたのだ。

「中三の夏に進路を決める家族会議を開いたんですが、僕が『高校に行きたくない』って言ったら、母が『はぁ？』ってなって。それでまた喧嘩になりました」

目標があるわけでもなく、翔大はただひたすらゲームがしたかった。

人目も憚《はばか》らず、派手な喧嘩をした親子の関係は、その日を境に完全に亀裂が走った。

夏休みが明けると、翔大は学校を無断欠席するようになり、ファストフード店で制服を着たままスマホゲームをするため、学校に通報されることが何度もあったという。

「母が学校に呼び出されても何とも思わなかったし、家族でスーパー銭湯に行っても、僕だけ風呂に入らないでずっとスマホを見てました。ゲーム以外のことが面倒で……」

年が明け、沙織のクレジットカードの請求額が三十二万になったのは、ガチャが原因だった。

「母が『どこにそんな金があんねん！』って怒って、僕が寝てる間にスマホを取り上げたんです。朝起きて、スマホがなかったときに、もう何だろ、人生終わったぐらいの勢いでパニクって。取り戻したい一心で部屋のドア、バァーンって蹴って、ブチ切れて『ゴミクズがぁ！』『殺すぞ！』って怒鳴りました」

翔大は自室とリビングの壁に穴を空け、あまりの剣幕に沙織は息子にスマホを返した。

「最初はグーパンチで壁を殴ったんですけど、痛くて。なぜか部屋に自転車のペダルを外すやつがあって——鉄の硬いやつなんですけど——それで壁を壊しました」

細身とは言え、中学三年生の男子が暴れれば、母親は恐怖に身を縮めただろう。この「脅したらスマホが返ってきた」という成功体験が、翔大を増長させる。

進学に関する問題は、翔大が通信制の高校に入ることで決着した。

入学から二ヵ月ほど経ったある日、翔大は祖母の何気ない一言に強い苛立ちを覚えた。「単に『散髪に行ったら?』って言われただけなんですけど、訳も分からずめちゃくちゃ腹が立って。家の中のもんを投げまくって表に出たんです」

夜、家に帰ってきた翔大は、泣きながら片付けをしている母と祖母に対し「金を出せ」と凄んだ。沙織が「先に言うことないんか!」と声を上げたことを合図に、取っ組み合いの喧嘩になった。

「そのとき、初めて母を殴りました。お腹をグーでドンって」

「おもいきり?」

「はい。そうやると気絶すると思ったんです。ドラマとかでよくあるじゃないですか。そのときはお金を手に入れることしか考えられないんで、とにかく気を失ってほしかったんです」

「何でそんなにお金が必要やったんですか?」

「ガチャで、どうしても手に入れたいアイテムがあったんです。イベントで、その時間に回してしまわないと、絶対入手できないんで。もうどんな手を使ってでもって、血走ってました」

エビのように丸まって財布を守る母親を蹴り、そのたびに沙織が「痛い!」「やめて！」「やーめーてー！」と叫ぶ。完全な修羅場だった。

大路は子どもが壊れていくリアルな過程に言葉を失った。沙織はただ「スマホを買っただけ」なのに、その電子機器一台がここまで人間に影響を及ぼすのかと、背筋が寒くなった。

あまりの混乱ぶりに、祖母が通報した。もうそうするしかなかったのだろう。

「警察官の制服を見たとき、急に我に返ったというか。とんでもないことをしてしまったと。でも、素直に謝ることができなくて、部屋に引きこもりました」

その夜、沙織は珠緒に電話し「もう子ども、育てられへん」と泣いた。

話を聞いた珠緒は「ゲーム依存」だと確信し、神奈川県内で受診できる施設を探した。そして王に相談して見つけたのが「三浦海浜病院」だった。

「最初、僕は病院に行かなかったので、珠緒さんが、精神的にかなり参ってる母のサポートで一緒に家族会に参加してました」

珠緒は毎週のように横浜へ行き、翔大の話し相手を務めた。

ゲームの話から始め、緊張が解《ほぐ》れてから、依存症は本人が無自覚のうちから始まること、心には底なし沼があることを丁寧に説明していったという。

それでも、当時の翔大には、いつ感情が爆発するか分からない不発弾のような不気味さがあった。そんな息子を抱えながらも、沙織は生きていくために笑顔で客の前に立ち続けたのだろう。もう、沙織は限界だった。

二〇一六年の暮れ、珠緒は一時的に翔大を引き取ることを決心する。

翌年から翔大が病院で診察を受けるようになった。

「桧山先生がいい人で、臨床心理士の先生も優しくて。診察が終わったらすぐにゲームの世界に戻りましたけど、それから少しずつ家族以外の人とも話せるようになっていったんです」

翔大は桧山たちの勧めで「デイケア」を経験した。

朝から夕方まで、病院や近くの森で運動したり、参加者と一緒にご飯を食べたりして交流した後、テーマを決めて話し合いをする。それが終わると「朝凪の館」で自由に過ごす、というものだ。

「新鮮に感じた反面、やっぱりスマホに触れないのはつらかったですね」

一緒に暮らし始めて二ヵ月が過ぎ、二人は順調に信頼関係を構築していった。だが、珠緒に入院治療を勧められてから、関係がギクシャクし出したという。

「入院すると、完全に『デジタル・デトックス』状態になります。『デイケア』でもつらかったから、とても無理だと思って断りました。でも、すごくしつこかったんです。『今がチャンスだから』って」

三月に入って珠緒は一度、食事中に酒を飲んだ。しばらくして徐々に雰囲気が変わり始めたという。

「目が据わるってこういうことを言うんだって。僕、酔っ払いに絡まれたことがなかったから、人が変わってしまったことにショックを受けて……」

珠緒はしつこく入院を迫り、日ごろの鬱憤を晴らすように、いかに周囲に迷惑を掛けているかを説教し始めた。

「それで喧嘩になって、また暴力を振るってしまったんです。腕を捻じ曲げたり、髪の毛を引っ張ったりして『謝るまで止めんぞ』って。でも、珠緒さんは感情のない目でずっと僕の方を見るだけで。段々、気持ち悪くなっていったんです」

大路は芦原のアパートの隣人、牧田千恵子の証言を思い出した。母の咲子が前川勝に暴行を受け、玄関先に大量の髪の毛が散らばっていたという場面だ。小学四年生だった珠緒はそれを目撃している。そして、内緒で大学を受験したときには継父から理不尽な暴行を受けた。

不幸にも、珠緒には男の暴力に対する免疫があった。

「次の日のお昼過ぎ、珠緒さんから何事もなかった感じで、ドライブに行こうと誘われました。目的地も知らないまま、助手席に乗ったんですけど、車がどんどん山に向かって行くんです」

山、と聞いて大路は嫌な予感がした。これまで数々の事件原稿を書いてきた経験が、胸騒ぎを起こす。

「どこに行くのか聞いたら、富士山の方としか答えませんでした。確かに車は西へ向かってましたが、僕は車を運転しないから、イマイチ地理が分からなかったんです。そのまま二時間ぐらい走って、ここはどこかと尋ねると、一言『林道』って」

翔大の記憶にある目印はキャンプ場ぐらいで、辺りは木々に囲まれていた。

「徐々に陽が落ちてきてさすがに怖くなって、帰りたいって言ったんです。珠緒さんは何も言わずにガードレールの切れ目のところにあった砂利のスペースに車を停めました。それで……」

翔大がひどく緊張していることが伝わってきた。大路はレコーダーの録音時間に目をやって、言葉を待った。

「珠緒さんが一人で車から降りて、トランクを開けました。すぐに後部座席に乗り込んで、何か重そうなものを置いたんです。黙ったまま、黒いテープをビーって伸ばし始めて……彼女の足元を見たら七輪があったんです」

「練炭ですか？」

「はい。黙々とテープを張り続ける顔を見てると、本当に怖くなって。運転席にあった珠緒さんのバッグに睡眠薬の錠剤が大量に入ってるのが見えて、僕、マジでダメだと思って、車から飛び出したんです」

聴いているだけで鼓動が早まってきた大路は、自らを落ち着かせるためにゆっくりと頷いた。

「死にたくないって、心の底から思いました」

翔大は少し離れた所で、立ったままうなだれていたという。

「しばらくしてから珠緒さんが来て『大丈夫やから、帰ろう』って。その後は車で普通にマンションまで帰りました」

「車に乗ったんですか？」

「山の中でどうしようもなかったですし、混乱してて、まともにものを考えられない状態だったんで」

「怖くなかったですか？」

「もちろん怖かったです。このまま崖から落ちないかとか、ずっと全身に力が入ってました」

マンションに帰った珠緒は何も言わずに自室へ引き上げたという。

「それから何日かして、僕から入院治療を受けることを告げました」

「その後、二人で練炭について話したことは？」

「ありません。母にも言ってませんし、ずっと自分の胸の中にしまってるんですけど、やっぱり強烈な出来事だったんで、時々、あの林道が夢に出てくることがあるんです」

一ヵ月の入院生活の後、翔大は沙織の家に戻った。デジタル・デトックスにより、彼は読書とプラモデルの魅力に気づき、また、興味を持った出版メディアの勉強をするため、受験を決意する。

珠緒が家庭教師を務め、一浪の末、翔大は第一志望の大学に合格したのだった。

「お母さんから、珠緒さんと連絡がつかないって聞いたとき、どこか予感めいたものがありました。珠緒さんがいなければ、今の自分がないのは確かなので、無事でいてほしいと思ってます。でも……」

「危ういところがある、と」

「えぇ。思い詰める人なんだと思います。そのスイッチがいつ入るかが分からなくて」

黙々と目張りのテープを張っていく珠緒の姿を想像したとき、大路の中で一人の人間の姿形が煙のように立ち上ってきた。

「お酒を飲んでなきゃいいけど」

翔大はそう言うと、大きなガラス窓の向こうにある、富士の方へ視線をやった。

鹿島友行《かしまともゆき》・川田寛子《かわたひろこ》への取材　二〇二〇年十二月七日

一九九二年秋、辻珠緒は二十代最後の年に成瀬英彦《ひでひこ》と平安神宮《へいあんじんぐう》で挙式し、京都市役所近くの格式あるホテルで披露宴を開いた。

招待者約二百人という豪華な宴は、人々が未だバブル経済の夢の中にいたことを思わせる。既に株価は下降の一途を辿っていたが、経済人は銀行の過剰融資が過剰であることに気づかぬフリをしたまま、土地神話を盲信しようとしていた感がある。

その日は珠緒にとって最高の晴れ舞台になるはずだった。

市営地下鉄烏丸《からすま》御池《おいけ》駅で電車を降りた大路は、階段で地上に出た。十二月に入って一週間が過ぎたものの、底冷えの気配はまるでない。明日も晴れという予報通り、空には固まった怪しい雲が一つもなかった。

目的地の居酒屋「京のおばんざい　タリキ」は、駅から五分ほど離れた六角通《ろっかくどおり》沿いにある。

天候や服装に左右されないナイロン素材のリュックを背負い、左手にスマホを持って居酒屋を目指す。人通りは少なかったが、シャッターを閉めている店々にも商いの気配が漂っているので寂しさはない。

スマホの音声が到着を知らせる。「タリキ」は各種飲食店が入るビルの二階に入口があった。開いたままになっている自動ドアから声を掛けると、奥から姿を見せた黒いTシャツの男が「あぁ、大路さんですか」と笑い掛けてきた。

「お忙しいところ申し訳ありません。鹿島さんですか？」

「ええ。川田さんも来られてますよ。さぁ、奥へどうぞ」

玄関でアルコール除菌をした後、適度に暖房が効いている店に入った。料理人が入るU字タイプのカウンターを通り過ぎ、奥にある四十人ほど収容できそうな座敷の前で足を止めた。もぐら叩きのように掘りごたつが設置され、それぞれに座布団が敷かれている。今は衝立《ついたて》が取り払われ、広々として気持ちがいい。

「あぁ、亨君、こっち！」

座敷の左奥にある八人掛けのテーブルで、川田寛子が手を挙げた。

大路は「久しぶりですぅ」と頭を下げ、念のため座布団二つ分の距離を空けて腰を下ろした。

「ちょっとお茶持ってきますね」とカウンターに向かった鹿島に礼を言った後、改めて川田と向かい合った。

「久しぶりやねぇ。すっかり逞しくなって」

「滅相もないです。フラフラと親不孝してます」

川田寛子は母の高校時代の友人で、昔からよく京北の家に遊びに来ていた。今も交流を続ける親友だ。

「最後に会ってから何年ぶりぐらいやろか？」

「もう就職してましたからねぇ。十五、六年というところですか」

お茶とおしぼりを持って来た鹿島が、川田の対面に座った。大路が時間を割いてくれたことも兼ねて礼を言うと、鹿島は「暇なんで、ちょうどよかったです」と、陽に焼けた太い腕をブンブンと振った。

「飲食店は大変ですよね」

「だって、かれこれ一年でしょ？　こんな世の中になるとは思いもしませんでした。一時期お客さんが戻って来てたのに、また感染者が増えてるから、先が思いやられますわ」

新型コロナウイルスの新規感染者数は秋以降、増加の一途を辿っていた。

「本格的な冬になると流行するのは目に見えてますからね。ワクチンができんことには安心できませんわ」

初対面の挨拶を終えると、大路は鹿島友行と名刺交換をして、改めて辻珠緒の行方を探している経緯を伝えた。

取材で珠緒と結婚していたのが「藤屋聡兵衛」の創業家の人間だと聞いてすぐ、大路は母を介して川田に連絡した。その電話の途中で彼女が結婚式に出席した友人のことを思い出し、今日の面会につながったのだ。

「川田さんは英彦さんの結婚式があったころは、まだ『藤屋聡兵衛』に勤めてはりましたよね？」

「そうそう。今もあるけど、大丸《だいまる》に出してる店で販売員をしてたのよ」

当時、百貨店の大丸のメンバーでよく飲みに行っていた和食屋があり、そこで修業していたのが鹿島だった。彼が成瀬英彦の大学時代の友人ということが分かってから、さらに親しくなったという。

「友人、というほどのものじゃないんです。成瀬君は大学でも有名人でしたからね。いい人なんやけど、近づきがたい感じもあって」

「でも、結婚式にご招待されたんですよね？」

「それが、成瀬家ならではというか……」

地元の名士が大勢来るということで、英彦の学友たちは腰が引けて余興を引き受ける者がいなかった。そこで友人たちに目をつけられたのが鹿島だった。

「大したことないんですけど、昔からテナー・サックスを吹くのが好きで。友だちに泣きつかれたんです。ほんまはそういう華やかな場が苦手なんですけど、学生時代の友だちに入れ代わり立ち代わり頼みに来られて、根負けしたんです」

こうして友人代表として余興をすることになった鹿島は、多彩な出席者の面々に驚いたという。

「同業者はもちろんなんですけど、国会議員、銀行関係者からタレントまで、文字通り職種のデパートですよ。改めて成瀬君はすごい家の生まれなんやと場の雰囲気に呑まれました」

「そんな中、一人で舞台に立つって格好ええやん」

川田が持ち上げると、鹿島は「確かに格好よかったですねぇ」とボケてやり取りが成立した。

大路の母と同い年の川田は六十五歳になるが、オシャレで若々しい。今日も幾何学模様の高価そうなスカーフを首に巻いている。鹿島も白髪が目立つものの、鍛えているのが分かる分厚い胸板をしていた。

年齢も性別も異なる二人の友人関係に、大路は好感を持った。

「ソロなんで、みんなが知ってる曲の方がええやろと思って、ドラマで攻めたんです。小田和正《おだかずまさ》の『東京《とうきょう》ラブストーリー』のやつとか、『西部警察』『必殺仕事人』……えらいウケましてね。いい気持ちで家に帰れました」

芸は身を助ける、というが、何の特技もない大路はこういう話を聞く度に、親の言いつけを守って習い事を続けていればと後悔する。

長居すると仕込みの邪魔になるので、本題の方へと舵《かじ》を切った。

「新婦側の出席者で印象に残ってる方はいませんでしたか？」

鹿島は半ば予期していたような反応だったが、慎重に言葉を選びながら話し始めた。

「当日はね、緊張で周りのことが目に入らなかったんですけど、後から考えたら変なことがあって。まず『成瀬家』『谷口家』の結婚やのに、お父さんがおられなくて……」

珠緒は継父である芳雄を式に呼ばなかった。大学生のとき、杉浦沙織の情状証人出廷に強く反対されて以来、珠緒ははっきりと芳雄を避けるようになった形跡がある。

「友だちに聞いたら、弟さんも呼んでなかった。血のつながりのこともあるんでしょうけど、家族としてうまくいっていないんだろうな、という印象を持ちましたね」

それは自分の母親に対して「結婚が失敗だった」と宣告するに等しい行為ではないだろうか。成瀬姓になることで、ようやく谷口姓を捨てられる——大路にはそんな珠緒の声が聞こえてくるようだった。

「もう一つ、披露宴当日に何となく違和感があったんですけど、そうですねぇ……半年ぐらい後かな。一緒に飲んでた学友が妙なことを言い始めて」

「妙なこと？」

「珠緒さんの中高時代の友人が『ほとんど他人やった』って言うんです」

「他人……」

オウム返しをしたまま、大路は絶句してしまった。平静を保つため、マスクをズラして温くなった茶を口にする。

「何かね、お酒が入ってから、うるさかったんですよ。品がないというか。当時のことですから、あんなに髪の色が明るい友だちがいるようには見えなくて……新婦がね。それでおかしいなと思ってたんです」

「つまり、彼女たちは友人に扮したサクラであったと？」

「友だちは成瀬君から直接聞いたらしいんです。じゃあ、あの二十人ぐらいを差し引いたら、新婦側の出席者なんてほとんどいないんですよ。だとすると、さすがにバランスが悪いな、と」

川田が漏らした「ほんまにそんなことあるんやね」という言葉に大路は同感だった。まるでドラマや釣り記事の世界だ。

出席者の中には気づく者もあっただろう。偽物の笑みを振りまいて珠緒を祝福する他人たち。珠緒の新しい門出は、のっけから異様な雰囲気に包まれていた。

成瀬家の面子《メンツ》が立たない――それ以外にどんな理由があろうか。

谷口姓から脱皮しても、そこには新たな抑圧の構図が待ち構えていた。

「長くないんじゃないかっていうのは、私らの職場でも噂になってたわ」

川田の発言に鹿島が頷く。同じようなことを友だちから聞いているのだろう。

「英彦さんの奥さんがゲームばっかりしてるとか、酒癖が悪いとか」

「それは僕も聞きましたね。だいぶ前に成瀬君に会ったとき『普段大人しい人間ほど絡み酒になる』って愚痴ってました」

「二人は六年で離婚してるんですね」

「成瀬君の方は、創業二百周年の事業でかなり忙しかったようですからね」

「あの本店の隣にある数寄屋造りの直営店舗が出来たんですよね？」

「そうそう。一九九六年が二百周年イヤーやから、四年でやってしまわないとダメで。その二、三年前に英彦さんのお兄さんが社長になって、パッケージとかいろいろ変わっていったの憶えてるわ」

店頭に立っていた川田が、当時を振り返った。

大路も京都の人間なので「藤屋聡兵衛」は昔から知っていた。小さいころは古くさい和菓子店のイメージだったが、いつの間にかオシャレな印象を持つようになっていた。それはこの若い兄弟たちが従来のやり方を刷新していったことに起因するようだ。

「その忙しさが原因ですれ違った、と？」

「夫婦のことは夫婦にしか分からへんけどね。私は百貨店の同僚から英彦さんに女性問題があったと聞いたよ」

「それはほんまです。相手は大学の友だちで、僕も知ってる人ですから」

「えー、そうやったん！　知らんかったわぁ」

旧知の二人で盛り上がってはいたが、大路はもう少し披露宴の件で粘ろうと考えた。当時の出席者に今につながる人脈があるかもしれない。

再び新婦側の出席者に話を戻すと、鹿島は唸って眉間に皺を寄せた。

「いやぁ、三十年ぐらい前の話ですからねぇ。固有名詞はきついなぁ」

「珠緒さんが親しげにしていた人はいませんでしたか？」

うつむいたまま固まった鹿島の答えを待ったが、これ以上期待するのは難しかった。

京都まで来たにもかかわらず、思ったほどの収穫は得られなかった。確かにサクラの話は不気味であり、新郎新婦の間に埋めがたい格差があることはよく分かった。だが、今につながる「何か」が見えない。

「成瀬君に連絡しましょか？」

鹿島からの意外な提案に、大路はすぐに顔を上げた。無意識のうちに険しい顔をしてしまっていたのかもしれない。

「お願いできるなら是非。でも、離婚した奥さんのことやのに、鹿島さんにご迷惑が掛かりませんか？」

通常の取材ではなく、個人的な調べものなので気が引ける。

「あかんかったらあかんで仕方ないですよ。でも、行方不明っていうのが気になりますから」

「英彦さんは、ボンボンなんで人はいいよ」と、川田も背中を押してくれる。

「では、厚かましいお願いで恐縮ですが、間に入《お》っていただけますか？」

「もちろん。珠緒さんとは結婚式の一回しか会うたことないけど、僕のサックスを聴いてくれた人やから」

鹿島に礼を言った大路は、二十八年前に開かれた、サクラのいる披露宴に思いを馳せた。

華麗な高砂席に〝友人〟たちが集まり、次々と撮られる記念写真。会ったこともない何者かが笑顔で近づいて来て、馴れ馴れしく珠緒を呼び捨てにする。語り合いたい思い出は何一つなく、ただ現像されることのない写真がネガに焼き付けられていく――。

それは新婦の背に押す「成瀬」の烙印に等しかった。

成瀬英彦への取材　二〇二〇年十二月八日

京都は「洋」の街でもある。

まず市役所の本庁舎、府庁の旧本館が洋館で、街を歩いていても赤レンガの館が思い出したように現れたりする。

明治の煙草王、村井吉兵衛《むらいきちべえ》の旧別邸で、現在はカフェや結婚式場として使われている「長楽館《ちょうらくかん》」も、市の有形文化財に指定されている洋館だ。

門柱から館までは石畳の庭になっていて、中央にあるヒマラヤスギが目を引き、隣にある石灯籠《いしどうろう》が明治の和洋折衷を思わせる。ここは駐車スペースになっていて、よく高級車が停まっている。

二十年ほど前、京都市内の私立大学に通っていた大路は、当時付き合っていた彼女と円山《まるやま》公園を散歩していたときにこの館を見つけ、カフェに入ったことがある。終始緊張していた大路とは対照的に、彼女はリラックスした様子で厳かな雰囲気を楽しんでいた。

本館の一階は御影石、二階は淡い黄色系のタイル張りで、この荘厳な佇まいを前にすると、会計の際に緊張していた学生時代の一日を思い出してしまう。

上部がバルコニーになっている玄関ポーチの階段を上がると、中から係の女性がドアを開けてくれた。

「予約している大路です」

女性の案内に従い、ロビーから階段を上がる。紅い絨毯《じゅうたん》と経年の艶を見せる木製の手すりが深い色合いで調和し、ベージュの壁が照明の仄かな輝きを受け止め、その陰影をも風格の一部としている。

不惑を迎えてはや五ヵ月が過ぎたが、大路は未だ学生時分の幼さを抱え、身をすくめて案内に続いた。

通されたのはライトブルーの絨毯が敷かれた「美術の間」で、かつて美術コレクションを展示していたことに由来する。グリーンの丸テーブルが島のように浮かんでいる。

大路が入室すると、出窓の席に座っていたスーツの男が立ち上がった。

「成瀬さんでいらっしゃいますでしょうか？」

「大路さん、ですね」

係の女性に礼を言った大路はすぐに名刺交換したが、成瀬は見上げるほど背が高かった。あの岸本より高いかもしれない。

「本日は早速お時間を取っていただき、ありがとうございます」

「いえ、たまたま休みを取っていたので、ちょうどよかったです。久しぶりに鹿島君の声も聞けましたし」

昨夜、鹿島から「成瀬君、いけるみたいですよ」と電話があり、期待薄だと思っていた大路は慌てて長楽館を予約した。

向かい合ってアンティークチェアに腰を下ろし、互いにお薦めのブレンドティーを頼んだ。川田が話していた通り、成瀬は人の良さそうな笑みを浮かべている。プライベートな内容になることは分かっているはずだが、大路は彼の立ち振舞いから自然体の余裕を感じた。

紅茶が届いてから二人してマスクを外し、一口飲むとインタビューの雰囲気になった。

「珠緒さんは誰とも連絡を取ってないんですか？」

成瀬はかつての妻を品よく「珠緒さん」と呼んだ。

大路はこれまでの調査と同じように、かいつまんで経緯を話した。

「では、警察は動いてくれないんですね？」

「はい。やっぱり明確な事件性がない限りは……」

「そうですか。心配ですね……私の方も離婚したのが九八年なんで、もう二十年以上連絡を取ってません」

成瀬はそこで少し間を置き、大路を見据えた。

「昨日もメールで確認しましたが、大路さんはこのことを何かにお書きになるということはないんですね？」

「それは今後を含めてありません。お話しした通り、私の家族に関する極めて個人的な人捜しなので」

「分かりました。お役に立てるとは思いませんが、何なりと聞いてください」

大路はまず、二人の出会いから確認することにした。

「最初は僕が大学三回生のとき、珠緒さんは一つ年下なんで二回生のときですが、春ごろだったと思います。彼女、実は祇園のスナックでアルバイトしてて……」

「珠緒さんの学生時代の友人から聞いてます」

「そうですか。なら話しやすいです。そのとき、先輩と二人で飛び込みで入ったんですが、そこにいたのが珠緒さんでした。彼女と別の女の子と四人で意気投合したんで、後日、ダブルデートをすることになったんです」

「その別の女性は田丸さんという方ではないですか？」

「いえ、新田《にった》さんという方です。新田明子《あきこ》さん」

大路はノートに漢字を書いてもらい「よく憶えてますね」と探りを入れた。

「ずっとじゃないんですけど、高校生のころから日記をつけてるんです。だから昨日、確認して」

新田が通っていたという短大も教えてもらった。人捜しでは、固有名詞が一番ありがたい。この新田という女性は珠緒のアパートの隣人で、彼女が珠緒をバイトに誘ったのだという。

四人は北白川のレストランで食事をして、バーで二次会をしたが、それ以降四人で会うことはなかった。先輩が珠緒を気に入ったものの、彼女にその気がなかったからだ。

二人が再会したのは、珠緒が中央創銀に入社して二年目の一九八七年、日本経済の絶頂期だった。

よく語られるように、NTTが上場して百六十万円の初値をつけ、公定歩合が戦後最低を記録し、安田火災がゴッホの『ひまわり』を五十三億円で落札。銀座《ぎんざ》に一坪一億円の土地が出て、ワンレン・ボディコンが流行ったきらびやかな年だ。

「私はひと足早く上京して、都銀で働いてました。まさか東京で再会するとは思ってなかったので、お互いに驚いて。四年ぶりでしたけど、すぐに打ち解けて、ひと月もしないうちに付き合うようになりました」

人並みに映画やスキーを楽しむ一方、共通の趣味であるファミコンが、コミュニケーションを取る上で重要だったという。

「自分としてはもう少し早く結婚したかったんですが、彼女の方も仕事があったので、五年間もズルズルしてしまって……」

珠緒は九二年の六月に銀行を退行。秋に挙式したことは以前の取材の通りだった。

大路は迷った挙げ句、披露宴のサクラについて尋ねた。

「あぁ、鹿島君から聞きましたか。それは事実です。母と姉の判断で、二十人ほど若い人を集めました。新婦側の出席者が十数人で、十倍ほどの開きがありましたから、さすがに『格好がつかん』と」

「では、珠緒さんは赤の他人の〝友だち〟と写真に収まっていた、と？」

「ええ。横で見ててかわいそうでしたけど、今よりもっと『面子』が大事な時代でしたし、もともと母と姉は見栄っ張りなところがあるので」

その面子が珠緒を追い詰めていく。

新婚当初、英彦の母は二人の新居に度々顔を出したという。

「実際にどういうやり取りがあったかは分かりませんが、珠緒さんが戸惑っていたのは憶えてます。私も、もっと真剣に彼女の話を聴くべきでした。私の母は厳しい自分に酔うところがあるので」

穏やかに話してきた英彦が、母親に対して「厳しい自分に酔う」という強い表現を使ったことで、家族間に距離があると大路は察した。

「そのころ、創業二百周年の事業で大変だったと伺いましたが」

「結婚した翌年から本格的にプロジェクトが始まって、三年で古いシステムを刷新してしまわないとダメでした。新商品の開発から新店舗ビルのイベントまで、一からつくり上げる必要があって、私たちにとっては誇張抜きに百年に一度の大改革でした」

一夜漬けで情報を集めた大路にも分かる大規模なプロジェクトだった。

おおよそ百年前から営業を続けている本店に加え、数寄屋造り三階建ての豪華な新店舗の建設計画。売り場面積を本店の倍にし、二階には甘味処《かんみどころ》、三階には京菓子の歴史展示や茶道などのカルチャー教室を設けた。

英彦は最初からこの計画に深く携わり、二年目から専務、九六年から副社長となることが決まっていた。銀行時代のノウハウを活かし、資金集めから人集めまで大車輪の働きだったという。

順調に推移したプロジェクトの三年の間に、家庭の方は逆の曲線を描いた。

「改革のポイントは女性層の獲得でした。最初は珠緒さんにも助言をもらってたんですが、私の姉がそれを快く思わなかったようで『口出ししないように』と注意したらしいんです」

小姑《こじゅうと》もまた、「厳しい自分に酔う」タイプなのだろうか。

「珠緒さんは独力でキャリアを積んできた人なので、専業主婦というフィールドが合わなかったのは間違いないと思います。それに私が忙しかったので、ご飯をつくっても、お風呂を焚いても無駄になったり、母も無遠慮に子どものことを聞いたりして、相当窮屈な思いをさせてしまったと、今なら分かるんですが」

新店舗ビルが落成するころには、夫婦間の会話はほとんどなくなっていた。そうした気配を察してか、姑も顔を出さなくなったという。

「珠緒さんは孤独を深めていたんですね？」

「ええ。お金を使うのにも一々断りを入れてましたし、彼女の実家への仕送り代も私が出していたので、肩身は狭かったと思います」

九六年と言えば、住専パニックに象徴されるように、皆がバブル崩壊を認識して経済的縮小が加速していた時期だ。それにもかかわらず、女性購買者を重視して新商品の開発やパッケージの一新を続けた「藤屋聡兵衛」は、上昇気流に乗った。

メディアの取材を積極的に仕込み、京都の特性を活かした文化イベントも主催して、右肩上がりで売上を伸ばした。英彦は多忙を極め、家にいるわずかな時間は寝て過ごすようになる。

「夏になると二百周年のイベントが一段落し始めたんですが、そのころから家の中が目に見えて荒《すさ》み始めました。至る所に埃の塊があったり、頼んでたアイロンを何度も掛け忘れたり、私も家に帰るとストレスが溜まっていく一方で、ずっとイライラしていました。既に精神的な面で正常ではなかったのかもしれません」

英彦はそこで言葉を切ると、カップに手を伸ばし、ゆっくりと紅茶を飲んだ。それからしばらく、無言のまま窓の外の円山公園を眺めた。

「珠緒さんがたまにランチに行っていたレストランは、私の知人がオーナーをしてました。あるとき、そのオーナーから電話がかかってきて、彼女が毎日昼にお酒を飲んでると」

家事もせずに昼間から酒を飲んでいる妻を英彦は許せなかった。家に帰ると、珠緒を問い詰めた。

「家の中を調べると、シャンパンとかビールをいろんなところに隠してて。彼女は温かろうが、まずかろうが、酒が手放せなくなっていたんです」

「それって、アルコール依存なんじゃないですか？」

「ええ。そのときは私も疲れ切っていて、彼女とまともに向き合おうとしませんでした。珠緒さんが病院に行ったのは離婚後です。宝さんという方が彼女のケアをしていました」

宝という珍しい名字のおかげで、大路はすぐに京大の読書サークル「イノベーション」で珠緒の先輩だった、笹倉邦男の証言を脳内メモから弾き出した。

「宝さんというと、お父さんの方ですか？」

「ええ。純男さんの方です。彼が滋賀にある依存症の治療施設に珠緒さんを連れて行ってたんです」

珠緒はアルコール依存症だった。

沼から出られない苦しみを知っているからこそ、杉浦翔大のことが放っておけなかったのかもしれない。

宝の父親は、学生時代だけではなく、社会人になってからも珠緒と連絡を取っていたということなのか。

「離婚後はこの宝さんを通して、珠緒さんとやり取りしてました。滋賀の病院は宝さんの友人が通院していたところで、珠緒さんも最初は肝臓の数値が悪かったようですが、減酒に成功したと聞きました。それも半年ぐらいの話で、次第に連絡を取らなくなりましたが」

英彦は深いえんじ色のネクタイを大きな手で少し緩めた。腕を動かしてもスーツにほとんど皺が入らなかった。

「離婚の一年前には、ほぼ夫婦関係は破綻していました。その年にある男から連絡があって、それが大きな問題になりました」

男と聞き、大路は珠緒にも男性関係があったのではないかと勘ぐった。

「ある男というのは？」

「前川功《いさお》という人です」

「前川……」

前川勝の息子ではないかという閃《ひらめ》きは、時間を置かずに大路の中で確固たるものになっていった。

「その前川という男は最初、会社に連絡をしてきたそうですが、埒が明かないということで、直接私の実家を訪ねたみたいで」

「実家に？　何者なんですか？」

逸《はや》る気持ちを抑えられず、大路は話の途中で割って入った。

「珠緒さんの異母兄だと言ってました。行方不明になってる父を捜していると。対応した母と姉に、その父親が暴力団員であることを明かして、さらに珠緒さんが祇園のスナックでアルバイトをしていたことも話してしまったんです」

「その前川功という人は、なぜスナックのバイトのことまで知ってるんですか？」

「誰から聞いたかは分からないですけど、京大に話を聞きに行ってたみたいです」

前川の息子はずっと捜していたのだ。

母親と芦原へ行った一九七八年から成瀬家を訪れた一九九七年まで、功は二十年ほど珠緒のことを追い掛け回したということになる。京都大学へ行って彼女のことを聞き回り、「藤屋聡兵衛」の創業家に嫁いだことも調べ上げた。

その粘着質なやり方に、大路は気味の悪さを覚えた。

「母は特に古い人間なので、水商売を蔑視していました。輪をかけて実父が暴力団員ということを知って『騙された』と騒ぎ始めたんです」

それから一週間ほど後、英彦の母と姉は連絡もせずに彼の家に向かった。そして、荒みきった「生活」を目の当たりにして、言葉を失うのだった。

「インターホンを鳴らしても出てこなかったので、中に入ったみたいなんです。そしたら、珠緒さんがリビングで鼾《いびき》をかいて寝ていて、周りには酒瓶が複数転がっていたと。彼女は明らかに酔っ払っていて、勝手に家に入った二人を激しく非難し始めて、その……言葉遣いが、人が変わったようになってたそうで……」

杉浦翔大の話にあった通り、酒が彼女をおかしくしてしまったのかもしれない。

「それで母と姉に今までの恨みをぶつけたらしいんですが、その中で、彼女がずっと避妊薬を飲んでたことを打ち明けたんです」

「えっ、何でですか？　何で珠緒さんは……」

「子どもを育てられる自信がなかったって。それが決定的になったと思います。私も聞いたときはショックが大きくて……」

不幸な結婚だった。披露宴で偽物の友人を集め、夫は家に帰らず、妻は親になることを恐れて密かに避妊薬を飲んでいた。

珠緒の酒は明白な逃避行動で、翔大にとってのゲームに等しい。底なしの依存のつらさが分かるからこそ、友人の息子の人生を元に戻したかったのではないだろうか。

「恥ずかしながら、彼女との話し合いは母と姉に任せてしまいました。条件面での折り合いがつかず、正式に離婚したのは翌年の九八年です」

大路が「条件面とは？」と尋ねると、英彦は言いにくそうに「お金です」と答えた。

「今、私は二児の父で、お陰様で店も順調です。でも、時々珠緒さんのことを思い出すんです。あのとき、逃げずに話し合うべきだった。内緒で避妊薬を飲むほど、大量のお酒を飲むほど、彼女を追い詰めてしまった。人生を狂わせてしまったと」

成瀬は自身の女性問題については話さなかった。しかし、切実な声音からも大路には後悔が伝わってきた。

「離婚してから、珠緒さんのことは蓋をするように目を逸らし続けてきました。でも、今回大路さんからご連絡をいただいて、音信不通であると聞いて、心苦しくなって……本当に。だから、もし彼女の安否が分かったら、一言でもいいので教えていただけないでしょうか？」

大路は首肯しながらも、珠緒を捜し出す手応えをつかめていなかった。

事を難しいものにしているのは、成瀬家が自宅に上げた、前川功という追跡者なのかもしれない。

何必館にて　二〇二〇年十二月九日

京都市営地下鉄「四条駅」から地上に出て、アーケード街をひたすら東へ進んだ。五年前に歩行者通路を拡張した四条通沿いは、薬局、雑貨、カフェ、日本人形、証券会社、京履物など和洋新旧が網の目をつくり、その独自の文化空間の中を人々が行き来している。

大路は南北に通る商店街を通り過ぎ、遠く北山連峰を望みながら四条大橋を渡った。冬ではあったが好天に恵まれているため、今日も鴨川はソーシャル・ディスタンスのお手本のような等間隔で人が座っている。

京都に来て三日。鹿島友行と川田寛子、そして成瀬英彦に会い、大路は昨日、久しぶりに京北の実家に泊まった。中心街に出てくるまで電車で二時間ほどかかるため、なかなか仕事の合間に帰るということができない。

そして今日、下鴨の住宅街にある宝純男の自宅を訪問したが「お話しすることはありません」と、取り付く島もなくインターホンを切られたのだった。確かに邸宅だったが、暮らしの気配がまるで感じられない住まいだった。

今回は通常の取材とは異なる人捜しであり、父の事情もあったため、大路の依頼に対して前向きに対応してくれる人が多い。珠緒の高校時代や銀行時代の知人には証言を拒否する人もいたが、今朝のような門前払いは宝が初めてだった。

離婚後、アルコール依存症の治療に宝を頼ったという事実は、珠緒の強い信頼を示している。最初の接触では強く拒絶された大路だったが、珠緒の行方について何か知っている可能性があるため、手紙を書いて経緯と誠意を伝えようと考えていた。

やや気落ちしたものの、晴天の京の街を歩くうち、少しずつ胸の内にも陽が差してきた。

もう少し故郷でゆっくり過ごしたかったが、明日からは東京で本業の仕事がある。

大路はある文芸誌からの依頼を受け、割と手間のかかる取材を続けていた。同誌で連載していた中堅作家の新作小説に関連し、二十〜四十代の男女十人に匿名で家計簿をつけてもらうという企画で、あと二人のインタビューが残っていた。

作品は「現代の貧困」をテーマにしたものだが、家計簿を基に詳しく聞いていくと、小説の登場人物のように、風俗で働いている人もアルコール依存に陥っている人もいなかった。彼らは「貧困」と検索すれば最初のページに出てくる人生とは異なり、もう少しリアルに困っていた。

文芸誌は部数が少ないので、大路のこの原稿を「ニュース記事として配信し、宣伝に役立てる」というのが編集部の目論見《もくろみ》らしい。小説の内容と取材の証言に食い違いがあるため、どこかで共通項を見つける必要があった。

ぼんやりと仕事のことを考えながら花見小路通《はなみこうじどおり》を過ぎると、大路の前方に八坂神社《やさかじんじゃ》の鳥居が大きく見えてきた。四条通から絶え間なく聞こえる車の走行音の合間を縫うように、アーケードのスピーカーから流れる音楽が微かに耳に届く。

昨晩、継父と「何必館」の話になり、珠緒がよく訪れていたことを思い出した。大路自身も子どものころから「何必館」の最上階にある坪庭が好きで、久しぶりに見たくなったのだった。

「何必館・京都現代美術館」は、気を抜いていると素通りしてしまうほどアーケード街に馴染んでいる。

細身で端正なビルに入り背後で扉を閉めた大路は、あらましの音が遮断された空間で小さく息をついた。陽光に頼る控えめな灯りに目がなじむと、穏やかな気流を感じることができる。この「急にどうした」と声を掛けたくなるほどの喧騒と静寂の落差に、街中の美術館としての真価が表れていた。

扉のすぐ右手で入場料を払うと、大路は特別企画の写真展を後で楽しむことにして奥に進んだ。突き当たりの静かでひんやりとしたホールで、ジャコモ・マンズーの思慮深い像をひと目見た後、小さなエレベーターに乗った。

操作盤の行き先表示に二階と三階がないことを懐かしく思い出し、五階へ向かう。

上昇を終え、停止したエレベーターの扉が開いた瞬間、大路は輝かしい緑と配置の美に息を呑んだ。磨き抜かれた一面のガラス窓まで歩を進め、しばらくは何も考えず、全身を瞳にして「光庭」と呼ばれる庭を堪能した。

敷き詰められた苔《こけ》に根を下ろす一本の山紅葉が、円形にくり抜かれた天井の、さらにその先へと枝々を伸ばしている。雲を突き抜けるようにして立つ紅葉のその葉は、陽を浴びて若くきらめき、微風によって揺れている。そして天井から降りそそぐ陽光が、根本あたりに光の輪をつくり、美木の影を映すのだった。

大路は場所を移動し、ソファに座ってガラス張りの坪庭を何とはなしに眺めた。子どものころに継父と「何必館」に来るときは、一人で五階まで来て、この「光庭」を見ながらなりたい自分を空想したり、好きな女の子のことを考えたりした。空へ抜ける紅葉に可能性を感じるのは、今も昔も変わらない。

珠緒にとっては、それが雄島だったのかもしれない。

大路はソファに置いている取材バッグから、プリントアウトした一枚の用紙を取り出した。京大の読書サークル「イノベーション」で同じだった笹倉邦男にメール添付してもらった、ファッション誌の見開き一ページ。

「京美人のホ・ン・ネ　マル秘報告書♡」という八〇年代全開のタイトルのもと、京都にある複数の大学キャンパスで撮影した、女子学生たち三十人の写真が並ぶ。中でも珠緒の写真は大きく扱われ、水色の膝丈ワンピースで困ったようにはにかんでいた。肩までストレートに伸ばした黒髪と透明感のある肌が対照的で、子どものころの面影が残る涼しい面立ち。初々しさと知性を兼ね備えたような魅力的な女性だった。【谷口珠緒さん　京大法3回生】の紹介の下に編集部からの質問の答えがあり、好きなタレントは「上岡龍太郎《かみおかりゅうたろう》」、好きな作家は「フレデリック・フォーサイス」という時点で異彩を放っていた。将来の夢は「幸せな家庭」、ヒミツの場所は「地元の無人島」――。

祖母の菊代が辻静代のことを調べていた訳は、もちろん気になる。だが、大路は行方不明になった辻珠緒を捜して関係者から話を聴いていくうちに、彼女自身に興味を持ち始めた。今、それらを思い出すだけでいくつものキーワードが浮かんでくる。「ゲーム障害」「家柄の格差」「銀行総合職」「就職差別」「親友の逮捕」「実父による連れ去り」……それは確かに個人の人生に違いなかった。だが、同時に時代の構造を浮き彫りにするストーリーでもあった。

芦原でのアパートの隣人、牧田千恵子が雄島で聞いた珠緒の言葉。「この世に公平な場所ってあるんかな?」――この少女の疑問が、普遍性を帯び四十路の男に迫ってくるのだった。

大路は用紙をバッグに入れると、ソファから立ち上がった。三十数年前に珠緒も見ていただろう「光庭」の前にいると、自分はいかに凡庸な学生生活を送っていたのかと思う。

京都市内の私立大学に通っていた大路は、先輩・後輩の人間関係が煩わしく、部活やサークルには入らずに読書とバイトに明け暮れた。楽器が弾けるわけでも速く泳げるわけでもない。子どものころからずっと「特技」の欄に何も書けない人生にコンプレックスを抱いていたが、人が習い事に充ててきた時間、大路は本を読んでいた。

兄弟がおらず、両親がほとんどテレビを見なかったせいで、友だちとの会話に困ることもしばしばあった。だが『怪盗ルパン』や『学校の怪談』シリーズを夢中になって読み、多感な時期は本格推理小説や侍や忍者が活躍する時代小説にハマって、いつの間にやら一人でいることが苦にならず、むしろ人との待ち合わせを億劫に思うような性格になっていた。

大路の学生時代において何よりも重要なのは、ノンフィクション作品の面白さに気づいたことだ。沢木《さわき》耕太郎《こうたろう》、山際淳司《やまぎわじゅんじ》、そして本田靖春――。

その作品群は、人に会わずして多彩な人間、多様な社会を知ることができる、好奇心に満ちた人生の教科書だった。そして、共同通信の取材班が発表した『凍れる心臓』という日本初の心臓移植手術を取材した作品を読んだことによって、大路の小さな世界でコペルニクス的転回が起こった。

チームの一員なら、自分にも原稿が書けるかもしれない――この思いつきに興奮を覚え、大路は新聞社の試験を受けることに決めた。もちろん、珠緒たちのように採用窓口を探し求めることなどなかった。


エレベーターで地下一階の「北大路《きたおおじ》魯山人作品室」まで一気に下りる。継父はここに入ると、しばらく出てこなかった。そして少年だった大路は、暇を持て余すと「光庭」を見に五階に上がるのだった。振り返れば、少し変わった親子だったのかもしれない。

室内の左右に設けられた展示スペースに、陶器や書がゆったりと二十点ほど展示してある。最初に目を引いたのは、魯山人史上でも取り分け大きい『つばき鉢』だ。白、赤、黄の椿と緑の葉が舞うように描かれるが、その〝規格外〟と思われる大きさから「焼きもの知らず」と非難された作品である。だが、そもそも陶器に規格などないという魯山人の姿勢が感じられ、継父は「常識や先入観を入れるために、ここまで大きくしたんや」という珍妙な解釈をしていた。

大路は『つばき鉢』の隣にある皿を見たとき、既視感と違和感を同時に覚えた。水を張った真っ白な皿の中央に、頭尾を逆にした黄色い魚が、互いに背を向け合って描かれている。「光庭」から採ってきたのか、鉢には紅葉の葉が三枚、風流に浮かべてあった。

『双魚絵平鉢』と紹介されているのを見て、大路はこれが皿ではなく鉢であることを知ったが、既視感の正体は、継父がよくこの鉢の写真を見ていたことに起因する。ヒゲのあるナマズのような魚は黄色に違いないが、自分の記憶では〝水色の皿〟のはずで、それが違和感の答えだった。

大路は振り返って反対側の展示スペースに移動した。この端の一角には館や企画展のグッズが陳列されていて、その中に「何必館」が発行している魯山人の作品集があるのだ。

作品集で『双魚絵平鉢』を見ると、鉢は水色だった。つまり、陽光によって水面に空色が反映されているのだ。皿ではなく鉢で、水色ではなく白色。

大路は自らのいい加減さに半ば呆れながら、作品集のページをめくっていった。そして、ある書の写真で手が止まった。

――聴雪――

崩れた「聴」に掠《かす》れた「雪」。

大路の脳裏に再び牧田千恵子の顔が浮かび、バッグからタブレットを取り出して、彼女の取材メモを呼び出した。

「冬はね、雪が葉に当たる音を聴いてました。寒いで早よ帰ろうって言っても、しばらく耳を澄ませてるんです」

雄島で参道の石段に座っていた珠緒は、葉に当たる雪の音をずっと聴いていた……

そのすぐ隣に牧田が教えてくれた珠緒の句があった。

――雪の音《ね》が　誘《いざな》う雄島　朱の化身――

脳内の編集機能が突然動き始め、笹倉邦男が話していた珠緒の愚痴を思い出した。

「好きな作品があるのに、滅多に展示されへん」

珠緒はこの『聴雪』の書を求めて「何必館」に来ていたのではないか――推察の域を出ないことは分かっている。しかし大路は、誰にも理解されないであろう興奮に身震いした。

実父の前川勝に連れ去られ、自力で逃げ出して一人辿り着いた「ヒミツの場所」。

一人のヤクザ者から延びた糸が、頭の中で成瀬英彦の証言に触れた。

前川功が珠緒を捜していた……。昂りに乗じて大路の思考は回転し続け、突如として死角にライトが当たった。

「環境の『環』に世の中の『世』で、環世《たまよ》です」

彼女はなぜ偽名を使ったのか。手持ちのタブレットから目を離し、宙を睨んだ大路は、総毛立つように重大な可能性に気づいた。
前川功は「辻珠緒」のコメントが入った自分の記事を読んだのではないか——。

木村静香への取材　二〇二〇年十二月十五日

「ひょっとして、緊張してる？」

隣の岸本将成が、丸い顔から茶目っ気のある視線を寄越した。

「こういう場所、どうしても慣れないんですよ」と、大路は呆れるほど高い天井を見上げた。

不規則に垂れ下がる丸い球体の照明が、淡い柑子《こうじ》色を灯している。もともとテーブルの間隔が広いものの、それでも座席数を削って営業しているのが分かる。

ワンフロアがそのまま店内になっている都内のホテルラウンジ。一週間前、京都の「長楽館」でも、大路は場に慣れるまで少し時間がかかった。

今日は朝からグッと冷え込んだものの、よく晴れて空気が澄んでいた。身長の何倍もある大きな長方形の窓が規則正しく並び、ガラスの向こうに高層ビル群がぼんやりと浮かんでいる。

「ここは、岸本さんの趣味ですか？」

席は一人用のソファが二脚ずつ向かい合っていて、大路たちは下座に着いている。

「俺だって、こんなリッチ空間、滅多に来ないよ。木村さんに失礼のないようにってだけだ」

岸本は「シンクロニュース」にも記事を配信している経済情報サイトに、木村静香が寄稿していることを知って、彼女が中央創銀の出身だったのを思い出したのだ。岸本がテレビ局にいたとき、木村に出演を依頼した縁があった。

四角形のソファは肘掛けの部分がゆったりとしていて、その分座面が削られている。大きな体の岸本には、特に横幅が小さすぎる。

「ソファ、きつそうですね」

「確かにな。俺、今立ったら、抜けなくなったソファを背負うかもしれん」

「そんなに密閉するほど余裕がないんですか？」

「一万円札は入るけど、五万円になると厳しい」

「お金にならないですね」

「試してみる？」

席数を制限しても、面積が広いため人は多い。単純にも大路は人間の数で京都から帰ってきたのだと実感した。

「お待たせしましたぁ」

近くで明るい声がして、大路は咄嗟《とっさ》に立ち上がった。隣の岸本は太い指を革の肘掛けに食い込ませ、力いっぱいといった様子で巨軀《きょく》を引き抜いた。

ゆったりとしたグレーのブラウスを着た小柄な女性が「木村です」と腰を折った。

大路は木村静香と名刺交換をしてから、席に着いた。結婚後は「室田《むろた》」に変わったようだが、岸本が旧姓で呼んでいるため、それに倣うことにした。彼女は面識のある岸本の前に座った。痩身のため隣の巨漢とは異なり、ベージュの座面がよく見える。

「岸本さんはご無沙汰ですよね。もう何年ぶりかしら」

「テレビ局にいたころですからねぇ。あのころは私ももう少しスマートでしたから」

「妙ねぇ。スマートな岸本さんの記憶がないわ」

木村静香は十年ほど前に中央創銀を辞め、現在はコンサル業の傍ら、主にＦＸに関する原稿を書いている。著作も二作あり、講演も精力的にこなしているようだ。

その充実ぶりが血色の良さに表れていた。

「本日はお時間を取っていただき、ありがとうございました」

注文したコーヒーが届いた後、大路は居住まいを正して言った。改めて面会の趣旨を説明すると、木村は「心得ている」といった様子で頷いた。

「珠ちゃんと連絡がつかないって聞いて、同期の池脇さんとも話したんですが、やっぱり心当たりがなくて。彼女のことは以前から気にはなってたんですが、ズルズルと時間だけが過ぎていってしまって……」

それは木村だけでなく、大抵の知人が珠緒と疎遠になっている。大路には珠緒が自分につながる線を意図的に消し去っているように見えた。

「木村さんは珠緒さんと同じ社員寮におられたんですよね？」

「ええ、そうなんです。もともとは一般職の女性社員用の寮だったんですが、私たち総合職二期生の三人が住むことになって。第一期の八五年入行組は関東圏で入寮者がいなくて、私ともう一人の同期は埼玉出身なんですが、毎日実家から通うのは厳しいと思って寮に入りました」

「そつか。池脇さんは京大ですが、関東のご出身でしたね」

「ええ。ただ池脇さんは東大の経済学者のご令嬢なので、私らとは頭の出来も育ちも違います」

木村によると寮には一般職の女性行員が六十名ほどいたそうで、肩身が狭かったという。

「私たちは早朝出勤と残業が当たり前だったので、生活リズムが合わないんですよね。個室すらなくて、一般職の人と相部屋なんですけど、いつも朝や夜に起こしてしまって申し訳なかったんです」

「住宅手当はつかなかったんですか？」

岸本の問いに、木村は首を振った。大手都市銀行とはいえ、新入社員が東京の家賃を支払うのは大きな負担となるだろう。

「途中から珠緒さんと同じ部署になられたということですが、大体の時系列を教えていただけますか？」

「八六年に入行して、珠ちゃんと池脇さんは海外金融部、私は金利為替《かわせ》部に配属されました。珠ちゃんは四年間海外金融部にいて、その後に私のいる部に異動になったんですね。池脇さんは珠ちゃんが異動して半年後にスタンフォード大学に留学しました」

「女性で社内の留学制度を使って大学に行かれたのは、池脇さんが初めてだったんですね？」

「もちろん。何度も言いますけど、池脇さんや珠ちゃんは頭の出来が違いますから。象徴的なのがね、本店ビルの真ん中ぐらいのフロアに女性行員用の更衣室があって、海外金融部の部屋は遥か上層、金利為替部の部屋は下層にあるんです。朝、珠ちゃんと一緒に行っても、エレベーターの行き先が上下に分かれるわけです」

木村の自虐に岸本が遠慮なく笑った。

「池脇さんから同期で勉強会をしてたことを聞かれました？　実は寮でも三人で情報交換会をしてたんです。今振り返ったら、真面目ですよねぇ。私、珠ちゃんが話してたデリバティブの話、チンプンカンプンでしたもん」

「では、珠緒さんは異動してから全く違う業務をすることになったんですね？」

「ええ。頭の酷使から体の酷使。はっきり言って、ディーリングルームは彼女に合わなかったと思いますよ」

木村は当時「金魚鉢」と呼ばれていたガラス張りのディーリングルームでの仕事内容を詳細に教えてくれた。

為替取引とは、簡潔に言えば有利な条件で両替することだ。輸出企業が代金を米ドルでもらった場合、ドルを円に替える必要がある。そこで企業は銀行の「カスタマー・ディーラー」に両替を注文し、同じフロアにいる「インターバンク・ディーラー」が電子システムの画面を見たり、ブローカーから情報を得たりして、最もお得なレートを「カスタマー・ディーラー」に伝えて、企業がＯＫを出せば、取引成立となる。秒単位でレートが変わる世界だけに、勤務中は次から次へと取引に関わっていく忙しない職場だ。

木村と珠緒は「カスタマー・ディーラー」の任に就き、一日中電話に張り付いていたという。

「早朝から出社して、業務システムの四つのスクリーンを立ち上げるんです。一つは為替レート、一つはニュースっていう感じで、スクリーンにはそれぞれ違う情報が表示されてます」

だろう。


「ニュースというのは？」

「為替に関するニュースです。景気動向、経済収支、各種経済指標、株価、資源、要人発言……動きそうなら『とにかく騒げ！』が合言葉でした」

木村は台本でもあるかのようにスラスラと答えていく。これで「頭脳労働組ではない」と言うのだから大路は呆れた。狭き門を潜り抜けた十人は、相当優秀だったのだろう。

その後も木村は、支店とのやり取りや土曜日のレポート業務のことなど、事細かに教えてくれた。

「ランチも上司たちと社員食堂。行列に並ぶのはNGで、食後のコーヒーを一杯飲んだら休憩終わり、です」

「かなり多忙だったんですね。先ほど珠緒さんが業務に合わないっておっしゃってたのは、忙しなさが原因なんですか？」

「どちらかと言うと、荒々しい雰囲気かな。少額の取引になると、チーフ・ディーラーがこっちの合図を無視するんですよね。でも、取引を成立させないといけないので、私なんかは平気でデスクの上に乗るんですけど、珠ちゃんはできないんですね」

会ったこともないというのに、大路はそのエピソードを「珠緒らしい」と感じた。

「あと、チーフの前にマイクとスピーカーがあるんですけど、そのスピーカーからブローカーの声がずっと聞こえてるんですよ。ひたすらレートの下二桁を読み上げるんです。珠ちゃんは『幻聴が聞こえる』って、冗談ぽく言ってましたけど、私には相当参ってるように見えました。あっ、あと社員旅行」

木村が顔を顰《しか》めて言ったのは、いい思い出がないからだろう。

大路も新聞社の支局勤務のとき、支局員全員が参加する「全舷《ぜんげん》」という名の社員旅行に駆り出された。新人は運転や雑用を押し付けられるのが定番で、せっかくの休みが下働きで潰れてしまうのだ。

「チーフがマイクで旅行に行くって言うと、ブローカーから大量のアルコールが届くんです。二十代男子が多い職場なんで、もう貸切バスの中から酒盛りが始まって、飲めや歌えや。旅館ではプロレス技をかけられたり、全身タイツで一発芸やらされたり、大変でしたよ」

「珠緒さんも全身タイツを？」

「いや、そこはみんなわきまえてて、珠ちゃんは女神扱いなわけ」

「部長だった小暮さんからは『高速詰碁解き』っていう孤高の特技があると聞きましたが」

「あぁ、思い出した！　それ、本気でやろうとしたから必死に止めたんですよ。やってたらさすがにプロレス技かけられたかも」

一度は詰碁をやろうとしてたのかと、大路は余計な冷や汗をかいた。

「なかなかのメンバーで人様のお金を操ってたんですね」

岸本の茶々に木村が噴き出す。

「私、今も4の字固めかけられるよ」

たくましい木村はそこで一旦マスクを外し、コーヒーを飲んだ。

周囲を見回し、背の高い観葉植物の向こうにいる他の客を眺めていた大路は、ある緩やかな法則に気づいた。

マスクをして向かい合っている人たちにはスーツ姿が多く、していない人たちは私服で親しげに会話している。マスク一つで商談とプライベートが仕分けられる様子に、大路は切り取り方一つで意味合いが変わる自らの仕事について少し考えた。

「池脇さんとの会話で、何か印象的だったことはあります？」

逆に木村から問い掛けられ、大路は我に返って斜め前の彼女を見た。

「あぁ、お茶出しとか上司の机拭きとか、時代を感じましたね」

「あぁ……あれ、最初はなかったんですよね」

「えっ、途中から始まったってことですか？」

「総合職で入ってるんだから、しなくていいってことだったんですが、一般職の女性行員からクレームが入ったんですよ。何であの人たちはお茶出ししないんだって」

「女性からクレームがあったんですか？」

「ええ。上司から『丸く収めるためにやってくれないか』って言われて、渋々始めたんです」

新たに生まれたコース別格差が、根本である男女格差を霧で隠した結果だった。

「あと、制服も厄介だなと思いました」

「あれ、夏用と冬用が二セットずつ支給されるんですけど、両方ともブラウスに『これでもか』ってぐらいハートマークがプリントされてるんですよ。ベルトのバックルにも入っていて、離れて見ると、襟の形もハートマークになってるという」

「ハートの制服で4の字をかけられてたんですか？」

岸本のフリに、木村は「いやいや、その辺は男子も『4の字は私服限定』ってわきまえてるから」と冗談で返した。

「ディーリングルームって海外の銀行からも見学に来るんですよ。それで私が通訳で案内してると、まず聞かれるのは『なぜあなたは制服を着ているのか』ってことで、私が離れたところに立って、襟のハートの説明をすると、爆笑するわけです。この『未だにそんなことしてるのか』っていう反応を受け止めるのは複雑な心境で、女性として『そうでしょう』と相槌を打ちたくなる反面、日本人としては小バカにされているようで虚しさを覚えるというか……」

その制服がなくなったのは、九〇年代に入ってからではないかと木村は記憶している。

「でも、珠ちゃんと私が一番引っ掛かっていたのは、法律で女性の深夜労働が認められてなかったことですね」

「あぁ、労基法でありましたねぇ」

大路は新聞社の組合活動で深夜労働について調べたことを思い出した。定義は原則午後十時から午前五時の労働を指す。少なくとも彼女たちは、それより前に帰宅を促されたのだろう。

「アメリカの経済指標が出るのなんて、深夜なわけですよ。男性はそれを確認できるから、翌朝の仕事で顧客相手に為替が動く根拠を示せる。で、深い時間帯になると、後輩の男性行員がチーフの席に座ったりするわけですよ。それが悔しかったですね」

「ネットがないから、細かい情報はフォローできないですしね」

岸本の合いの手に木村は頷いて続けた。

「さらに、残業して寮に帰ると、お湯が切られてるんです。一般職の女性を対象にした寮なので、とっくにお風呂タイムは終了というわけで。残業もできない、風呂にも入れない」

「じゃあ、お風呂はどうしてたんですか？」

木村は大路の顔を見て「水風呂ですよ」と当然のように答えた。岸本がすかさず「大正時代じゃないですか！」と割り込んだ。彼がいると内容にかかわらず明るく話が進む。

「今、思い出したんですけど、海外に転勤になった先輩の実家に、上司が挨拶に行ってましたよ。『娘さんの安全は会社が責任を持って』って云々《うんぬん》かんぬん。法律でも会社でも、女性を保護することが当然の世の中だったんです」

「では、珠緒さんが入社六年余りで寿退社を選ばれたのは、そういった格差が嫌になったということですかね？」

木村は「う〜ん」と唸って大路から視線を外し、目を閉じた。そして「仕事自体は楽しかったんですよねぇ」と池脇亜美と同じようなことを言った。

「珠ちゃんの場合は、要因が三つあると思うんです。一番大きいのは、お相手が京都の老舗和菓子店で、先方が専業主婦を希望されていたことでしょうね。次に、法律で『保護』される以上、格差の中で働いても先が見えてるということ。そして最後に池脇さんの存在があったんじゃないかと」

「池脇さんが？　どうしてですか？」

「実は、池脇さんの留学が決まったときに、珠ちゃんはかなりショックを受けてたんです。というのも、彼女もアメリカ行きを希望していたからです。珠ちゃんは留学経験がないことにコンプレックスを持っていて、最先端の大学で学んでMBAを取りたがっていました。でも、会社が行員を二年間留学させるとなると、大変な費用になるわけですよ。当時女性は辞めるものと考えられていましたから、銀行らしく投資に見合わない、と。誰もがそう判断すると考えていました」

「でも、池脇さんが選ばれた、と」

「池脇さんの父親は、東大経済学部の教授で、中央創銀幹部と勉強会を開いていました。同期から見て、あの二人は抜きん出て優秀でした。会社はどちらかを選ばなければならなかった。同じ大学で、同じ部署で、同じぐらい仕事ができる、とすれば、何が明暗を分けたのか。真相は知る由《よし》もありませんが、珠ちゃんとバーに行ったとき、カウンターで彼女がポツリと漏らしたんです」

——私、育ち悪いからなぁ——

木村がそう言ったとき、大路はメモを取る手を止めた。バカ正直に彼女の半生を追ってきたからこそ、胸に迫るものがあった。実父に誘拐されたときに、珠緒が母親に書き残した置き手紙、たたまれた洗濯物、きれいに洗った食器の数々が、勝手な想像で浮かび上がってくる。

登っても登っても頂が見えない山に、人は挑もうとするだろうか。

「為替の世界では『ロスカットは早めに』っていう格言があります。頭のいい彼女のことだから、新しい人生を選んだのかもしれません」

木村が挙げた三点のうち、性別の格差と家柄の格差がなければ、辻珠緒の選択も変わっていたかもしれない。

「そのころって恋人の英彦さんともあんまりうまくいってなくて、珠ちゃん、お酒の量が増えたんですよね」

「結婚前から問題があったんですか？」

「向こうのお母さんがきつい人らしくて、珠ちゃんはまだプロポーズもされてないのに、どんどん式と披露宴の準備を進められたみたいで。軽んじられることに対して愚痴ってました。彼女、お酒入るとやんちゃになるんで」

珠緒の酒癖の悪さは人を選ばないようだ。

「英彦さんも『そろそろ潮時やで』みたいなことしか言わなかったようですし、お母さんから急かされているのが透けて見えてるって怒ってました。でも、いざ会社を辞めるとなると、相当覚悟がいりますよね？　結婚生活が破綻した場合、もう大手都市銀に総合職で戻ることは難しいでしょうから」

一方で、為替の職場にいる珠緒もつらそうだったという。

「珠ちゃん、東京の生活に疲れてました。だから、学生時代を過ごした京都で御曹司の男と結婚するっていうのは、客観的に見れば悪い話じゃないって、私思ったんです。だから『会社を辞めて後悔する人はいると思うけど、子ども産んで後悔する人はいないんじゃない？』って励ましたんですけど……でも、結局は離婚したわけで。あんなこと言わなきゃよかったって、今では悔やんでるんです」

木村はマスク越しでも分かるほどの憂いを目元に表した。

珠緒が銀行員の道を選んでいたらと想像する一方、大路はどちらも同じ構造的な歪《ひずみ》があるのではないかと思った。

機会の格差と家庭内の不自由。属性によって役割が決められることの「主語の大きさ」は、最近よく言われるようになったが、一人の人生を見つめることでさらに実感が増した。

そしてもう一つ、重要な確認事項があった。大路は成瀬英彦のインタビューで得た、ある気掛かりについて尋ねた。

「木村さん、社員寮に前川功という人物が訪ねて来たことはありませんか？」

「んー、前川さん、前川さん……」

木村は眉根を寄せて思い出そうとしていたが、心当たりはなさそうだった。

「珠ちゃんを訪ねて来た人は記憶にないですねぇ」

京大と成瀬家に姿を現した功だったが、さすがに東京まで追い掛ける可能性は低い、と大路は見ていた。銀行員になったことすら知らなかったかもしれない。

「えーっと、それは珠ちゃんと関係のある人ですか？」

「お兄さんなんですが、ほとんど会ったことがないと思います」

「珠ちゃんからお兄さんの話は聞いたことはないですね……」

長いインタビューが終わると、木村と岸本には先に店を出てもらうことにし、大路は伝票を持って会計に向かった。

レジ前の列に並んでいると、木村が小走りに近づいて来て「ちょっといいですか？」と、軽く大路の腕を引いた。

「思い出したことがあるんです」

会計の列から少し離れた所で、木村は声を潜めた。

「珠ちゃん、会社を辞める三ヵ月ぐらい前に寮から引っ越したんですよ」

「引っ越し……京都へってことですか？」

「いえ、都内です」

「都内？　何でですか？」

木村によると、珠緒は「最後に東京生活を満喫したい」と、慌ただしく転居したという。

「そのときに服を何着かもらったんですけど、様子がおかしかったんですよね。英彦さんと同棲するみたいでもなかったから。それで言われたんです。『誰かが訪ねて来ても、連絡先を教えないでほしい』って」

寮で生活していたのは、東京の家賃が高いからだろう。それを辞める直前になって、しかも京都への転居が決まっているにもかかわらず、敷金や礼金をほぼドブに捨てるようにして引っ越した——。

「一瞬、借金でもあるのかなと思ったんですけど、贅沢もギャンブルもしないし。人間関係上のトラブルも聞いたことがなかったし」

「誰かから寮に連絡がきて、それがきっかけってことじゃないですか？」

「いえ、それは分からないです。ただ、先ほど大路さんからお兄さんの話を伺ったときに、何となく違和感を覚えて、そう言えば『連絡先を教えないでほしい』って言われたなぁって」

明らかに逃げるための行動だった。

だとすれば——大路の中でまた一つ、前川功の存在が大きくなった。

「その引っ越しって、今、珠ちゃんの行方が知れないことと関係があるんじゃないですか？」

新田明子への取材　二〇二〇年十二月十六日

「あっ、つながった」という声とともに、ノートパソコンの画面に、ラフなセーターを着た女性が映し出された。

「大路さん？　若いねぇ」

セーターと同じく気取らない感じの女性が、並びのいい歯を見せた。背景は奥行きのある和室で、ひと目で合成と分かる。

「もう四十なんで、腰痛いですよ」

「いやぁ、全然見えへんわー。でも、四十言うたらまだまだ若いやん。私なんかピー歳やで」

初対面の挨拶もそこそこに、新田明子は快調にしゃべり続ける。祇園のスナック「めぐみ」で同時期に働いていたバイト仲間だ。珠緒と同じ五十七歳ということだが、髪の色も明るく、この明子こそ雰囲気が若い。

「お忙しいところ、申し訳ありません」

「いえいえ、もう子どもは自立してますし、旦那はおってもおらんでも気づかへんぐらいなんで、気にせんといてください」

「今は和歌山にお住まいなんですよね？」

「海南市《かいなん》って知ってます？　かれこれ二十年ほど住んでます」

常日ごろ「取材はご縁」だと大路は思っている。

割と親しい間柄でも日程が合わなかったり、反対に半分諦めていたような相手でもすんなりアポが入ったりすることもある。新田明子の場合は後者に当たる。

成瀬英彦から聞いた名前と短大名で検索した結果、フェイスブックに同じ条件の女性がいた。「西脇《にしわき》（新田）明子」という表記で四年ほど投稿が更新されていなかったが、メッセージを送ると当日に返信がきたのだった。

「珠緒ちゃん、私も京都のスナックで一緒やったとき以来、会ってないんです。銀行に就職が決まったのは聞いたんですけど、それから連絡取ってないですしね」

「当時、お店以外で会ったりしてたんですか？」

「全然。だって、話合うわけないでしょ？　向こう京大やで。それに、こんなこと言うたら申し訳ないけど、私、あんまりあの子好きやなかったから」

のっけから本音が出て、大路は虚を衝《つ》かれた。「でも……」と言ったまま言葉が出ず、明子が先手を取る形で「普段はいい子なんよ」と続けた。

「でも、酔っ払うとね……」

「彼女の知り合いはみんな酒癖の悪さを指摘しますね」

「何回もお客さんを怒らせてるからね。最後はママが怒って、あの子、クビになったんよ」

「クビ……」

「離婚して落ち込んでるお客さんに『奥さんの気持ちが分かる』とか、スナックでバイトしてるのに『水商売の店がこんなにあるのは日本ぐらい』とか、酒が回ってくると気位の高さが透けて見えてきて……お客さんを差し置いて、自分が気持ちよくなってどうすんねんっていう」

画面の向こうから聞こえる明子の声は、苦々しい表情とは相容れない弾みがあった。

大路は「気位の高さ」という言葉を意外に思ったが、それは珠緒が育ってきた環境に対する若い反発と言える。一方、杉浦翔大の練炭の件といい、彼女はたまに突拍子もないことをする人間なのかもしれない、とも思った。大路の中で、岸本が言っていた「明と暗のきれい過ぎる対比」が崩れ去ろうとしていた。

「京大生であんなにかわいらしいのに、根本にコンプレックスがあるというか。お酒を飲むと、それがわぁーって出てくる感じ」

大路の見立てを裏付けた後も、明子は沈殿していたものを吐き出すように話し続けた。

「そういう裏の顔を見てしまうと、普段のおとなしい彼女を見ててもシラけてしまうというか。『ニコニコしながら何考えてんねやろ?』って落ち着かなくなるんです」

「その裏の顔は、一定のお酒の量を超えると出てくるものなんですか?」

「うーん、いっぱい飲んでても、ちゃんとしてるときは結構あるんですよね」

「じゃあ、何か嫌なことがあると荒れるとか」

「それはあるかもしれないですね……何か途中から飲む量が増えたんですよ……あぁ、彼女、確か地元の友だちのことで悩んでたんですよね」

杉浦沙織のことだと当たりをつけた大路は「美容室の事件じゃないですか?」と問い掛けた。

「あぁ、そうです! 何か結構ヤバい事件で、新聞に載ったやつ。殺人事件でしたっけ?」

「いえ、美容室の店長が刺されたんですけど、すぐに退院しました。珠緒さん、弁護士を探してませんでしたか?」

「何か言ってたかも。あっ、それが原因で珠緒ちゃんと喧嘩しましたよ、私。段々思い出してきたわ」

「何で喧嘩を?」

「弁護士さんを自分で頼むって言うから、お金どうするんやろと思って『宝さんに出してもらうん？』って聞いてしまったんですよ。冗談のつもりやったけど、えらい怒ってしまって、しばらく無視されました」

「なぜ宝さんが出てくるんですか？」

「えっ、知らないんですか？　珠緒ちゃんと宝さん、不倫してたんですよ」

大路はノートに滑らせていたボールペンを止め、メガネのフレームを指で押し上げた。

珠緒の離婚後、依存症の治療に付き合っていたことを聞いたときは、父親的な存在と解釈していたが、新田の口から発せられた「不倫」という身も蓋もない言葉に、宝純男という人間の陰影がより深まった。

彼が何かを知っているという直感は、もはや既成事実の範囲で大路に迫っていた。

「不倫というのは、珠緒さんがご自身でおっしゃった？」

「いや、て言うか、私、彼女の隣に住んでましたから」

大路は成瀬英彦の話を思い出した。二人は隣人同士で、明子からバイトに誘ったのだった。

「部屋から二人が出て来るとこ何回も見てますけど『内緒にしといて』って。私、律儀に誰にも話しませんでしたよ。でも、結局、バレてましたけど」

「バレた？　誰にですか？」

「宝さんの家ですよ。修羅場になったんですから」

宝の屋敷の外観にまるで生活感がなかったこと、結婚式に読書サークルのメンバーが呼ばれなかったこと、笹倉邦男が証言した、宝の息子の直弘と珠緒のギクシャクした関係——不倫を解とすると全てが無理なくつながっていく。

「さっき『気位が高い』って言いましたけど、珠緒ちゃんは余裕のある紳士が好きなんですよ。だから男性ホルモン全開って感じで、口説いてくる客をバカにしてたとこ、あると思う」

「それで、弁護士費用の話のときに宝さんのお名前を出したんですね？」

「そうなんです。でも、珠緒ちゃんは『男に依存する女が一番嫌い』って。確かに彼女、奨学金を受け取ってたし、仕送りを受けけんとバイトで生活してたし、さすがに悪いこと言ったかなと思って、謝りました」

別世界に住んでいたバカロレア組と裕福で知性あふれる宝家。金のために自らを誘拐した実父とコンプレックスから苦難を強いる継父。珠緒は出自について考えずにはいられなかっただろう。

生きていくために階段を上がり続けなければならない人生と、階段の存在を知らないまま生きている人生。それは明白な「不公平」だった。

「でも実際、弁護士費用はどうするつもりやったんでしょうね？」

明確な答えが返ってくることを期待したわけではなく、話題を締めるつもりで尋ねた大路だったが、予想に反して明子が考え込むような素振りを見せた。

「珠緒ちゃんって、そんなにいっぱいシフトに入ってなかったんよねぇ。通訳の専門学校の入学金も払ってたから、やっぱり宝さんが出したんじゃないかな？　割と服も買ってたし、見るからに苦学生って感じではなかったから」

「他にバイトをしてたとか？」

「さすがにそんな時間なかったと思うよ。彼女、英語の勉強もよくしてたし。努力家であったことは間違いないわ」

大路は珠緒の学生生活について「昼に勉強・サークル、夜にバイト」という勝手なイメージを持っていたので「そんなにいっぱいシフトに入ってなかった」という明子の話を妙に思った。

「そんなことより、珠緒ちゃん、成瀬さんと結婚してたんやって？　しかも離婚したって」

明子は好奇心を目に宿し、画面に顔を近づけた。今回、インタビューに応じたのも、この不幸話を聞きたかったからだろう。

「二人の出会いは『めぐみ』やったんですよね？」

「そうです。成瀬さんは大学の先輩とふらっと入ってきはって、その日は珠緒ちゃんと私が入ってたんで、何かいろいろしゃべって盛り上がりました。多分、映画とかテレビとか、あぁ、ＹＭＯで誰が好きかみたいな話もしたな。珠緒ちゃん、中森明菜《なかもりあきな》のものまねがうまくて、ウケてましたよ」

「それで連絡先を交換して？」

「そうです。成瀬さんから聞きました？」

「北白川《きたしらかわ》のレストランでＷデートしたと」

「そうそう、イタリアンね。ご馳走になったんです。二人とも扱いがスマートで『めぐみ』には滅多にいないタイプの男の人」

「大学生なのに、すごいですね」

「二人ともボンボンやったから。私なんかは場の空気に呑まれたけど、珠緒ちゃんは堂々としてましたね。やっぱ京大生はすごいなぁって思いましたもん。あの先輩、瀬下《せした》さんやったかな。彼が珠緒ちゃんのこと気に入って、二軒目のバーでは気ぃ使って二人きりにしたんやけど」

「珠緒さんは成瀬さんの方を気に入ってたと？」

「そういうこと。お上品で、彼女の好きそうなタイプでした。何せ『藤屋聡兵衛』やから。その北白川のレストランでも、工学部にある地下食堂で無料の福神漬けをおかずにご飯三杯食べる男子学生をネタにしてましたからね」

大路は「お上品」に含まれる揶揄《やゆ》を受け流し「それっきり進展はしなかったんですね？」と確認した。

「そのときは宝さんと付き合ってましたからね」

「先ほど修羅場っておっしゃいましたけど、それも珠緒さんからお聞きになったんですか？」

明子は少し迷うように眉間に皺を寄せた。これまで彼女の日常に迷い込んだ大路との会話を楽しんでいた様子だったが、そんな明子でも言い淀むような何かがあったというのだろうか。

「宝さんのご家族のことで何かあったんですか？」

大路がアシストすると、明子は「もう時効か」と言い訳するように漏らした。

「いや、犯罪ってわけじゃないんです。私が短大を卒業する前なんですが、バイトが終わって二人で帰った日があって、突然、珠緒ちゃんが男の人に腕をつかまれたんです」

「えっ、知らない男に？」

「いいえ。若い男の人で、珠緒ちゃんが『宝さん』って言ったから、ヤバいっと思って」

「息子の直弘さんってことですね？」

「ええ。バイトが終わるのを待ってたみたいで。『話がある』って言うんですけど、あまりに殺気立ってたから、バレてしまったんやと。私、もうドキドキして。息子さんが『二人で話したい』って言ったら、珠緒ちゃんは普段通りの感じで『もう遅いですし、明日じゃダメですか？』って」

直弘が一刻も早くという感じで急かしたため、三人は高瀬川《たかせがわ》沿いの石の椅子に腰掛けたという。

「息子さんは私に帰ってほしそうやったんですけど、気づかんフリしてね。顔見てたら殴りかねんと思ったから」

「直弘さんの話というのは、珠緒さんと父親の関係で？」

「ええ。父親の不倫が発覚したけど、相手が分からんと。宝さんも浮気は認めたんですけど、相手の女性については頑として口を割らなかったみたいで。それで彼の母親がカンカンになって『もう離婚する！』って騒いでるって」

「何で珠緒さんが疑われたんでしょう？」

「その母親が手帳を盗み見して、デートの感じとか買った物から若い女だと見当をつけたんです。それで宝家によくお邪魔してた珠緒ちゃんが怪しまれたってわけ」

直弘にすれば、自分より年下のサークルの後輩が父親と不倫していたとなれば、シヨックは大きかっただろう。彼女を自宅に連れてきた自分にも非があると、拡大解釈した可能性もある。

「それ、相当緊迫のシーンですね」

「これから、珠緒ちゃんがその宝家に連れて行かれるんじゃないかと思って、かと言って私の顔が強張ってたら、疑われちゃうでしょ？　どうしていいか分からんかったわ」

直弘が事情を説明して「申し訳ないけど、家族は君を疑ってる」と迫ったとき、珠緒は声を上げて笑ったという。

「『先輩、私いくつだと思ってるんですか？』って。『もし私が相手なら、清水《きよみず》の舞台から飛び降ります』って、愉快そうに笑うんですよ。息子さんも珠緒ちゃんがあまりにも悠然としてるから、段々腰砕けになって、お互い笑う、みたいな展開になったんです」

「新田さん……西脇さんから見ても、完璧なお芝居やったんですか？」

「それはもう、絶対騙されますよ。練習してたんちゃうかっていうレベルやったから。でも、最後に真顔になって『ちょっと失礼じゃないですか？』って、その息子さんの目を威嚇するみたいに見てね。相手は平謝りですよ」

再び翔大の証言が頭に呼び起こされた。車の内側から黙々と目張りをする女――大路は辻珠緒の中にある狂気を感じずにはいられなかった。

「帰りに二人になったとき、私、ちょっと引いてしまって。『よくあんな堂々として
られたね』って言うたんです。そしたら『何のこと?』のひと言ですよ。黙っててく
れてありがとう、とかじゃなく。私が本当に『この子は無理』と思ったのは、あの高
瀬川での出来事があったからです」

珠緒という人が分からなくなり、大路は苦笑いするしかなかった。

「今回、音信不通になったって聞いて、私、どこかで『やっぱり』と思ったんですよ
ね。そりゃ心配ですし、無事でいてほしいけど、何かね……」

大路が「そうですか」と腕時計を見ると、明子はインタビューの終わりを察知した
ように言った。

「正直、危なっかしい人でした」

戸田昇《とだのぼる》への取材　二〇二〇年十二月十八日

疎《まば》らに停まっている車の間を縫い、エントランスの自動ドアから中に入った。分厚そうな紫の絨毯《じゆうたん》を踏んだとき、大路の鼻孔を甘い香りが抜けていった。自宅で使っている京都のお香に似ている、という誰にも通じない感想をすぐに揉《も》み消して、受付のカウンターに向かった。

あわら温泉「ホテル玄遠《げんえん》」は、八十年の歴史を持つ老舗だ。吹き抜けのロビーはゆったりとしていて、それぞれ趣が異なるユニークな形をしたソファが点在し、数組の宿泊客が腰を掛けている。

カウンターで約束があることを告げると、レセプション係の女性は「お待ちしておりました」と案内に出た。女性の後に続いて日本庭園が見えるラウンジを抜け、土産物の売店の前を通ってさらに進むと勝手口のようなドアがあり、外に出ると別館への通路が続いていた。通路にかかるアーチ状の屋根を雨が打ち、左手に見える池泉庭園の緑に薄い霧がかかっている。

別館は小ぢんまりとして、フロアにいくつか部屋があるだけだった。聞けば従業員用の建物だという。群青色《ぐんじょう》の薄い絨毯の上を歩き、突き当たりにある小さなエレベーターホールから二階へ上がった。

「長い距離を歩いていただいて、申し訳ございません」

レセプション係の女性はまだ若い雰囲気だったが、応対が落ち着いていた。

二階の奥に備え付けられていたのは洋の雰囲気とはがらりと変わった格子戸で、さらにその奥に木製の引き戸があった。女性がノックすると「はぁい」という低い男の声が返ってきた。

引き戸の向こうは、いわゆる和モダンの造りだった。優に十畳はある和室には、新しいイグサの香りが満ちていた。縁《へり》のない畳が縦方向に敷かれ、天井は規則正しく並ぶ木板と長方形の大きな照明が一体となっている。

靴を脱いで部屋に入った大路を迎えたのは、スキのないスーツに身を包んだ紳士だった。

「申し訳ありません。エントランスから遠かったでしょう?」

案内してくれた女性が退室した後、大路は社長の戸田昇と名刺交換した。

「素敵な和室ですね。イグサのいい香りがします」

「改装したばかりなんですよ。普段は仕事部屋として使ってるんですが、もう年ですからね。靴を履いたままやと疲れてしまって」

戸田によれば、数年前から和の要素を入れた部屋を増やしていて、ついでに社長室も新しくしたという。

中央に長い掘りごたつがあり、ご時世で座椅子は互い違いに置いてあった。雨になったり、雪になったりする天候のせいで、部屋の奥一面の障子から入る陽光は、かなり控えめだ。

「コロナはしつこいですね」

「いやぁ、勘弁してほしいですよ。ただでさえ観光客が減少傾向やったのに、実感として相当落ちてますね。数年後には北陸《ほくりく》新幹線の駅がこっちまで延びますでね、それまでには何とか落ち着いてもらいたいですねぇ」

先ほどの女性が、茶托《ちゃたく》に載せた青磁の煎茶碗を持って来てくれ、再び二人になった後も、しばらくは挨拶《あいさつ》代わりの景気の話となった。

「まぁ、いろいろある所なんですよ。戦争に地震、大火事に豪雪、洪水もありましたけど、このウイルスっていうのは終わりが見えんのが何ともね。言葉悪いですけど、何だか生殺しみたいで、まぁ、一番厄介かもしれませんよ」

大路はこれまで芦原関連の取材に関しては、松江家の親戚で開湯百年史の編集に関わった串田《くしだ》正輝《まさき》氏に仲介をお願いしてきた。正輝氏は松江壮平の甥《おい》にあたり、両親から菊代の苦労をよく聞いていたという。

その背景もあり、壮平と菊代の孫である大路に親切だった。辻咲子が働いていた旅館「松風荘」の関係者や谷口家のお好み焼き店「写楽」の元常連、芦原大火の経験者や消防署まで間を取り持ってくれたのだ。

小、中、高校の同級生で、高校では囲碁部でも同じだった戸田とはぜひ会いたかった。大路はまず串田氏に連絡してもらい、その後に挨拶のメールを送ったのだった。

もちろん、今の珠緒につながる人物を捜すことが主ではあるが、可能性は低いと考え始めていた。彼女は意図的に人間関係の糸を切っているように思えた。それでも熱心に芦原を回り続けるのは、菊代と辻静代のつながりを知るという本来の目的のためであり、また、珠緒の人格形成に何があったのかを見たいからだ。

証言が積み重なるほどに、大路は辻珠緒という人間に魅せられるようになった。知るほどに矛盾が深まっていく感覚が、蔦のように大路の足を搦《から》め取るのだ。

「大路さんはメールで、内田先生に取材されたとお書きになってましたよね？」

「ええ。越前まで行って来ました。旦那さんを亡くされて、今は一人暮らしのようですね。お話を聴く限り、熱心な先生でした」

戸田はマスクを外すと、茶を飲んで小さく息を吐いた。またマスクをつけ何か話し出す気配を漂わせたものの、実際は口を開かずに唸った。

大路はその妙な間を持て余し、答えやすい質問からインタビューに入ることにした。

「戸田さんは小、中、高と十二年間、珠緒さんと同じ学校に通ってますよね？」

「確かにそうですね。同じクラスになったことも何回かありましたし。でも、大路さんが期待されてるような友情のエピソードがないんですよねぇ」

「高校では囲碁部でも同じだったと聞いています」

「それがあんまり話さなかったんですよね。彼女、昔から家のことで苦労してたから、心を開かないというか、何を考えてるかよく分からないとこがあって。あと男子と女子というのもあるから、なかなか打ち解けられなかったんですよ」

予想していたより二人に距離があり、大路は少々気が削がれたが、さらっと放たれた「家のことで苦労してた」は十分なフックだった。

「珠緒さんの苦労、というのは、谷口家になじめなかったことや実父がややこしい人だったことですかね？」

「大路さんは大体のことはご存じなんですよね？」

「そうですね。もちろん、知らないことも多々あると思いますけど。内田先生からは、継父の芳雄さんが進学に反対していたことを伺いました。ちょうどこちらで開かれた囲碁部の合宿のときに二人で語り合った、と」

先ほどの「妙な間」から戸田の恩師に対する否定的な感情を読み取っていた大路

は、再度踏み込んで質問した。この引っ掛かりが解消すると、他の出来事についても話しやすくなるという経験上の勘も働いていた。

「内田先生についてはね……私はちょっと思うところがあるんです」

大路は二度頷いて先を促した。

「昔の地方ではね、結局、親の会社を継げる男が勝ち、みたいなところがあったと思うんです。内田先生はそういう、私のような地盤を持つ男を小バカにしてました。だから能力があるにもかかわらず、家庭環境が不安定な生徒の、特に女子生徒の味方でいようという気持ちが強くて」

「お話ししていて、熱心さは伝わってきました」

「でも、それは自己愛が多分にあると思うんです。生徒のことは思ってたんでしょうけど、そうすることで自分を支えているというか」

それは大路が内田への取材で感じていたことだった。彼女は珠緒の話をしながらも、実際は自分の人生を語るような雰囲気があった。

「あと、あんまりこんなことは言わない方がいいんでしょうけど、珠ちゃんと関わることなんで話しますけど、内田先生が教員を辞めたのは逮捕されたからなんです」

「逮捕……」

大路は固まったまま、戸田の顔を見つめた。想像の枠外にある言葉だった。

「女子生徒にイタズラしたということで、強制わいせつで逮捕されたんです」

「それはいつのことですか？」

「私たちが卒業してから五年ほど経った後やと思います。被害者は囲碁部の女子生徒で、合宿の最中に起こりました」

「では……」

「はい。ここの一室で、酒を飲ませて」

戸田はそう言うと、自らを落ち着かせるように目を閉じ、しきりに前髪を触った。白髪を染めたばかりなのか、右分けの髪は黒みが強い。

「警察が事情を聴きに来たときは、驚きました。身近にいる教師がそんなことするわけないと。合う合わないはあるかもしれませんけど、生徒って、基本的に先生のことは信じるじゃないですか？　それが脆くも崩れ去ったというか」

一段と低くなった声音に、曽祖父の代から受け継いできたホテルを汚されたという、戸田の怒りが表れていた。示談金を払って起訴猶予となったが、懲戒免職になったという。

「先ほど、珠緒さんに関わることだとおっしゃいましたが」

「合宿の後、すぐに珠ちゃんが部を辞めたんです」

「受験に集中するために、先生が退部を勧めたと聞いてます」

「確かにそういう面はあったかもしれません。ただ、私ら男子部員の間で釈然としなかったことがあって。あの合宿の二日目、珠ちゃんは体調が優れないって、朝食を取る前に帰ってしまったんです」

芦原に住んでいた珠緒は「一人で帰る」と言い張ったが、ホテルが車を出したという。

「親は何か変なものを食べさせたんじゃないかって心配してましたけど、腹痛という感じでなくて。びっくりしたのは、私に『先生と一緒の車に乗りたくない』って言ったことです。理由を聞いても答えてくれなくて、こっちもそれ以上は踏み込めなくて……」

合宿から帰って一週間ほどした後、戸田は部の先輩から珠緒を目撃した話を聞いたという。

「先輩がトイレから部屋に帰ろうとすると、珠ちゃんと出会い頭にぶつかりそうになったみたいで、そのときに目が真っ赤やったんで『大丈夫か』って声を掛けたら、ひと言『失礼します』って自室に戻ったようなんです」

通常、密室で起こることに確定的な証拠はない。パーツを組み立てて推論するより手はないが、大路は「嫌な事実」に胸焼けした。

越前にある陶芸店を訪ねたとき、内田は最初、耳が遠いフリをしていた。話を聴くうちに一切そのような素振りは見せなくなったので、大路は違和感を抱いていたのだ。

「他にも数件余罪があったって話を聞きましたけど、警察に被害届を出したのは一人で、あとはお金を払って口止めしてたみたいです」

お金、と聞いて、大路は二日前の新田明子の話を思い出した。杉浦沙織の弁護士費用、通訳の専門学校の入学金。「嫌な事実」の「嫌な想像」。大路はそれ以上、考えるのを止めた。

「珠ちゃんのことについては想像でしかありませんし、しばらくすると二人は元の関係に戻ってました。彼女が京大に進めたのは、内田先生の尽力が大きかったのも事実です。先ほど大路さんもおっしゃってましたが、お父さんが進学に反対してましたでね」

「苦労されたと伺いました」

「碁を打った後も、なかなか帰りたがらなかったんで。中学時代の友だちに聞いたことがあるんですよ」

戸田がそこで言葉を区切ると、部屋の隅に置かれている空気清浄機が唸りを上げた。

「珠ちゃんのことが好きやった奴で、その子が『写楽』に行ったとき、酔っ払った客が珠ちゃんのお尻を触ったらしいんです。珠ちゃんが『止めてください』って言うと、お父さんが『あほ！　サービスや』とか『一丁前に色気づくな』とか言うたそうで、友だちが怒ってました」

昔は挨拶代わりに女性のお尻を触るおじさんがいた。冗談の範囲内という風潮だったが、珠緒は酔った客を見るたびに、体が強張ったのではないか。

「もう『写楽』も潰れましたけど、同情する人はほとんどいません。ここらでそんな店なかったんで」

谷口家が周囲からどう見られていたかが、その言葉だけで分かった。

「珠緒さんの実父、前川という人ですが、彼が『写楽』から芳雄さんと息子の慎平さんを追い出したという話があるんですが」

「あぁ、聞いたことありますね。暴力団の人でしょ？」

「その前川さんの奥さんと息子さんが、芦原に来て行方を探してたことはご存じですか？　珠緒さんが中学生ぐらいのときです」

「それ……慎平君が何か言うてたなぁ……」

戸田は前髪を触って黙考し始めた。考えるときの彼の癖なのかもしれない。

「珠ちゃんが、殴られたって言ってなかったっけ……」

「えっ、殴られた？　誰にですか？」

「その前川さんの息子に。でも、慎平君の言うことは当てにならんから。すみません、ちょっと分からないですね」

前川失踪から数年後、息子の功と珠緒は接触していたのだ。京大と嫁ぎ先にまで連絡してきた男。

余計なことを言ったと後悔しているのか、苦笑いの戸田は話題を変えた。

「珠ちゃん、本当に苦労ばっかりでね。だから、京大に受かったときは喜んだんですよ。こんなこと言うたらなんですけど、家族から離れてほしかったでね。もう部活の部屋で粘らなくてもいい人生を送ってほしいなって」

銀行時代の同僚やアパートの隣人だった牧田千恵子と同じように、戸田もまた、心のどこかで珠緒のその後を気に掛けていたのだろう。

残った茶を一気に呷《あお》った戸田は、渋い顔でマスクを元に戻した。

「ちょっと危ないけど、慎平君なら何か知ってるかもしれません」

串田正輝への取材　二〇二〇年十二月十八日

ちらちらと雪を降らせる雲が、陽を押し込むようにして温泉街を暮相《くれあい》の色に染めてゆく。

少しずつ見通しが悪くなっていく景色の中にあっても、串田正輝の足取りに迷いはなく、その確かさが長年ここで暮らしてきたことを端的に物語る。彼の痩せた背を追うのに特別歩調を合わせる必要はなく、大路は年齢に似合わぬ串田の健脚に、若いころの鍛錬を見た。

「もう、すぐそこやわ」

中心街を東西に走る道路の途中、地味な喫茶&スナックの店を過ぎたところで、串田が振り返った。大路が返事をすると、そのままスタスタと歩いて左に曲がり、車二台がギリギリすれ違えるほどの窮屈な道を進んだ。それからほんの十数歩で、柔らかいハット帽をかぶった彼が「ここ、ここ」とアスファルトの地面を指差した。

「これは……駐車場ですか」

歩みを止めた大路は、手袋をしたままの指でうるさい前髪を払った。戸田昇へのインタビューを終えてすぐに駆けつけた格好だが、微かな昂りのせいで疲れは感じていなかった。

駐車場には斜めに設置された車止めが十台分ほど奥に続き、その傾きに応じた長方形の白線が至る所で消えかかっている。

「ほら、一本向こうの道に茶色いマンションがあるやろ？　その駐車場や」

串田の言葉を裏付けるように、大路たちの近くにマンション名が入った簡単な案内板が立っている。最近、取材の目的地が駐車場に変わっていることが多くなった。六十年ほど前は、付近に背の高いマンションなどなかっただろう。

「ここか……」

かつて祖父母が住み、父が生まれた「松江履物店」があった場所。本来ならもっと早くに来るべきだったが、目先の調べ物を優先している間に時が過ぎてしまった。

「駐車場見ても、よう分からんでしょ？」

大路は串田の柔和な笑みに釣られるように頬を緩めた。

周囲には築古の民家や昔ながらといった感じの美容室があるものの、やはり風景は一変しているのだろう。

「この前電話でも言うたけどの、ここに菊代さんが立ってたんやとの」

串田から「思い出したことがある」と連絡が入ったのは、二日前のことだ。

彼の母が壮平の姉にあたり、当時はまめな親戚付き合いがあったという。大火のとき串田は高校生で、準平が生まれたときのことも憶えているらしい。今回の取材で彼が骨を折ってくれるのは、菊代の苦難に対して強い思い入れがあるのと同時に、それが八十一歳にしてできる親孝行でもあると信じているからだった。

「串田さんのお父様がここで私の祖母を見たのは、大火から三年ほど経ったころですよね？」

「ほや。そのときに菊代さんから『再婚することになった』って、うちの父親が聞いたみたいやから」

「祖母はここで何をしてたんですかね？」

「父親が言うにはね、今とおんなじように、夕暮れの薄暗いときでしんしんと雪が降ってたと。ほれで着物の女の人が立ってて、菊代さんはほれ、白い細い首で項《うなじ》がきれいやったんや。ほやで遠目で見てた父親が菊代さんちゃうかって」

「そのときここは、もう別の人の家になってたんですよね？」

父の記録によると、祖母は大火から一年ほどして芦原の土地を処分している。

「いや、更地やったんやないかな」

「あっ、そうか。考えたら人の家の前に、ずっと立ってたら変ですよね」

笑った拍子にひとひらの柔らかい雪が大路の口に入った。一日の変わり目を前に辺

Anniversary 20th
作家20周年を迎え、累計750万部突破にして
著者の代表作「心霊探偵八雲」シリーズは、
来る6月に完全新作の単行本と、
文庫シリーズ大改稿にて発進いたします。
これまで書き続けられてきたのは
読者の方々のおかげです。
感謝の気持ちを込めて、
これからも「物語」を
書き続けます。
——神永学
特殊設定×推しキャラ×
どんでん返しの神業ミステリー。
3月文庫化!
『心霊探偵八雲
INITIAL FILE 幽霊の定理』
定価1650円(税込)
『青の呪い
心霊探偵八雲』
ぼくは貴女のために
殺人犯になった。
定価990円(税込) 講談社文庫
『心霊探偵八雲
INITIAL FILE 魂の素数』
心霊と数学で推理せよ。
最強バディ・ミステリ!
定価825円(税込) 講談社文庫
『ラザロの迷宮』
すべての推理が裏切られる快感!
誰もこの「館《ミステリ》」から抜け出せない——。
定価1980円(税込) 新潮社
3月22日発売予定
『マガツキ』 定価未定 PHP研究所
その恐怖は逆行する——!!
“それ”を呼び寄せるのは、
狂おしいほどの恋心——。

りは青みがかり、寂しげな色合いを帯びていた。

少し話している間に足先が冷えてきて、湿ったコートに重みを感じる。串田のダウンジャケットも濡れて光っていた。

「ほんとか嘘か分からんけど、声掛けたとき、菊代さん、泣いてたみたいやわ」

「泣いてた？」

「うん。父親がマネしての、指で目尻を拭う素振りして見せたよ。むさ苦しいおじさんやったで、全然雰囲気なかったけどのぉ」

型の古いセダンが停まっているだけのマンションの駐車場を見ても、大路は家の跡地がうまく想像できなかった。

「祖母は何か話してましたか？」

「再婚のことだけや。父親も菊代さんが泣いてたさけ、あんまり話も聞けんかったって。口下手やったでの、うらと違って」

年相応の耳の聞こえ方ではあったが、串田はハキハキと自分の言葉で話す。だが、これ以上聞いてもさしたる情報は得られないだろうと、大路は見切りをつけた。それに、傘寿《さんじゅ》のお年寄りを冷たい風に晒《さら》し続けるのも気が引けた。折り目正しいスラックスが寒々しく見える。

「串田さん、暗くなってきましたし、そろそろ……」

「帰る？」

「私はもう少しここにいます」

「あぁ、そう？　ほんなら、暗なってきたし、これで失礼しようかな。また分からんことあったら、遠慮なく電話してくんねの」

串田は軽く右手を上げると、しっかりとした足取りで来た道を戻って行った。角を曲がり、姿が見えなくなると、大路は二、三歩下がって、改めて駐車場を眺めた。この間にもさらに陽は落ちて、街は既に夜目の中だ。

再婚前の時期なら、六十一年前ということなる。

大路は夜空から舞い降りてくる淡い雪を見上げ、少しずつ時を遡るような気持ちで瞼《まぶた》を閉じた。祖母を想い『聴雪』の世界へと自らを誘《いざな》う。

家事に育児に店の手伝い。昭和二十九年、まだ若かった菊代の一日は瞬く間に過ぎていったのだろう。戦後、地震を経てようやく手に入れた手のひらサイズの幸せ。夜泣きに手を焼きながらも、夫婦で小さな息子の愛おしさを分かち合う。忙しなさは満ち足りた日々の裏返しだったに違いない。

だが、息子の準平が生まれた翌年早々、菊代は夫から肺ガンを患ったことを告げられる。祖母は生前、過去について多くを語らなかったが、松江家はこれからの家族だったけに夫婦を襲った衝撃は計り知れない。

串田が言うには「松江履物店」は流通品よりも壮平がつくる革靴が人気で、粗悪品の修理も器用にこなしたという。一家の経済は壮平の靴が支えていた。故に死期迫る夫を前に菊代が抱いていた不安を思うと、大路は胸が痛くなる。

二十八歳で幼い子どもを残してこの世を去らねばならなかった祖父の無念もそうだ。二十代後半と言えば、自分は冴えない新聞記者で、四十歳になった今でもフラフラと生きている。この場に立った大路は祖父母に対し、不甲斐ない現状を申し訳なく思った。

壮平はガンが見つかった年の夏に亡くなり、菊代はその細腕で一人息子の人生を支えなければならなくなった。年の離れた弟を親のように見守ってきた壮平の姉もまた、つらかっただろう。だからこそ姉は義妹のために子どもの世話を手伝い、食堂と菓子店を営んでいた姉の夫は、靴店に別の窓口を設けて自分の店の商品を売れるようにした。

夫を失った菊代の悲しみを癒《い》やしたのは、準平の成長ではなかったか。思春期だった串田が抱いていた菊代の印象は「いつも働いている人」だった。そうしてがむしゃらに前へ進んでいた彼女のがんばりを全て消し去ったのが芦原大火だ。

串田は父や近所の男たちと菊代の家財道具一式を荷車に載せて移動させたが、彼女は避難した田んぼの畦道で、焼け落ちる店を呆然と見ていたという。それは壮平と準平との思い出が詰まった我が家でもあった。幼い息子を背負いながら両手で顔を覆った菊代に、串田は掛ける言葉がなかった。

大火後、福井市内の実家を頼った菊代だったが、生活が厳しかったのは想像に難くない。生き抜くために芦原の土地を手放すよりほかなかったのだろう。

準平が五歳になるころには、貯蓄が底を突きかけていた。安定した職に就けず、途方に暮れていたところに舞い込んだのが、福井市内のガラス会社に勤める吉村との見合い話だった――。

瞼を開いた大路の瞳に、黒染めの空から静かに落ちる雪が映った。

六十年ほど前、ここに立っていた若かりし日の祖母。夕刻、和服姿の彼女は雪に降られながら更地を眺めていた。恐らく、希望に満ちていた家族の残像を重ね合わせて。

祖母は亡き夫に再婚を報告していたのだろうか。或いは最後に心の整理をつけるため、始まりの場所を訪れたのかもしれない。涙とともに語り掛けた言葉は、ちゃんと祖父に届いただろうか。雪の音は聴こえただろうか。

大路は堪らなくなってメガネを外した。手袋をしたままコートの下襟を開き、ジャケットの内ポケットからハンカチを取り出して目尻を拭う。

何も知らなかった。知らないまま、甘えるだけ甘えた。あれほど好きだったのに、なぜ祖母の歩んできた道のりを尋ねなかったのだろうか。今、同じ場所に立って、ようやく自分の愚かさに気づく。

メガネを掛け直した大路は、後悔を白い息とともに吐き出した。そしてその悔いが、六十年以上前の芦原の街につながってゆく。祖母の孤独を垣間見たからこそ、自分の中で父の依頼がより重要なものとなった。

祖母はなぜ、辻静代のことを調べたのだろうか——。

田辺鉄男《たなべてつお》への取材　二〇二〇年十二月十九日

歩き疲れた足には最高の贅沢だ。

ズボンの裾をまくり上げて膝下を湯につけた大路は、座ったまま天井を見上げた。

「あぁ」と中年の声が漏れる。

福井県のえちぜん鉄道「あわら湯のまち駅」は、あわら温泉街の最寄駅で、大火のときは旧国鉄「芦原駅」だった。

駅前の芝生広場にはいくつかの施設があり、そこに「芦湯《あしゆ》」なる足湯の館がある。総ヒノキ、数寄屋造りの堂々たる構えで、落成後六年ということもあり木材の表情が明るく居心地がいい。

地元の民話「吉崎の嫁威《おど》し」に出てくる「姑が嫁を威す」おっかない像をぼんやり眺めながら、大路は珠緒の元夫の成瀬英彦や昨日会った戸田昇の話を思い返した。

やはり、気になるのは前川功だ。大路の頭の中で黒い影が不気味に動く。半世紀ほど前の芦原で、当時中学生だった珠緒を「威し」、京都大学で学生に話を聞き回って、「藤屋聡兵衛」の実家のインターホンを鳴らして家に上がり込んだ。

その執念に異様なものを感じるのは、辻珠緒の側から物事を見ているからなのか。功にすれば、実の父の行方を捜すという至極真っ当な動機はある。

京都の「何必館」で思いついた自らの記事の件。大路はすぐに「Realism」の王雨桐に連絡したが、珠緒に関する問い合わせをしてきた人物はいなかったという。

大路はタオルで丁寧に足を拭いてから靴下を履いた。ふくらはぎが温かく、疲れが取れたような気になった。外は雪がちらついているが、何とか乗り切れそうだ。

今から、前川勝を知っている男に会う。

あわら温泉街には玄関口がもう一つある。

ＪＲ「芦原温泉駅」は温泉街から東へ約四キロに位置し、最寄とは言えないものの、戸田が話していた通り、数年先には隣接地に北陸新幹線の駅ができる予定だ。

大路は取材で地方に来たとき、その土地をゆっくり歩いて回ることを好む。京都の田舎から市内の大学に進み、大阪本社の新聞社に勤め、今は東京に住んでいる。徐々に自然を手放す生活を送ってきたからこそ、田畑の美しさとシャッター通り商店街の侘《わび》しさが同居する街々に、帰巣本能のような安らぎを覚えるのだ。

だが、今日は朝から温泉街の通りをうろついていたので、足湯での癒えを無駄にしたくなかった。

芦原大火で北端の被災地域となった舟津から「あわら湯のまち駅」――旧国鉄「芦原駅」――までの一キロ強を歩き、その間、優に百を超える建物の側《そば》を通りながら、大路は想像を絶する規模の火事だったのだと肌で感じた。

地元住民が残した手記で「悪魔が次々と火を放り投げている」と書いてあったが、現実離れした力の作用を思わずにはいられず、改めて火事の恐ろしさを思い知らされた。

そして、芦原大火が教えてくれたのが「風」の怖さだ。温泉街を焼き尽くすまでに被害が広がった主な原因は、言うまでもなくフェーン現象による強風だ。火と風は出会ってはならない関係にあることを痛感する一方、これほどの災害だというのに、大路はこの大火の存在をまるで知らなかった。六十四年という時間の風、風化は苦しんで得た教訓をも吹き飛ばしてしまう。

昨日見たマンションの駐車場が、大路の脳裏をよぎる。健気に、しかし懸命に生きてきた祖母たちの「松江履物店」もまた、業火に呑まれた。

JR「芦原温泉駅」で京福《けいふく》バスを降りた後、大路はキューブ型のかわいい建物が並ぶ広場まで歩いた。そのうちの一つがカフェになっていて、そこで証言者と待ち合わせている。

約束の時間まで二十分ほどあったが、ガラス張りの向こうにあるソファ席に、少し場違いの感がある高齢の男性が一人、腰掛けているのが見えた。まず、間違いないだろうと踏んだ大路は、慌てて店に入った。

以前インタビューした咲子の同僚だった仲居、峰岸睦美が「てっちゃん」と呼んでいた田辺鉄男は、八十歳を過ぎているだろうが、一人で来ていた。

大路はテーブルから大げさなほど離れたところに座面の硬い椅子を置き、名刺を差し出して付き添いの有無を聞いた。

「いや、一人暮らしやで。補聴器つけてるで声も聞こえるし……」

田辺は途中で豪快に痰を切った。マスクをつけて話すのも楽ではないだろう。頭は完全に禿《は》げ上がり、シミも多かったが、背筋はピンと伸びていた。

峰岸を通してリモート取材をするかどうかを確認したが「パソコンが分からない」という理由で直接会うことになったのだ。

できるだけ早く終えた方がいいと判断した大路は、二人分のホットコーヒーが届くと、すぐに本題に入ろうとした。だが、田辺の方から「うらは、ずっと芦原で育ったんや。小さいころから『てっちゃん、てっちゃん』って呼ばれての……」と簡単な生い立ちを話し始めた。

気が急いていた大路だったが、こればかりは相手に任せるしかない。まずは話しやすいリズムをつくってもらおうと、聞き役に徹した。だが、意外にも「てっちゃん」の人生はユニークで面白かった。

少年のころから下駄を揃える仕事で駄賃を稼いでいたという。外出先で下駄を脱いだ観光客が、左右で別々の旅館のものを履いて帰るということが日常茶飯事だったらしく、各宿を回って、バラバラになった下駄を元通りにするという作業が、幾ばくかのお金になったのだ。

一時期は出張ストリップの照明係をしていたこともあった。

「座敷の部屋を真っ暗にしての、ヌゥドのお姉ちゃんが開脚すっと、うらがピンクの照明を当てるんやわ。仲居さんも『今日、ヌゥドが来るざ』って、咲子ちゃんも睦美ちゃんも観に来たこともあるわ」

「てっちゃん」は、咲子が働いていた旅館「松風荘」にもよく出入りしていたという。人懐こい笑みを絶やさず、派手な身振り手振りで自分の半分も生きていない〝お客さん〟を楽しませようとした。昔から「おもてなし」を大事にしてきた温泉街だけあって、大路は今回の取材中、何度も地元の人の親切に助けられた。

少し話しただけで「てっちゃん」が誰からもかわいがられるタイプの人だと分かる。そんな彼だからこそ、ヤクザたちも声を掛けやすかったのだろう。彼には地元の暴力団にも知り合いがいた。

「昔、街の中心地にヤクザがやってるブルーフィルムの掘っ立て小屋があっての、旅館からお客さんを連れて行くこともあったんやわ。ほんで、その近くの道に立って、エロ写真を売りつけるのもおって。五枚とか十枚一組で」

いわゆる〝温泉遊び〟の時代には、ストリップ小屋が三軒ほどあり、茶店が大衆演劇の劇場になることもあったという。ブルーフィルム小屋もその中の一つだったようだが、無声の傷んだフィルムのせいで評判はあまりよくなかったらしい。

どういう縁で芦原のヤクザとのつながりができたかは不明だが、「てっちゃん」は前川が温泉街にいたことを憶えていた。

「エロ写真を売っている若い衆と親しくしてての、中華そばご馳走になったよ。うらみたいな下っ端には気前のいい人やった」

前川が最初に芦原にやって来たのは、昭和四十一（一九六六）年ごろだという。同年四月に公開された渡哲也《わたりてつや》主演のヤクザ映画『東京流れ者』の決めゼリフを前川が口にしていたからだ。

「渡哲也が最後に『流れ者には女はいらねぇ』みたいなこと言うやろ、松原智恵子《まつばらちえこ》に。普段から女の話しかせんのに、嘘ばっかりで。それがおかしくて……」

映画のことを知らなかった大路は、その場でスマートフォンを取り出した。確かに渡哲也に「流れ者には女はいらねぇんだ」というセリフがあった。

芦原では高齢者に話を聴く機会が多いが、「てっちゃん」は他の人に比べて証言が具体的で、言葉の引き出しもスムーズだった。大路はその記憶力のよさに驚かされたが、その七年後、芦原温泉開湯九十周年のときにも前川に会ったことを当然のように憶えていた。

「『俺の女を寝取ったガキがおる』って、えらい剣幕での。若い衆連れて谷口のとこ行って追い出したって言うてたの。咲子ちゃんのことはかわいそうでの。何とかならんかと思ってたけど、うらは昔、芳雄に嫌がらせされたことがあったで、ちょっとスッとしたわ。前川さんも芳雄のそういうところに気づいたんでないかな」

見る角度が違えば、捉え方が変わるというお手本のような証言だ。人の良さそうな「てっちゃん」が覗かせた小さな悪意を、大路は苦い思いで飲み込んだ。

前川の蛮行については、牧田千恵子と峰岸睦美の話した内容とほとんど同じだった。

一九六六年に芦原へ来た前川は、恐らく辻静代から金を受け取り、あっさりと去った。七三年に来たときは、珠緒の連れ去りに失敗し、お好み焼き屋に居座った後、いつの間にかいなくなっていたという。

「前川さんはどこに行ったんでしょうね？」

「いやぁ、挨拶もなしに帰ったたって、こっちの人は文句言うとったよ」

「こっちの人というのは、ヤクザですか？」

「ほやほや。でも、もともと前川さんは関西の人やで組は違うし、商売上の関係もなかったで、えんようになったところで何にも変わりゃせんでね」

「前川さんがいなくなって数年後、前川さんの妻と息子が芦原に来て、話を聞き回ったそうですが」

「あぁ、ほれね。うらも会ったよ。芦原に来たまま帰って来んっての。『写楽』にも『松風荘』にも行ったたって話してたわ。関西の警察にも捜索願出して、こっちの警察署にも相談してたで、本当にいなくなったんやなぁって思たわ」

「二人は前川さんの行方について何か言ってませんでしたか？」

「いやぁ、教えてくれって感じやったと思うんやけどのぉ。正直、前川さんが芦原を去って何年か経ってたでね、他に女でもできたんやろって思ってたけど、そんなこと奥さんに言われんでのぉ。何かかわいそうやったけど、役に立てることなんか何にもなかったわ」

四十年以上前の話なので仕方ないが、エピソードはいつもここで途切れる。先は闇のままだ。

「咲子ちゃんは元気にしてなるんですか？」

肝心なことを伝えてなかったことを思い出した大路は、現在は関東にある高齢者施設で暮らしていることを話した。

「珠緒ちゃんがえんようになったっていうのは知ってるんか？」

「職員の方も、もうそろそろ知らせた方がいいんじゃないかって言ってるみたいですけど」

「前川さんなんかより、そっちの方がた心配やの。咲子ちゃん、目に入れても痛ないぐらいかわいがってたでねぇ。あの子も苦労したんや。前川さんは女の人にはめちゃくちゃやったでね」

「もしよかったら、咲子さんのことも聞かせてもらえませんか？」

「てっちゃん」は「いいよ」と愛想よく言った後、カップを揺らしながらコーヒーを口に含んだ。

「ちょっと長くなるけどの。咲子ちゃんはちょっと酒癖が悪くて、泣き上戸やで語りだしたら止まらんかった。まぁ、爺さん婆さんにも若いときがあって、それぞれの時代で精いっぱい生きたってことやの」

昭和三十四（一九五九）年、高校を中退した咲子は福井市内の食堂で働いた後、一人大阪に出た。

この年の五月、オリンピックの開催が決定し、世界の耳目が東京に集まろうとしている中、日本第二の都市、大阪もまた、戦後からの脱却に向けてがむしゃらな活気があった。

咲子は最初、大阪市内にあった小さな市場で住み込みの働き口を見つけたが、とても生活できる収入を得られなかった。さらに人生で初めて身の危険を感じることになる。店主の夜這いだ。悲鳴を上げて抵抗したので最悪の事態だけは免れたが、店主の妻は夫以上に若い咲子を責めた。一切の非がないにもかかわらず、彼女は逃げるように店から去った。

それから咲子が職を転々とした主な原因は男だった。大都会の騒々しさときつく聞こえる関西弁に対する萎縮。常に控えめであり、また小柄だった咲子は男にちょっかいを出されやすいタイプだったのかもしれない。手を握られたり、キスされそうになったりするのは日常茶飯事で、家まで押し掛けてくる男も一人や二人ではなかった。咲子はそのたびに職場から逃げ続けた。

師走に入り、咲子は大阪を離れて兵庫県尼崎市の繁華街に移り住む。闇市から発展した巨大なアーケード商店街に圧倒され、ここなら職があるだろうと思ったからだ。地方にいたころに想像した都市生活のきらめきとは程遠かったが、かと言って福井に帰りたくもなかった。

その年にオープンした市内初のスーパーで働き、喫茶店でのウエイトレスを掛け持ちした。

環境より生活の時代、工業地帯のキャンバスに描かれるのは、白い煙が立ち上る煙突、流れることを諦めたような深緑に濁った川、道端に捨てられる大量のタバコの吸殻。やがて都会に慣れ始めた咲子は、下町の人情に居心地の良さを覚えるようになる。

翌年、咲子はこの街で、電力会社の発電所で働いているという前川勝と出会う。日に焼けた前川の容姿のよさと都会的な雰囲気に、咲子は男に対し初めて心躍らせた。実父の暮らしぶりから、電力会社の関係なら経済的に安定しているだろうという打算も働いた。

「俺たちの将来のために」と前川は言った。

だから金を貯めよう――。

咲子は翌年からスーパーと喫茶店を辞め、阪神尼崎《はんしんあまがさき》駅近くのキャバレーで働き始めた。前川は週に二度ほど咲子のアパートに泊まり「結婚したら俺たちの家を買おう」と耳元で囁《ささや》いた。

幼いころに両親が他界したという前川は、たまに十代の少女たちを咲子のアパートに連れて来た。少ない金を咲子に手渡し「悪いけど面倒みてやって」と言って、三日ほどすると迎えに来る。「身寄りのない子どもたちのために、後見人を探している」

と前川は話した。自らも母子家庭で育ち、生きることに懸命だった咲子は喜んで世話役を買って出た。

若い咲子は前川の全てを信じ、がむしゃらに働いた。その中から幾ばくかの金を福井の静代に仕送りする。当時、静代は芦原に戻り、知人の焼肉店を手伝っていた。酔った教師に体を触られようが、不良市議に金を積まれて口説かれようが、笑顔で切り抜ける術《すべ》も身につけた。「女は愛嬌を金にするんや。ちょっとぐらいのことは辛抱し」。実際、キャバレーのママの言う通りにしていれば、金は貯まった。

昭和三十七（一九六二）年夏、咲子は妊娠に気づいた。前川の子だ。籍を入れていない状態で子どもができたことに、世間体からの困惑はあった。無論、自らが愛人の子であったことも考えた。だが、少なくとも前川には妻子がない。それに、母のように男に経済的な依存をしているわけではなかった。これは、自分の力で手に入れた幸せなのだ。

前川は妊娠を喜んでくれた。「そろそろ家を買おう」と、自己資金としていくら出せるかを尋ねられ、咲子は貯金百万円のうち、八十万円を前川に渡した。金の入った封筒を受け取った前川は咲子に言った。

咲子がおらん人生なんか、考えられへんわ——。

同年秋、咲子のアパートに尼崎中央署の刑事が訪れ、彼女は同行を求められる。

「汚ないとこですんまへんな」という刑事に連れられ、咲子は生まれて初めて警察署に入った。無論、取り調べを受けた経験もなかった。

警察に呼ばれる覚えはない。だが、自分に用があるから連れて来られたのだ。命宿る腹に手を当て、咲子は人生の平穏が霧散しそうな不安に襲われた。

「前川勝、ご存じですよね？」

前川の名を呼び捨てにされ、咲子は身を固くした。

「今朝、奴を逮捕しましてね」

逮捕という言葉に彼女は激しく動揺した。

前川を信じていたが、それは信じたいという願望と言った方が正確だったかもしれない。心の片隅に雑草のようにしぶとく根付いている疑念。咲子は前川の住所や勤めている社名を具体的には知らなかった。

「あの人、何をしたんです？」

「売春斡旋ですわ」

「売春……」

「要するに子どもに売春させて利益を上げていた、と」

咲子は前川が時折アパートに連れてきていた少女たちのことを思い出した。「身寄りのない子どもたちのために、後見人を探している」。そう話していた前川を信じたかったが、彼が暴力団組員であること、何より妻子持ちであることを告げられ、目の前が真っ暗になった。

　ずっとお腹に手をやっている女を見て、刑事は哀れみの眼差しを送った。警察は前川が持って行った八十万円のことも把握していた。

「ちょっとでも返ってきたらええけどね。まぁ、方々で同じようなことしてる男やから」「でも、お子さんまでつくっといてね」「お気の毒です」……途中から刑事の言葉が耳に入らなかった。

　結局、母と同じだ。手に職もなく、蓄えもなく、そしてこの子には父がない。咲子は電力会社に勤めている実父と野心の塊のような母の愛人、そして前川の優しい笑みを思い浮かべた。

　不幸せの種は、いつも男が運んでくる。

中西盛夫《なかにしもりお》への取材　二〇二〇年十二月二十日

その橋の前に立つのは二度目だった。

欄干の朱色は浮かび上がるような光沢を放ち、約二二〇メートル先の無人島まで左右の平行を保ちながら一直線に伸びている。深い緑に覆われた島の向こうにある鈍色《にびいろ》の空。陽の光を燻《いぶ》したような雲は、先ほどまで雨を降らせていた。橋の袂《たもと》から眺める雄島は、自然と人為の陰陽が織りなす絵画だった。

色鮮やかな欄干の間に通る茶色の路面を進む。途中、吹きさらしの風に体を持っていかれそうになって、大路はギュッと身を固くした。橋の上で感じる強い波音も心理的な圧迫感を助長する。振り向いた先にあった東尋坊が霞んで見えた。

嶺北の画家、中西秀盛《ひでもり》の存在を知ったのは、芦原のアパートの隣人、牧田千恵子からの連絡だった。

大路のインタビューの後、牧田は珠緒のことを知っている中学時代の友人と連絡を取り、昔話に花を咲かせたという。牧田が珠緒の子ども囲碁大会優勝の新聞記事を図書館で探した話をした際、その友人が別の新聞記事について触れた。

それは中学当時、牧田自身が見つけたもので、地元画家の個展を知らせる記事だった。このことをすっかり忘れていた彼女は、新聞で作品の写真を見たときの驚きを半世紀ぶりに思い出すことになる。

当の画家は既に亡くなっていたが、長男の中西盛夫があわら市の隣町である坂井市内で税理士事務所を開いていることが分かり、大路は先ほど、盛夫を訪ねたのだった。彼は親切にも父の作品を収める倉庫から、お目当ての絵を取って来てくれていた。


雄島は島自体が大湊神社《おおみなとじんじゃ》の境内となる。「源 義経《みなもとのよしつね》が訪れて家臣の兜《かぶと》を奉納した」という逸話があるものの、織田信長《おだのぶなが》によって社殿が焼かれ、社領も没収された。江戸《えど》時代初期に再建。以降、近くにある陸宮《あげのみや》に神事の中心が移っていったという。

福井県の地図を見ると、北西の端で島と陸地が橋でつながっていて、古き良きゲームで言えば、ラスボスが出てきそうな趣である。

午後三時過ぎ、中西税理士事務所を後にして一時間が過ぎていた。橋を渡った大路は石の鳥居を潜って、自然豊かな境内に入って行った。

照葉樹が緑のアーケードをつくり、仄かに木漏れ日を受ける流紋岩の石段が、斜め上に続いている。石段を上り切ったところにある素朴な道標の矢印は、左手が「大湊神社」で右手が「ヤブニッケイの純林」を指し示す。

左側に進んでさらに石段を上がると、木造の社務所が見えてくるが、ガラス戸の向こう側を目にすれば、使われなくなって久しいことが分かる。そのまま地面の真ん中に点々と続く背の高い飛び石を踏んで行くと、拝殿が現れる。

銅板葺《ぶ》きの薄緑の屋根は急勾配で、軒は浅い。閉ざされた格子戸の前には鈴緒が一本と注連縄《しめなわ》があるだけで、賽銭箱もない。左手には絵馬の掛け所が設けられているが、これは近年につくられたものらしい。

神事も陸の神社で行うものが増え、境内には物寂しい雰囲気が漂う。辺りは木々が鬱蒼と茂る自然林で、陽が遮られてひんやりとしている。

大路は鈴緒の前にある石板にしゃがみ、しばし目を閉じた。

四十七年前の晩秋、十歳の辻珠緒は一人でここに跪《ひざまず》き、目を閉じて両手を合わせていた。

今の大路には彼女の姿が容易に想像できる。雄島や東尋坊の風景画を描き続けた画家、中西秀盛がその光景を『祈り』という作品にしていたからだ。牧田千恵子が驚いた個展の絵は、この『祈り』だった。

拝殿前の石板に膝をつく髪の長い少女を斜め後ろのアングルから描いている。前髪で表情は隠れているものの、拝むようにして頭を垂れている様子から、ひたむきな想いが伝わってくる作品だ。

個展で買い手がつかなかったのは、画家にしては残念なことだろうが、倉庫に眠っていたからこそ目にできた。

息子の盛夫によると、秀盛はスケッチで雄島を訪れた際、石段を駆け上がっていく少女とすれ違った。実は以前にも、当時この島に棲み着いていた「タロウ」という猿に餌をやっていた珠緒を見掛けたことがあったのだという。

秀盛は自宅に戻るつもりだったが、女の子の様子に尋常ならざるものを感じ、参道へ引き返した。そして、拝殿の前で少女が白い布を石棚に置いて手を合わせるのを見た。

華奢で色白の少女が、一心不乱に祈る。その様に魅せられた画家は、彼女にとって何か大切な時間なのだと察し、神秘的なシーンを目に焼きつけると、島の中央付近にある灯台を目指した。

秀盛が戻ってきたときには既に彼女の姿はなかった。しかし、石棚の上に布を見つけると、少々はしたない思いつきに駆られる。まっさらな旅館の手拭い。秀盛は束の間逡巡した後、丁寧にたたまれた手拭いを手にした。

彼はその後、雄島橋の上で再び少女を見かける。母親らしき女がしゃがんで女の子の手を取り、波音が響く中で何かを話していた。二人のそばを通り過ぎるとき、娘のスカートとブラウスについた土を払いながら「こんな薄着で……」と、母親は目を赤くしていたという。少女もしゃくり上げるように泣いていたことから、秀盛は親子にとってよほどのことがあったのだと思った。

大路が牧田千恵子から聞いた証言との乖離《かいり》。

牧田の話では「咲子が拝殿の前で祈っていた娘に駆け寄り、抱きしめた」「拝殿にあった手拭いには『お母さんを助けてください』と書かれていて、咲子はそれを見て涙が止まらなかった」ということだった。大路もこのエピソードを聴いたときは、心を動かされた。

だが、先ほどの取材で中西盛夫から返ってきた言葉に、大路は絶句してしまった。盛夫はその手拭いについて、困惑した様子で話していた父の顔を今でもよく憶えているという。

秀盛が目にした手拭いの字は、意外と整っていたからこそ、真に迫るものがあった。

――死にますように――

大路は石段に座り、階段の参道を見下ろした。

牧田千恵子はよく、珠緒を雄島に連れて来たという。金がかからないこともあるが、二人ともタブノキ、スダジイなどが豊かに生い茂る原生林や、板状節理《ばんじょうせつり》の海岸から見る海を好んだ。

そして冬には石段に腰掛け、雪が葉に当たる音を聴きながら「理想の世界」について考えていた。この藍色の海を前に、まだ小学生だった珠緒が牧田に尋ねた言葉を、大路は事あるごとに思い出す。

「お姉ちゃん、この世に公平な場所ってあるんかな？」

何必館で見た魯山人の作品集。絶筆と言われる書『聴雪』は、筆が進むごとに掠れてゆき、最後の三画は線が漣《さざなみだ》立って、波のような濃淡を表している。大路は今、橋脚に打ちつける波音を聴きながら、橋の上で再会したという親子について思いを馳せた。

現在の雄島橋は昭和五十六（一九八一）年に竣工した二代目だ。初代とは路面も橋脚も異なるが、欄干が朱色であることだけは共通している。

その朱色の欄干のそばで咲子と珠緒は泣きながら向き合っていた。母は自分のような薄幸の人生を娘に背負わせたくなかったはずだ。恐らく珠緒から手拭いのことを聞いて、慌てて拝殿まで取りに行ったのではないか。

捧げられた〝祈り〟を見たとき、咲子は何を思っただろうか。

大路はこの二ヵ月間の自分の行動がよく分からなかった。

最初は父の願いを叶えるための「調査」だった。辻珠緒に会って父に会わせる――はずが、珠緒の人生を遡っていくうちに魔力に搦め取られ、いつの間にか「取材」になっていた。

立件された犯罪でもなく、成功者の教訓でもなく、苦境を逆手に取ったアイデアでもなく、現在進行形の住民トラブルでもない。

大路がこれまでに経験したどの現場にも類似しない、一人の女の人生。

父からは経費を上回る金が振り込まれていて、それが心苦しかった。とは言え、その金で生活の全てが賄えるはずもなく、原稿料にも印税にもならない仕事が、負担になっているのも事実だ。

「もう一回、もう一回な、アホになっておもいっきり取材したいんや」

新聞社を辞める前、酔っ払った父から吐き出された言葉は、同じ職を選んだ息子の胸に色濃く滲《にじ》んでいる。

大路は石段に座ったまま、ペットボトルの茶を飲んだ。

これまでは報じるために情報を得てきた。だが、今の自分を突き動かすのは「知りたい」という純然たる本能だった。

なぜそこまで彼女に惹かれるのか。

大路の目から見て、辻珠緒の人生には三つの鍵がある。

一つ目は父と継父によって翻弄された芦原時代。暴力団員の実父に連れ去られ、未来への芽を摘もうとする継父には面従腹背で抗った。高校時代の恩師に裏切られた可能性もある。それら負の連鎖から感じ取れるのは、一人の少女が抱き続けた「脱すること」への強烈な意志だ。

二つ目は「ジェンダー」と「テクノロジー」という現代性の壁だ。就職活動で突きつけられた社会的役割。昭和の銀行で痛感した構造的な歪《ひず》み。本当の自分を表現できる場所で直面した「ゲーム障害」の深刻さ。そして今、珠緒は王雨桐とともに新しい技術で「理想の社会」の一端を具現化しようともがいている。

そして三つ目――。

取材バッグのスマートフォンが着信を知らせた。

画面を確認した大路は、見覚えのない番号に首を傾げた後「通話」へスライドした。

「大路さん？」

何の前置きもなく発せられたぶっきらぼうな呼び掛け。脳内にある声のデータベースに反応はない。

「ええ、そうですが」

大路が警戒心を見せて応じると、相手の男はそれを楽しむような気配を漂わせ「かわいい声やな」と言った。ほんの十秒ほどのやり取りで、男が真っ当でないことが分かる。

「失礼ですが……」

「珠緒のこと、嗅ぎ回ってるんやろ？」

粘着質な話し方をする人間には関わってても碌なことがない。電話を切るか否かの判断のため、大路は語気を強めて「失礼ですが」と繰り返した。

「谷口や」

「谷口……」

「谷口慎平や。珠緒の弟やった」

珠緒に嫌がらせを続け、結婚式にすら呼ばれなかった弟。電話越しでも伝わる陰気くさい雰囲気が、中学生のころ、彼が杉浦沙織を恨んで起こしたデートの「すっぽかし事件」を思い出させた。

「あいつ、行方が分からんって？」

「ご用件は？」

戸田昇から連絡を受けた可能性はあるが、不用意なことは言えない。大路は毅然と対応した。

「いろいろ俺のこと聞いてるやろ？　まぁ、あることないこと吹き込まれてるかもしれんけど、いっぺん会おうさ」

気持ち悪さはあるものの、大路は自分の仕事が「虎穴に入らずんば虎子を得ず」で成り立つと、十分に理解していた。

「分かりました。今、ちょうど芦原にいます。どちらへ伺えばいいですか？」

「そら好都合や。ほんなら明日にしよか？」

日時と場所が決まると、谷口慎平は突然電話を切った。寸暇を惜しむというより、相手を威圧して優位に立とうとする習慣に感じられた。

大路は一つため息をつくと、マスクをつけて立ち上がった。

辻珠緒の人生にある三つ目の鍵——実父、前川勝の行方。

谷口慎平への取材　二〇二〇年十二月二十一日

片側一車線、白いセンターラインの道路が南に延びている。

両脇の建物は押し並《な》べて低く、街灯の淡々しい光がそれら不規則な影をぼんやりと照らしていた。

静かでもの寂しい地方都市の夜。大路は小雨が降る中、あわら温泉街を歩いていた。

微かなスニーカーの靴音がやけに響く通りには、人も車もない。大方の民家の玄関ドアは、歩道と車道を分ける白線のすぐ近くにあって、圧迫感を抱かせる。美容室や呉服屋、喫茶店などの商店は、門灯の光一つなく戸を閉ざす。

ここがかつて、二面地区のメイン通りだったという。

珠緒が実父に連れ去られたときに残した置き手紙。そこに描かれていた馬車は、地域のお祭りの際、今大路が歩いている通りを走っていたという。

珠緒が小学生だった半世紀ほど前の住宅地図を見ると、この通りにはもっと民家と商店が建ち並んでいた。

露店に群がる子ども、アセチレンの光。子どもだった珠緒が馬車に乗り、若かりし日の咲子が笑顔で愛娘を見守る。閉じた瞼の裏側に浮かんできたのは、もっと人と人との距離が近かった、昭和の夏の風景。誰もスマホの画面を見る者のない牧歌的な光景は、大路が幼少のころにも日本にあったものだ。

懐古的な感傷を戒めるように、再び雨が強まってきた。冷たい風に肩をすくめ、折りたたみ傘を差す。芦原に入って四日目。今朝は特に冷え込みがきつく、新年が迫る日本海側の街は、日に日に不機嫌になっていくようだ。

通りを抜け、突き当たりを右折した大路は、水道会館を過ぎて「あわら湯のまち駅」へ向かった。駅前ロータリー北側の芝生広場には、二日前に疲れた脚を癒やしてくれた「芦湯」がある。

広場前の歩道をさらに西へ進むと、赤く灯る複数の提灯が見えてきた。ちょうど「芦湯」の南側辺りだ。

大路は「湯けむり横丁」の黒い木製ゲート前で足を止めた。ゲートの左右、高い位置で赤提灯が連なり、柔らかい光が雨を照らしている。街が深く眠っている分、その和紙を介したおぼろげな灯りに安堵する。

横丁にはアスファルトの通路を挟むようにして、屋台風の店が向かい合っていた。十店舗ほどの小ぢんまりした空間だが、店と店が肩を寄せ合う様子に温かみを感じる。

居酒屋に鉄板焼にフレンチ。それぞれの店から聞こえる賑わう声や、ガラス戸の向こうから漏れる柚子《ゆず》色の灯りに非日常の潤いを覚え、少なからず気分が高揚してきた。

大路は横丁の奥へと向かい、看板の出ていない店の前で立ち止まった。ガラス戸にグレーの遮光カーテンが引かれているものの、微かに中から灯りが漏れている。

ここで間違いないようだ。

傘をたたんでから軽く戸を叩くと、控えめにカーテンが開けられた。目つきの鋭い一重瞼の男が、大路の顔を見ると無言で戸を引いた。

「谷口慎平さんですね？」

「大路さんやろ？」

互いに頷き合うと、大路は狭い店内に足を踏み入れた。

中はL字カウンターのみで、九席の丸椅子が固定されている。最低限といった造りだ。

慎平が何も言わずL字の奥に座った。中背だが、横幅があり人相もよくないので威圧感がある。マスクもつけないようだ。大路は四席離して腰を掛けた。

「ここは、営業してないんですね？」

何もない店内を見回していると「今度知り合いが店出すんや」と、慎平が手短に言った。

「何のお店ですか？」

「さぁ、飲食やろ」

あまり打ち解ける気はないらしいと察した大路は、名刺を出すのを止めにした。

「珠緒がえんようになってどれぐらい経つ？」

前置きがないのは昨日の電話からだ。

「三ヵ月近くになります」

「まぁ、心配せんでもいいで。あれはしぶとい女やで」

「でも、珠緒さんが大学に進学してから、ほとんど接点ないでしょ？」

「いや、八年ぐらい暮らしたでの。人間の性根はそう変わらんもんや。珠緒も咲子も」

かつての継母も呼び捨てにし、慎平は水滴がついたロックグラスを手にした。焼酎のようだが、カウンターでグラスが隠れていて気づかなかった。

「この辺の奴らが言いそうなことは大体想像がつく。咲子が俺の親父と結婚したで人生狂ったとか、珠緒がかわいそうやとか、そんな感じやろ？」

「ええ。谷口家のお二人はすこぶる評判が悪いです」

大路が正直に言うと、慎平は愉快そうに頰を緩めた。

「逆や」

「逆？」

「人生狂わされたのは、親父の方や」

電球色の灯りが点いているものの、室内の光量は寂しかった。大路は相槌を打つことなく次の言葉を待った。

「咲子が芦原にいられんようになった理由は宗教や」

咲子が福井に支部がある神道系の新興宗教に入信したのは、昭和六十二（一九八七）年という。

「前川勝は知ってるか？」

「珠緒さんの実父です」

大路は昭和四十八（一九七三）年から行方不明になっていることも付け加えた。

「それから五年ほどして奥さんと息子さんが、芦原に捜しに来たという話も聞いてます」

「前川の妻子が最初に来たのは、昭和五十三年や」

「そのとき、息子の方、前川功さんに珠緒さんが殴られたと聞きましたが」

「よう知ってるな。息子だけが『写楽』に来たことがあっての。俺と珠緒が対応したんや」

「当時、功さんはいくつやったんですか？」

「高校三年やったで、十八ぐらいやろ」

「功さんは何で珠緒さんに暴力を振るったんでしょう？」

「そら、向こうは父親の居場所を知ってると思ってたでな。要は咲子に奪われたと」

「でも、違うんでしょう？」

「違う」

前川勝の居場所に関わることについて、慎平は断言した。

「珠緒さんが目の前で殴られて、慎平さんは助けたわけですよね？」

「いや。俺は隣で見てただけや」

「何で……」

「前川勝は辻家の問題や。それに前川が来た当時、親父と咲子はまだ結婚してえんかった。俺ら親子は何にもしてえんのに、いきなり来たヤクザどもに家追い出されたんやぞ。目の前で親父が連れて行かれて張り倒されて、小学三年やった俺も、ネズミをいたぶるみたいにおもいきり投げられた」

先ほど「逆や」と言った慎平の気持ちが経験談によって少しずつ具体化していく。

「確かに前川は憎い。けど、疫病神の咲子と珠緒も許せんかった」

だから、高校三年の男子が中学三年の女子を殴っていても助けなかった。確かに慎平には恨むだけの理由がある。だが、人としての倫理はない。

一方で大路は当時中学二年生だった慎平の姿を想像した。その前年、一学年上の杉浦沙織に泣かされるほど線の細い少年だった。単純に怖くて動けなかっただけかもしれない。

「西暦で時系列をまとめますが、前川さんが失踪したのが一九七三年。一回目に前川さんの妻子が来たのが七八年。二回目に来たのが八七年、ということですね？」

珠緒の人生に当て嵌め直すと、小学四年、中学三年、社会人二年目——の年ということだ。さらに、二回目の二年前、前川功は京都大学で珠緒のことを聞き回っている。

「その八七年に意味がある。分かるけ？」

大路が首を傾げると、慎平は得意げに「最初から引き算してみぃ」と言った。

一瞬、何のことか分からなかったが、すぐに「最初」が一九七三年のことだと気づいた。八七から七三を引く。

「十四年……」

まだピンと来ていない大路の様子を楽しむように、慎平が水割りで唇を湿らせた。

「前川功は、珠緒を殴るとき『人殺し！』って叫んでたで」

ようやく意味することが分かり、大路は「時効……」と口に出した。

「御名答や」

現在は「人を死亡させた罪」で法定刑の上限が「死刑」である罪については、時効が撤廃されている。だが、当時は海外逃亡の期間を除き、発生から十五年で捜査終了となっていた。

「前川の妻子が何回も店に来るもんやで、親父が参ってもたんや。もともと気が小さい人間やでな。そこで助けに入ったのが、例の宗教や」

「咲子さんが入信していたという？」

「当時は勧誘を受けてた段階で、店の前に集まった信者のおばはんらが前川の身内とやり合って、最終的には追っ払ってもた」

それで恩義を感じて入信した——という流れらしいが、咲子が抱いていたであろう孤独も少なからず影響したのではないかと大路は思った。

「それから店は信者の溜まり場みたいになって、常連が寄りつかんようになった。売上はよくなったけど、親父にしたら気持ち悪くて仕方なかったんやと」

確かに谷口芳雄は咲子と関係を持ってから、歯車が狂ったような印象を受ける。

「芳雄さんは今、どちらに？」

「七ヵ月前に死んだ」

「七ヵ月前……」

今年の桜の時期には生きていたことになる。大路はその時間経過に生々しさを覚え、もう芳雄に面会できないことを実感した。

「最期は駅から徒歩三十分、家賃三万一千円、エレベーターなしの集合住宅の五階。その部屋の風呂で孤独死や。正方形の小さい浴槽で冷たなってた」

一人暮らしの父を思い浮かべた大路は、悔やみを述べてから質問を続けた。

「『写楽』の土地は売却したんですね？」

「咲子が京都に逃げて、信者も常連もえんようになって、どうやって商売していく？その後、咲子と離婚したやろ。あの女に渡す金がないで、律儀に土地ごと売ったんや。八十歳で交通整理のアルバイトや。あの二人、葬式にも来んかったで」

人間の目は感情を表すというが、慎平の垂れ下がった瞼の奥には、恨みが溢れていた。大路をここに呼んだ理由がおぼろげながら見えてきた。彼はずっとこのときを待っていたのだ。憎しみをぶつける機会を。

「あんたも忙しいやろで、そろそろ本題に入るわ」

本題、と言われて大路は身構えた。屁理屈をこねて難題をねじ込んでくるかもしれなかったが、応じるつもりは毛頭なかった。

「バブルが弾けてちょっとしたころやで、四半世紀ほど前の話や。俺は石川の温泉で働いてたんや。そこに横尾次郎《よこおじろう》っていうきったない爺さんが訪ねてきたんや」

大路は持っていたノートを差し出して、漢字を書いてもらった。

「垢じみた男に『ちょっと聞いてもらいたいことがある』って言われていい話なわけがない。とりあえずホルモンの店に入って酒呑ませたんや」

慎平が足元から焼酎の一升瓶を引き上げ、不器用にロックグラスに注いだ。

「横尾から親父のことを知ってるって言われて、嫌な予感がしたわけよ。昔、芦原に『白露』っていう旅館があっての。そこに勝部元吉っていう番頭がいたんや」

勝部元吉──大路はハッとしてノートから視線を上げた。その反応を見て、慎平が「何や、知ってるんか?」と聞いた。

菊代が依頼した「冬月興信所」の調査報告書にあった名前。辻静代が仲居として勤めていた旅館「白露」の番頭で、彼女と愛人関係にあった男だ。

「あんたもよう調べてるのぉ。それやったら、元吉がかなりのワルやったことも聞いてるやろ。横尾は元吉の仲間や」

つまり、横尾は元吉を介して辻静代とつながる。大路は情報を整理しながら、メモを取っていく。

「前川、あいつはほんまに異常やった。『人の女盗って、タダで済むと思うなよ』とかめちゃくちゃなこと抜かして、表情一つ変えんと人を殴る」

娘の珠緒の誘拐が不発に終わり、今度は咲子の恋人だった谷口芳雄に因縁をつけて家を乗っ取った。人を人とも思わない前川は、まとまった金を手に入れるまで居座るつもりだったのだろう。

「俺と親父は追い出された後、親戚の家に逃げたんや。『写楽』の近所に親戚が住んでたけど、親父は完全に怖気《おじけ》づいてたで、三国の親戚を頼ったんや。当然、俺もついて行ったよ。でも、あんまり腹立ったで、仕返ししようと思って、一人で芦原に戻った」

小学三年生の男児が一人電車に乗って、三国から芦原まで移動したのだろうか。大路は話を鵜呑みにしないよう気をつけながら耳を傾けた。

「『写楽』の近所にある親戚の家に泊めてもらうようになったんやけど、前川の噂が既に広まってて、恥ずかしかったわ。親戚のおじさんが警察を呼んでも、お決まりの民事不介入や。前川は警察の前やと人が変わったみたいに愛想がいい。で、人の家に咲子を呼びつけて、身の回りの世話をさせてたんや」

「先ほどの話にもありましたが、当時はまだ芳雄さんと咲子さんは結婚してないですよね？」

「してえん。やで、俺らは他人に家を乗っ取られたんや。咲子は『写楽』に寝泊まりしてたでの。大人やったら、この意味分かるやろ？　だから、情けないって、親父をバカにする奴らもいた」

谷口芳雄の立場なら耐えられないほどの屈辱だろう。突然、交際していた女の昔の男が現れ、殴られ、追い出され、恋人をいいようにされる。

慎平の「逆や」が、さらに肉付けされていく。

「前川が『写楽』に住み着いて四日目のことや。つまり、昭和四十八年十一月八日」

「よく憶えてますね」

「忘れられんわ。その日の夜、俺は『写楽』に火つけようと思っててな」

「放火ってことですか？　小学三年生ですよ」

「父親が頼りないで自分で何とかするしかないやろ」

半信半疑のスタンスを保とうと神経を尖《とが》らせる一方、大路は低い声で奏でられる物語に引き込まれていった。

「十一月八日の夜、家を抜け出して『写楽』の通りに向かった。マッチと新聞持ってて、ドキドキしながら。俺はほんとに燃やすつもりやったで。でも、店の前に車が停まってて、何事かと思ったんや」

「それは何時ごろやったんですか？」

「憶えてえん。でも、寝静まってたで、深い時間であることは間違いない」

「車には人が乗ってたんですか？」

「そこで横尾や」

慎平は聞こえているはずの私の質問を無視し、台本でもあるかのように、自らの間で話を続けた。

「加賀のホルモン焼き屋で、横尾はその夜のことを話し出したんや。『あれは盗難車や』って」

「横尾さんが車のことを知っていた？」

「青の『ライトエース』……」

慎平はかなり昔に廃番となったトヨタのライトバンの名を挙げ、ナンバープレートの文字と数字を諳《そら》んじた。

「意外かもしれんけど、俺は昔から物覚えがいいでな。大体察しがついたやろ？　横尾は俺から金を巻き上げようとした」

「脅された、ということですか？」

「そうや。全然迫力なかったけどな。横尾が『写楽』に着いたとき、前川は畳の居間でタンスの下敷きになってたそうや。酒のにおいがプンプンしたって。横尾はそれを車で運んだ」

「それ、どういうことですか……」

「〝現場〟にいたのは、俺の親父、咲子、静代。ロープで首を絞めて殺したのは一目瞭然やったそうや」

「谷口さんは、横尾さんのお話を信じたんですか？」

大路はやや突き放すように言った。

「向こうから言うて来たんや」

「何を？」

「昭和四十八年十一月八日、青の『ライトエース』。ナンバーは……」

互いに現場にいなければ完成しない符合。だが、それを証明できる第三者はいない。半世紀近く前の事案だ。事実確認という意味では、これ以上前へは進めない。

「そうだとしても、その話を信じることはできません」

「いや、でもほんまのことや」

「何で言い切れるんですか」

大路は段々腹が立ってきた。電話を受けたときから嫌な予感はしていたが、この取材自体がとんだ茶番である。

慎平は記者の苛立ちを薄く笑い、カウンターに音を立ててグラスを置いた。

「俺、現場にいたんや」

しとしと降る雨が、屋根を遠慮気味に叩いている。

しばし訪れた沈黙は、大路が思惑を読み、慎平が反応を見るという焦《じ》れったい間であった。小さな電気ストーブ一つではどうにもならない冷え冷えとした空気が漂い、たった一枚の遮光カーテンがこの世界の表裏を隔てていた。

「前川さんの殺害を目撃されたということですか？」

頭の中で想定問答を組み立てた大路が口火を切った。慎平は焼酎で唇を湿らせてから「見た」と短く返した。

「殺人があったと仮定しても、その場に子どもがいることは考えにくいんですが」

「信じる、信じんはあんたに任せる。こっちは順を追って話すでよう聞いといてくれ」

大路は自信に満ちた表情の慎平に向かって、ゆっくり頷いた。

「『写楽』に放火しようと思ったけど、車が気になって家の中を覗いたんや。そしたら、中から親父の声が聞こえてびっくりした」

「三国の親戚の家にいるはずの芳雄さんが、ということですね？」

「そや。あの家の一階は、正面の引き戸を開けるとまず店があって、その奥に居間、イメージできるか？」

「ええ」

「店は真っ暗やったけど、ガラス戸の向こうにある居間から灯りが漏れてて、何人かの人影が見えたんや。俺は親父のことが心配になって、やけっぱちでガラス戸をバァって開けた」

大路は録音できているかどうかが気になって、ICレコーダーの表示を確認した。何事もなかったように時間がカウントされている。

「大人たちが一斉にこっちを見たで、驚いて声出しそうになって」

「大人というのは、先ほどの芳雄さん、咲子さん、静代さん、横尾さんですか？」

「いや、横尾はえんかった。でも、親父がいたでびっくりして『何で？』って、聞いたら、切羽詰まった感じで『帰れ』って」

だが、慎平は頑として聞き入れなかったという。

「静代が『騒いだら起きる』って言うで、畳の上見たら、前川が大の字で寝てたんや。みんな目が血走ってて、親父が『今日は止めよう』って言うたけど、咲子が小声で『勘のいい人やから』とか『薬に気づく』とかどうのこうの言うて揉め始めて……」

「そのとき、前川さんは生きていたんですか？」

「ただ寝てただけや。鼾かいてたで間違いない。結局、親父から『上行って、こっちがいいって言うまで絶対下りて来るな』って言われて、靴持って二階に上がったんや。そこに珠緒がいた」

「珠緒さんが？　何でですか？」

その夜、珠緒は静代のアパートに泊まるように言われ、祖母といたところに一本の電話が入った。「ちょっと出て来るで」と、先に寝るように言った静代の顔が強張っていたことから、珠緒は母に何か嫌なことが起こったのだと直感する。数日前に実父に連れ去られたばかりで、小学四年の彼女自身、ずっと神経が張り詰めていたのだ。

母と祖母が心配で、珠緒の中で悪い想像が膨らんだ。目の前で母親がめちゃくちゃに打擲《ちょうちゃく》される様子を見たことがある彼女は、狂った人間が何を仕出かすか分からないことを既に知っていた。

珠緒が「写楽」へ向かうと、大人たちが顔を揃え、父親が鼾をかいて寝ていた。

「二人とも興奮してて、あの夜が唯一、ようしゃべった日や」

慎平の片側の口元が、皮肉っぽく吊り上がる。結論まで見通せてはいたが、大路は大人たちの愚行が信じられなかった。

「子どもが二人も二階にいて、人を殺すことなんて、本当にできるでしょうか？」

「あの家にはずっと若い衆が寝泊まりしてて、その日だけ前川が一人やった。咲子の立場になって考えてみぃ。地獄やぞ」

慎平が言わんとしていることを察した大路は胸が悪くなった。人間は際限なく残酷になれる。

「ほんとに追い詰められたら、根っこ絶つしかないやろ。多分、睡眠薬で寝させてるで、前川みたいな人間は起きたとき絶対に気づく。薬飲ませた時点でやるしかなかったんや」

「慎平さんは……見たんですか？」

「それから一時間ぐらいして、下から大きな音がしたんや。だから珠緒と途中まで階段下りて行って……」

のたうち回る前川の首を芳雄がロープで締め上げていた。顔は鬼のように赤くなり、はだけた浴衣の合わせ目から男性器が露出した。前川はその生命力で腰を浮かして立ち上がろうとしたが、自分の浴衣で足を滑らせた。

「その瞬間、咲子と静代がタンスを前川の胴体に落として下敷きにしたんや」

「珠緒さんは……」

「横で見てた」

「最期まで？」

「最期、真っ赤な顔して、こめかみに血管が浮いてた。咲子が前川の口の中に毛糸の玉を押し込んで、静代がガムテープで目塞いだところまでは見た」

小学三年と四年の児童がその目で見た人間の断末魔。あまりの罪深さに、大路は深いため息をついた。無論、信じるか否かの問題はある。だが、慎平の話には、新聞社のサツ回り時代にも聞いたことがないような、圧倒的な生々しさがあった。

「前川なんか死んで当然の害虫や。でも、俺が腹立つのは咲子であり、静代であり、珠緒や。辻家の人間と関わったばっかりに、俺の親父は人殺しになったんやぞ」

「逆や」の真意がようやく分かった。大路が黙っていると、慎平は不服そうに首を振った。

「あの二人が結婚したのは、人を殺したっていう過去を共有せな神経が持たんでや。言い換えたら、互いにずっと見張ってたってこと。そんな状態で愛情持って子どもを育てるも何もないやろ」

真実は事実の解釈だ。捻じれて固まった家族の彫像に、他人がつけ入るスキなどあるわけがなかった。

大路は虚無感に動けぬまま目を伏せ、ただ雨音を聞いていた。

「信じられんかったら、珠緒に聞いてみ」

続けて慎平は自らに言い聞かせるように「もう親父も死んだしな」とつぶやいた。そして、無言の大路に愛想を尽かした様子でグラスを呷った。

「五十年近く経った今でも、夢に出てくる」

約半世紀前、雄島・大湊神社の拝殿で、地元の風景画家、中西秀盛が見つけたまっさらな手拭い。慎平が語った〝事件〟の数日前、珠緒は書き殴っていた。

死にますように――。

「やるわ」

慎平が折りたたまれたメモ用紙を投げて寄越した。

書かれていたのは、メールアドレスと電話番号。「これは何か」と目で問い掛けた大路に、慎平は言った。

「前川功の連絡先や」

父との正月　二〇二一年元旦

父がこんなに負けず嫌いとは思わなかった。

局面は簡単な三手詰めで、潔く投了すべきが筋なのだが、父はどこにも落ちていない起死回生の一手を探している。

ソフト盤とプラスチック駒のお気楽将棋で、そんな人生の一大事のような顔をされては、大路は息子として気が咎《とが》める。それも今日三度目の詰みともなれば、罪の意識も芽生えるというものだ。

小さなテーブルで幅を利かす三段重のおせち、玄関の靴箱上に置かれた鏡餅、和室のテレビから漏れる漫才師のネタと観客の笑い声。ゆっくりと流れる時間に心地よさを覚えながら、大路は正月を彩る一つひとつの物事の裏側に一抹のもの哀しさを見ていた。

一人暮らしの父は、去年までおせちや鏡餅を用意していただろうか。滅多にテレビをつけない父が、賑やかな演芸番組を見ていただろうか。大路には、平日と変わらず独りで静かに本を読む父の姿しかイメージできない。

毎年メールで「おめでとう」を送り合うだけで、こうして具体的に生活を想像したことがなかったことを、今更ながら後ろめたく思うのだった。

「もう詰んでるで」

だからと言って、勝負は勝負だった。

息子からの冷たい一言に、父親は「まだ分からん」と粘る。

「諦めや。松の内明けるで」

「明けても仕事ないやろ」

「口だけは初段やな」

インターホンが鳴り、大路が出ると「俺」という野太い声がしたので、オートロックを解除した。

しばらくして鍵をかけていないドアが開き、ダウンを着てさらに膨れ上がった巨体の男が、手土産のビニール袋を両手に下げて、のしのしと廊下を歩いてきた。

「いやぁ、めでたいですねぇ」

「シンクロニュース」の岸本将成はビニール袋をテーブルに置くと、将棋盤を見て「おっ、〝迷〟人戦ですか？」と目深にかぶっていたニット帽を取った。

「今『迷う』っていう字当てたでしょ？」

岸本は「当たり」と言って、勝手知ったるように洗面所へ向かって手洗いとうがいをした。何度か来たことがあるらしく、正月を独りで過ごすという彼に声を掛けたのは父だった。

「もう詰んでますやん」

岸本にも負けを宣告され、父は顰め面をした。

「若い奴は生き急ぐからかなわん」

父は最後に不平を言った後「負けました」と薄い頭を下げた。

「亨が仕事せんと将棋ばっかりしてるのがよく分かった」

「いや、十年ぶりぐらいに指してこれやから。次は駒落ちやな」

岸本は親子の軽口に付き合わず、駆けつけ三杯の勢いで数の子、かまぼこ、エビと次々と口に放り込んでいく。

「ちょっと、牛丼と違うんですよ」

岸本は大路の抗議に答えず、テーブルにあった写真を手に取った。

「かなり古い写真ですねぇ。大正時代ですか？」

「アホ。めちゃくちゃ戦後や」

岸本のボケに、父がすかさず反応する。

「まさかこの赤ちゃんが松江さんですか？」

芦原時代の家族写真。菊代が赤子だった準平を抱っこして椅子に座り、その傍らでジャケットを粋に着こなす壮平が立っている。

「親父が生きてるから一歳ぐらいやな」

「へぇ、このかわいい赤ちゃんがこうなるんかぁ。もはや人類の進化やな」

「おまえは何しに来たんや」

「それに、かっこいいスニーカーを履いてる」

「まぁ、靴屋の息子やからな。ファーストシューズをつくってくれたんやろ」

画像の壮平は少々頬がこけている。記念写真にファーストシューズ。祖父は死期を悟っていたのだろうと思うと、大路の胸に切なさが差す。

「ところで、体調はどうなんですか？」

「昆布かじりながら聞くことか。まぁ、すこぶる快調や」

「顔色いいですもんね」

父は十一月下旬に手術し、現在は療養中である。オペの日に病院で待機していた大路は、執刀医から成功を告げられ、胸を撫で下ろした。中咽頭ガンの再発だったが、今回は転移もなかった。

「この人が菊代さんかぁ。きれいな人ですね。見事な隔世遺伝だなぁ」

「俺はこの面やからな。確かに亨は祖母似や」

「似てるかなぁ」

大路が首を傾げると、岸本が「目元口元がそっくりだよ」と写真を指差した。

「うちの母親は、亨には甘かったからな」

しばらく演芸番組を見ながら、あれやこれや雑談した。岸本はハイペースで日本酒の猪口《ちょこ》を空け、元テレビマンのウンチクを語った。華のない男三人ではあるが、大路はこの穏やかなひとときに安らぎを覚えた。

記憶をベースに考えれば、父と過ごす初めての年末年始だった。

父は母が再婚した後も、大路が大学を卒業するまで養育費を支払い続けた。離婚はしたが、子どものことを第一に考えてくれる両親で、そのことに今も感謝している。母は一切父のことを悪く言わなかったが、唯一、息子が新聞社の採用試験を受けると言ったときだけ「お父さんは大変やったから」と苦言を呈したのだった。

「僕が大日新聞受けるとき、母親が反対しましてね。この菊代お祖母ちゃんが母に手紙を書いてくれたんですよ」

「へぇ、孫のためとは言え、行動力のあるお祖母ちゃんだね」

感心する岸本の横で、父が「あったなぁ」と懐かしむ。

「菊代お祖母ちゃんの手紙を読んで、母の態度が軟化したんです。僕が記者になれたのは、ほんまお祖母ちゃんのおかげで」

「手紙は面倒なようでも、人の心へ言葉を届けるには、一番の近道なんやよ」——記者になった大路は、この言葉に何度も救われた。想いを込め、丁寧に書いた手紙を読んで取材に応じてくれた人は、一人や二人ではない。

「戦争が終わって、大地震が来て、やっと落ち着いたと思ったら、夫が亡くなって。まだ一歳ちょっとの俺を抱えて、今度は芦原の大火事で家が燃えた。神様なんかおらんって絶望した日もあったやろな」

避難した田んぼの畦道で幼かった父を背負い、両手で顔を覆っていたという祖母の姿を想像した大路は、やるせなくため息をついた。

少ししんみりした雰囲気になったのも束の間、岸本が「そんな大路君も今や先生ですからね」と言い始めた。

「先生？　亨が？」

「この一月からね、我が社では記者を目指す大学生を対象に、オンラインレッスンをする予定なんです」

岸本曰《いわ》く「情報の世紀に」と名付けられたそのイベントは「シンクロニュース」の主催で、十二人のジャーナリストやメディア関係者がそれぞれの専門分野から講義するというものだ。大路はそのうちの一人に数えられている。

「何で亨みたいな特オチ記者が先生なんや」

「だって特オチを語ってくれる人なんか、なかなかいませんよ」

「ちょっと、何の講義なんですか。抜かれは腐るほどありますけど、特オチはない……と思います」

いろんなメディアで記者をしたことは確かだが、大路は未だに、なぜ自分が講師として呼ばれるのかが、さっぱり分からなかった。

「まぁ、箸休めみたいなもんやろ」という父の言葉を軽く脇へいなし、岸本に向かって「本当に、何を話せばいいんですか？」と聞いた。

「そうだなぁ。大路君は基本的に経歴を話してもらうだけでも面白いんだけど」

栗きんとんを二つ続けて口に入れ、岸本は考え事をするように天井に視線をやった。

「最近、思い出す取材ってない？」

「それは、今までの取材で印象に残ってるものっていう意味ですか？」

「いや、そんな代表的なものじゃなくてもいいんだ。今の思いっていうのが大事だから」

「えー、何やろなぁ」

大路は腕を組んで考え込んだ。

何日も家に帰れないような事故や利害関係の絡んだタレコミに翻弄された一方で、ずっと取材を続けてきた冴えないボクサーが日本チャンピオンになったこともある。

これまで数多くの人間ドラマを見てきたが、それらは特に「最近」気になったものではない。

日夜考え事はしているはずなのに「ラベルをつけて取り出せ」と言われれば、意外に難しい。うんうんと唸りながらビールを口にしたとき、つい先日、ある過去記事を読み返したことを思い出した。

「この前、自分で書いたひったくりの記事を読み返しましたね」

「ひったくり？」

意外そうな声を出したのは父だった。

「僕が新聞社の若手記者やったころは、まだ街に防犯カメラが少なくて、発生がめっちゃ多かったんですよ」

「是非はともかく、確かに防犯カメラで街頭犯罪は減ったよね」

五つしか離れてないので、大路と岸本は現場観が似ている。

「ええ。でも二〇〇〇年代は、自分の持ち場で一日に十件以上起こることなんてザラでした。だから、紙面に載せきれないんです」

各警察署からＦＡＸで次々と流れてくる「窃盗（ひったくり）事案の発生について」という広報。毎日のことになると原稿を書く方も感覚が麻痺してくる。

「掲載するか否かは、どこかで線を引かなあかんのですけど、被害者にケガがない場合は、盗られた金額を基準にするしかなかった。件数が増えるごとに一万円が五万円と上がり、最終的には被害金額が十万円以下の場合、地方版にも載らないわけです」

「同一犯の連続事案も多かったもんね。俺もテレビにいたとき、街頭犯罪の特集をやったことがあったわ」

「警察から連絡が来て、額が十万円以下だと、被害者が著名人であるか否かだけが焦点になる。そこで、ほとんどの事案は省かれていくわけです」

「世の中全ての事件に関わることは不可能だからね」

「さっき岸本さんが言われましたけど、うちの新聞でもある年に地方版の年末企画で『ひったくり』を特集することになりました。それで警察に協力してもらって、被害者の女性に話を聞くことができたんですけど、彼女が盗られたバッグに入っていたのは五千円だったんです」

窃盗犯係の刑事立ち会いのもと、公園のベンチでインタビューに応じてくれたのは、三十代の専業主婦。「まだバイクのエンジン音を聞くと、心臓がドキドキするんです」と落ち着かない様子だった。

「彼女にとってはお金より、盗られたバッグが大事でした。早くに亡くなってしまった姉の形見だったそうです。事件から半年が過ぎて犯人の男が逮捕され、その男の恋人がバッグを使ってて、奇跡的に被害品が戻ってきました。でも……」

女性が見せてくれた革のショルダーバッグは、歪《いびつ》に変形してシミだらけになっていた。

「金額には表れない人生を見た気がして……何というか、やっぱり掲載判断には『マス』の視点が必要なんですが、そこで思考停止になってしまうと、個というか、個の尊重が消えてしまうように思うんです」

思いがけずに発した「個の尊重」という言葉に、大路は自分で立ち止まった。

以前「シンクロニュース」の本社で岸本と語り合ったとき、彼は今回の調査について「『今日的』な感じがする」と話していた。大路は、辻珠緒の個人史を丹念に紡ぐことで導き出された「個の尊重」と、岸本が言った「今日的」という二つの言葉が呼応するように思えた。

「なるほどね……大路君、それ、いいと思うよ。今、人々が『マスの視点』に感じているのは『驕《おご》り』だと思うんだ。日本の記者は一人ひとりは優秀でも、組織への帰属意識が強いが故に、集団になるとズレちゃうとこってあるじゃない？」

「面倒くさい人や事柄に蓋をしがちですよね」

「そうなんだよ。そこをうまく言語化して学生に伝えることは、有意義なんじゃないかな」

ジャーナリズムは基本的に「公の利益」を求める考えに裏打ちされる。しかし、近年ネットの中で人々が声を上げている、例えば「遺族に寄り添う姿勢」などは「個の尊重」を基本としているのではないかと、大路は思う。

「公」に対する「個」。細分化される社会の中で、これまで蔑ろにしてきた側面に光が当たり始めているのかもしれない。

隣でじっと考え事をしていた父が「個の尊重か……」とつぶやき、再び黙考した。そして、小さくカットしたリンゴをゆっくりと咀嚼《そしやく》して飲み込んだ後、大路と岸本を見て言った。

「この前、福井に行って来たんや」

さすがの岸本も祝い箸を止めた。

「一人で行ったの？」

心配げな息子に父は煩わしそうに頷いた。

「いつ？」

「先週の金曜」

術後一ヵ月で、寒い時期の一人旅など危ないに決まっている。しかも今は新型コロナウイルス感染の危険性もあるのだ。

「それ、クリスマスですよ」

岸本の間抜けな発言に、父は噴き出した。大路も気が緩んでしまって「えっ、デートやったん？」と乗っかった。

「八十五歳の元刑事とな」

「先方も迷惑やろ」

「お互い死にかけの独身や。ちょっと買い出しも手伝ったから、向こうも助かったやろ」

厄介なウイルスが流行っているクリスマスに、八十五歳の元刑事の家に、六十六歳の元新聞記者が会いに行く。いくらがんばって想像してもセピア色の絵にしかならず、いろいろと面倒になった大路はそれ以上の小言を控えた。

「その元刑事って、前にお父さんが話してた人？」

「梨田《なしだ》さんや」

梨田正一《しょういち》は、福井県警の所轄署の刑事で、『越山新報』に転職した父が懇意にしていた。

約三十年前、福井県のある署で、会計担当による横領の疑いが浮上し、父が独自に端緒をつかんだ。県税に関わることなので、報道は当然のことだった。だが、容疑者の警察官の精神が不安定なため「少しだけ出稿を遅らせてくれ」と梨田から泣きが入った。

父は悩んだ。県民のための報道とこれまで梨田に世話になった恩。天秤にかけた結果、父は「事件をもみ消すわけじゃない」と自らに言い訳して、申し出を飲んだ。しかし、直後に部下から「他社がネタをつかんだ」と連絡が入り、苦難の選択を迫られる。

結果、父は独自ネタを出稿し、他社は書かず、会計担当が自殺した。以降、父と梨田は絶縁したのだった。

以前、その話を聞かされたときに問われた。「お前なら、書くか」と。

大路は「書く」と答え、反対に「もう一度同じ立場になっても書くか」と尋ねると、父は寂しそうに「分からん」とだけ返した。

相手の年齢、自らの体調。生きている時間が長くなるほど「あのとき会っていれば」が増えていく。梨田正一との関係は、父にとってよほどの心残りだったのだろうと大路は思った。

「梨田さんとは和解のために？」

大路の質問に、父は軽く首を振った。

「梨田さんは若いとき、勝部元吉について調べてたんや」

祖母が依頼した興信所の調査報告書にも勝部元吉の名があり、十日ほど前に会った谷口慎平の口からもその名が出た。

「元吉がワルやったというのは聞いたけど」

「元吉は昭和三十四年に覚醒剤取締法違反《カクトリ》で逮捕状が出てるんやけど、パクる直前に逃げてそのままや」

「梨田さんは当時、防犯やったってことか」

覚醒剤取締法は基本「防犯課」、現在の「生活安全課」の管轄だ。

「いや、梨田さんは別件の刑事事件を追い掛けてたんや」

つまり、余罪があるということだ。

静代には勝部元吉、咲子には前川勝。珠緒の人生が、出生前の波乱の余波を受けているのは間違いない。

「梨田さんとは話せた？」

長い空白の期間を物ともせず、因縁の刑事相手に取材に出掛けた老記者に、大路は頭が下がる思いだった。

父は返事をせずに和室へ向かい、分厚い紙袋を取って来た。そして、紐綴じの古い帳面を十冊ほどテーブルに引っ張り出した。

「映画の小道具レベルで味のある帳面ですね」

岸本が興味津々の様子で身を乗り出す。墨字で書かれた『辻家控え』という題字が見える。

「梨田さんが保管してたもんを形見分けでもらって来た」

大路は一瞥《いちべつ》しただけで第一級と分かる資料の中身を早く知りたかったが、その前に父と梨田との間にやり取りの跡が見え、息子として、また一人の記者として安堵した。

「『瑞心寺』っていう寺が芦原にあるやろ？　亨の取材メモによく出てくる。その寺の住職が記してた忘備録や」

浄土真宗「瑞心寺」の福永光水住職は有徳の人として知られ、足腰が達者なうちは地域住民の相談に乗っていた。

この『辻家控え』は光水の死後、梨田が遺族から譲り受けたものらしい。

「つまり、この帳面には辻静代の相談事が書かれてあるってこと？」

「静代だけやなくて、若かりし日の咲子の悩みも書かれてる」

珠緒は寺が運営する幼稚園に通っていた。後に新興宗教に傾倒する咲子だが、このころは光水を頼りにしていたということだろう。

「それでお祖母ちゃんと辻静代の関係は分かったん？」

「いや、どこにも書かれてなかった」

病身にムチ打って福井まで行ったものの、収穫はなかったということだ。

大路が「そうか……残念やったなぁ」と気遣うと、父は淡々とした様子で「空振ったとしても、現場に行くことには意味がある」と言い切った。その毅然とした姿勢は、経年の凄みを思わせる職人の佇まいだった。

「僕も珠緒の件で岸本さんに報告があるんです」

父の態度に触発され、大路の中でも正月気分が抜けつつあった。丸顔の男が「ん？」と片眉を上げる。

「先月行った芦原の取材メモを送りましたけど……」

大路はインタビューの内容を岸本とも共有していた。洞察力や人脈という点で、彼ほど心強い同業者はいない。

「あの後、今珠緒が勤めてる『Realism』の王社長から電話が入ったんです」

「ひょっとして、珠緒から連絡が？」

「いえ、残念ながら。でも、重要な情報には違いないです。以前、前川功から『Realism』に連絡が入ってないか、確認してもらったことは話しましたよね？」

「大路君の記事に辻珠緒の実名が入ってたから、心配してたやつ」

「そうです。三週間ほど前に確認したときは『連絡はない』ということだったんですが、昨日、王さんから『お伝えしたいことがある』って」

王が秋に「Realism」を退社したスタッフに聞いたところ「マエカワ」という年配の男から、会社に電話があったことが分かった。

「その電話はいつかかってきたの？」

「はっきりとした日時は分からないんですが、九月下旬ごろではないかと。つまり、僕の記事が出た後になります。マエカワという男が珠緒の知人と言ったんで、そのスタッフは近くにいた珠緒に電話をつないだらしいんです」

「えっ、つまり、辻珠緒と前川功は直接会話したってこと？」

「その可能性は十分考えられます。そのときの様子までは憶えてないそうですが、やはり僕の記事が彼女を追い詰めたのかもしれません」

前川勝の失踪から半世紀近く経っているのに、息子の功はまだ珠緒を追っていた。

「大路君のメモにあった谷口慎平の話が本当なら、これまでと違った景色が見えて来るよね」

「いくら犯罪の立証が難しいとは言え、ネット社会ですからね。もし、功に会って目撃したことを認めてしまったら……」

「彼女にしたら忘れられない光景だろうからね。何十年も追い掛けてくる遺族が脅威なのは理解できるよ」

辻→谷口→成瀬→谷口→辻と、珠緒は名字の変更を余儀なくされてきた。どんなに名前を変えようと、過去は亡霊のようにつきまとって来る。忘れたころに現れる実父の死の影。

「大路君の取材メモによると、慎平から功の連絡先を聞いてるよね」
「ええ。電話もメールも反応なしです」
「そっか……」
大路の中で、珠緒のことを執拗に追う前川功の虚像がどんどんと膨れ上がってい
く。
「前川功が珠緒を殴ったっていうのは、気になるな」
「谷口慎平の話をどこまで信じるかによるけど」
父に釘を刺しながらも、大学、銀行、嫁ぎ先、そして現在勤めている会社にまで接
触している功に、大路は冷たい狂気を感じていた。この異母兄は、約五十年前に芦原
で起こった事件について知っているのかもしれない。
焦点の合わない様子でテレビの方を見ている父が、手にしていた『辻家控え』の表
紙を撫でながら言った。
「前川功は何で、珠緒の居場所が分かるんやろな」

宝純男への取材　二〇二二年一月二十一日

　これまで取材を重ねてきた大路が導き出した答え。人間関係を断ち切るようにして生きてきた辻珠緒が、唯一頼りにしてきたであろう人物――その男が今、目の前でコーヒーを飲んでいる。

　至るところに深い皺が入った革のソファ。三人掛けの真ん中に座っている宝純男は、優雅に脚を組んだ。

「どうぞ、冷めないうちに」

　銀髪によく合う低い声。自宅でも来客とあらばきちんとジャケットを羽織るのが宝流らしい。小柄ではあるが、紳士然とした佇まいに威厳を備えている。

　応接セットのテーブルと椅子は、もともと余裕のある造りで、座っただけでソーシャル・ディスタンスを確保できる。

「ご連絡をいただけて嬉しいです」

　素直に謝意を述べると、コーヒーカップをソーサーに置いた宝は、マスクをつけた。

「これまでの非礼をお詫《わ》びします。よく考える時間が必要でした」

この自宅前で門前払いされたのは先月のことだが、大路には思い出話にしたいほど遠い記憶に感じられた。それほど濃密な一ヵ月半だった。

「こちらこそ不躾《ぶしつけ》なことをしてしまって」

二日前、突如として宝純男から手紙が届いた。大路はそれまで三通の手紙を一方的に送っていたものの、何の音沙汰もなかった。だが、ようやく届いた返信に、京都市内なら面会に応じる旨の一文が書かれてあり、大路は仕事場で一人舞い上がったのだった。

「お手紙を拝読しましたが、珠緒さんのことはかなりご存じのようですね」

年長者の丁寧な言葉遣いに、大路は居住まいを正した。

「お伝えした通り、私の父に関することで彼女を捜しております」

「谷口慎平さんにもお会いになったとか」

口調に微かな警戒心を漂わせる宝の目を見て、大路は答えた。

「ええ。珠緒さんの実父、前川勝さんについて、とても深刻な話を伺いました」

宝を一瞥したが、対面の男は慎重に頷くだけだった。大路は自分が胸襟を開かない以上、話が前に進まない気がした。

「最初は父に頼まれた人捜しでした。でも、珠緒さんに関する証言を得て半生が立体的になっていくたびに、彼女が乗り越えてきた〝壁〟は昔話などではなく、今に通ずるものではないかと気になり始めたんです」

宝は無言のまま、大路の力みを包み込むように微笑《ほほえ》んだ。

「珠緒さんが育った環境は、決して恵まれたものとは言えません。しかし彼女は明晰な頭脳を自覚し、それに見合った努力を重ねてきました。だからこそ、福井県を代表する進学校に入り、京都大学に現役合格し、中央創銀の総合職として活躍できたんです」

宝は相変わらず何も言わず、首肯することで先を促した。

「でも今、彼女は何かに追われている。いくら頑張っても、過去の亡霊につきまとわれている。確かに私は部外者かもしれませんが、知ってしまった以上、このまま放っておくことができないんです」

「それは大路さん個人としてですか？　それとも記者としてですか？」

雄島で考えた「調査」と「取材」が、形を変えて突きつけられた。

狙い澄ましたような宝の問い掛けに応じるには、しばしの時間が必要だった。大路は頭の中の水面に浮かぶ言葉を丁寧に結びつけながら答えた。

「報じるわけではないので『記者として』とは言えないかもしれません。しかし、自分自身が今、『記者として』行き詰まっているからこそ、珠緒さんの〝壁〟がよく見えるんだと思うんです。それは個人的なことであると同時に、この社会の残滓《ざんし》でもあります」

南から陽が差し、窓際に小さな陽だまりができていた。

一般的な家のリビング・ダイニングほどの大きさがあるこの応接室の床は、節目が目立たない木材を使っていて、オイル仕上げの涼しげな光沢を有している。

「分かりました」

しばらく黙考していた宝はそう言うと「私で分かることならお答えします」と、組んでいた脚を解いた。

何から切り出そうか迷った挙げ句、大路は成瀬英彦の話から確認することにした。

「珠緒さんが離婚された一九九八年に、彼女と再会されたんですよね？」

「その年の秋、鴨川で彼女と出くわしまして。東京の銀行に就職が決まったと聞いていたんで、何で京都にいるんやろかと驚きましてね」

宝によると、学生のとき以来、十数年ぶりに顔を見たということだ。二人の関係は、珠緒が就職のため上京した際に途切れていたということか。

「彼女も再会を喜んでくれて、そのまま夕食を一緒に食べに行きました。あの晩は珠緒さん、よく食べて、よくしゃべりましてね。これはよほどストレスが溜まっているなど、そんな印象を受けたものですから、詳しい近況を聞いたんです」

饒舌になるに従い、宝の表情が解《ほぐ》れてきた。再会の喜びが伝わってきたことから、大路は空白の十数年があったのは事実だろうと判断した。

「そうしたらね、結婚して会社辞めて、離婚したって言うんですよ。『ちょっと待ってよ、情報多いで』と、二人で笑いました。聞けば、その結婚相手が『藤屋聡兵衛』のところの次男で、またびっくりしたんですよ。京都で結婚生活を送ってたなんて、露知らずで」

「結婚生活について、珠緒さんはどのようにおっしゃってましたか？」

「夫婦のことは他人には分からないものですけど、孤独を抱えていたのは確かなようです。本人は『嫁ぎ先とうまくいかなかった』みたいなこと言ってましたね。成瀬家と言えば、京都では有名ですから、珠緒さんも成瀬家の人間になる必要があったんでしょう。大路さんは英彦さんとお会いになったんでしょう？」

「ええ。当時、創業二百周年のプロジェクトでご多忙だったようです。彼の中でも、そのときの珠緒さんについて、今だから分かることがあるみたいです」

「家事能力の高い人は、家の中の秩序を美しく保つことに喜びを覚えるんでしょうが、毎日のこととなると、才能がないとできません。珠緒さんにとって『家を守る』生活は、窒息しそうな世界やったんです。決して彼女が我慢しなかったわけではない。六年かけて少しずつ終わりに向かっていっただけの話やと思います」

宝の確信めいた口調は、珠緒との親しさを感じさせる特権的な響きがあった。

大路はタイミングを見計らい、依存症の方へ話を向けることにした。

「英彦さんからは、アルコールについても伺いました」

「ええ。九八年の秋に鴨川で再会したとき、彼女は一人で缶ビールを飲んでたんです。そのとき、珠緒さんのそばに握り潰されたビール缶が二缶あって、驚きました」

宝はアルコール依存症ではないかと直感した。以前、友人が罹患《りかん》していたからだ。

「よくある話なんですが、初め、彼女は自分の酒量について認識が薄く、当時は『中毒』と言ってましたが、アルコールに依存しているとは思ってなかったんです」

学生のころから珠緒の性格を理解していた宝は、まず健康診断を受けさせ肝臓の異常数値をデータで示した。そして、渋る珠緒を説得して精神科の依存症外来へ連れて行ったのだった。

滋賀県の大津《おおつ》市にあるそのクリニックは、宝の友人を断酒に導いた実績があり、地元だけでなく近隣の府県からも患者が集まっていたという。

「過去一年間の酒量を客観視してみて、ようやく依存状態であることに気づいたようです。比較的軽症だったことから抗酒薬は服用せず、減酒を始めました」

宝と一緒に美術館や窯元《かまもと》を巡り、ときには碁盤を挟み、読んだ本について議論する生活の中で、珠緒は少しずつ復調していったという。

「珠緒さんは囲碁が強くてね。高校のときに部活に入ってたぐらい。私も昔から好きだったんですが、ハンデ戦でも勝てない。視野の広い独特の棋風で、戦いが起こっていない地点にポンっと打ったりする。『棋は対話なり』って言いますけど、やっぱり頭の構造が違うんやろなと思うことが何回もありました。あと、美術館ですね。岡崎《おかざき》にあるような立派なところから、個人で運営してるような小さなところまで、よく一緒に巡りましたよ」

美術館と聞いてすぐ、大路の頭に「何必館」が浮かんだ。

「そうそう『何必館』ね。珠緒さんは魯山人が好きでしたから」

「特に気に入っている作品について、何かおっしゃってましたか？」

「いやぁ、展示室にあるものをひと通り見てるような感じでしたけどね」

仮に珠緒が『聴雪』という書を目当てにしていたからといって、何がどうなることもなかったが、大路は雄島と魯山人を無理にでも結びつけようとする自らに苦笑いした。

「あとお寺を案内したり、そんなことをしているうちにポツポツといろんなことを話してくれるようになったんです」

囲碁に美術館に寺院巡り。単なる友人同士で、ここまで同じ時を過ごすことはないだろう。大路は宝の話の言外に二人の結びつきの強さを見て取った。

「そのころ、宝さんはメーカーにお勤めでしたよね？　大変ではなかったですか？　ご家族の理解も必要だと思うんですが」

大路が踏み込んだ質問をしても、宝は予期していたように頷くだけだった。

「平日は会社がありましたので、主に休日ですね。家族の方は恥ずかしながら、下の娘が就職したのを機に離婚したんですよ。元の妻とは学生結婚で、二人とも若くして子どもが独立しましたから、今後はそれぞれの人生を楽しもうと、前々から話してたんです」

珠緒との再会は離婚後十年ほどということになる。宝は咲子と同い年だ。当時五十七歳と三十五歳。互いに独り身になったため、再び恋愛関係に発展しても障害はなかったはずだ。

祇園のスナック「めぐみ」のアルバイトで一緒だった新田明子の目撃証言から、離婚は珠緒との不倫が原因だったと思われるが、宝は当然ながらそのことをおくびにも出さなかった。

しかし、大路は徒《いたずら》に距離を詰めるリスクを避け、傾聴する姿勢に徹した。

「珠緒さんの生活が変わったのは、独り身になって三年してからです。そのころは既に断酒に成功していて、一切アルコールを飲まない生活になっていました」

離婚して三年というと、ちょうど二十一世紀に入ったころだ。

「芦原のお母様、咲子さんから連絡がありましてね。祖母の静代さんの脚がかなり悪化して、生活に支障を来《きた》している、と。静代さんは当時、既に八十歳で、その二年前に、懇意にしていた住職が亡くなられたそうなんです。それで一気に老け込んでしまわれたみたいで。珠緒さんはお祖母ちゃん子やったんで、芦原へ様子を見に行ったんですけど、すぐに静代さんを引き取る決心をしました」

静代は左膝に変形性関節症を患い、入浴するのもひと苦労だったという。

「年齢が年齢なんで手術はせず、鎮痛剤とヒアルロン酸の注射で対処してました。珠緒さんは『もっと早くに助けに行くべきやった』って後悔してましたね。私は車を出して通院の送迎をするぐらいしかできなかったんですが」

大路が「珠緒さんにとって、宝さんは大恩人ですね」と乗せると、彼は照れるように首を振った。

「いえいえ、もう定年だったので。それに、この家に一人でしょう？　味気ない生活だったんで、私の方がお礼を言いたいぐらいです。静代さんと一緒によくこの家にも来てもらいましたよ」

「三人で出掛けられることもあったんですか？」

「お出掛けと言っても病院と鴨川ぐらいで、静代さんの調子がいい日は甘味処や居酒屋に寄ることもありました。珠緒さんはこれまでの分を取り戻すべく、ずっとお祖母さんに寄り添ってましたね。何かいろいろと静代さんの昔話を聞いたみたいですよ」

大路が祖母の菊代のことについて聞くと、宝は目を閉じて時を遡ったが「いや、分からないですね。申し訳ない」と頭を下げた。

「静代さんはノートに俳句と小唄を書いてたんですが、機嫌がいいと鴨川で唄ってました。孫と暮らすようになって、目に見えて元気になっていきましてね。珠緒さんも生活に張りが出て、免許を取ったり、自分の将来について話したりすることが多くなりました。静かな暮らしで、私は三人で過ごす時間を気に入ってたんです」

マスク越しではあったが、思い出話をする宝から静かな時間を懐かしむ気持ちが伝わってきた。

「将来というと、ゲームですか？」

「そうです。彼女は大学のころからずっとゲーム好きですからね。この家でも息子たちとよくプレイしてましたよ。それが彼女の夢だったので。就職のときはご家族のことを考えられたんだと思います。まだまだファミコンの時代で、子どもの遊びだと思われてましたから」

珠緒と中居は学生のころ、宝が使っていた富士通のパソコンをおもちゃにしていたという。

「この家でパソコンを触ってた二人が、東京の会社で大ヒットゲームを創るんですから。感慨深いですよ」

「珠緒さんは離婚後、いつごろから自作のゲームを創ってたんですか？」

「正確には分かりませんが、二、三年後だと思います。彼女は普段、英語塾で講師をしてたんですけど、その傍らパソコンを買って、コツコツと作業してました。話を聞いてるだけで、眼精疲労になりそうでしたね」

大路はＩＣレコーダーの録音時間を確認した。『ここではない、どこか』の内容について何か聞いていないかと思ったが、脱線していては用意した質問が消化できない。

静代と暮らし始めた翌年、二〇〇二年の二月に、咲子がボストンバッグを抱えて京都までやって来たという。

「雪の降る日でした。車を出したんですけど、咲子さんがちょっと硬い表情やったんで、私だけすぐに帰りました。久しぶりに親子三人水入らずで過ごして、珠緒さんは楽しかったようです。後で聞いて驚いたんですけど、咲子さんは再婚してから何十年、一度も旅行したことがなかったらしくて。いくらお店をしてたからと言って……ちょっと異常やなと思ったんを憶えてます」

さらに次の年、咲子は谷口芳雄と別居して京都に引っ越した。半世紀ぶりに辻家三代が水入らずで暮らせるはずだった。しかし、幸せな生活は二週間しか続かなかった。

「二月のある朝、静代さんが微熱を出して、瞬く間に体温が上がったんで、私の車で病院へ連れて行きました。インフルエンザの検査で陽性反応が出て、悪いことに肺炎を併発し入院したんです。初日はねぇ、まだコミュニケーション取れてたんですけど、翌日に容態が急変して、未明に意識を失いましてね。それから一度も目覚めることなく……」

葬儀は京都市内でひっそりとした家族葬を営んだ。送迎を手伝った宝は、打ちのめされたような珠緒の姿に、掛ける言葉がなかったという。

辻静代は今、縁の深い芦原の「瑞心寺」にある墓地で眠っている。

インタビューを始めて既に二時間が経過していた。

宝は珠緒のアルコール依存症の治療に付き添い、ともに静かな時を過ごして、祖母の静代を見送った際もそばにいた。

やはり、珠緒の〝今〟を知っているのは宝しかいない。

自分で立てた仮説に対し自信を深めた大路は、いよいよ本丸に切り込むことにした。

「前川功さんについて伺ってもよろしいでしょうか？」

コーヒーのおかわりをテーブルに置いた宝は、ひと呼吸分の間を空けて「どうぞ」と答えた。

「このインタビューの冒頭、私は珠緒さんが『何かに追われている』『過去の亡霊につきまとわれている』と話しました」

「ええ」

「私はその正体が、珠緒さんの異母兄である功さんだと考えています」

大路は相手の顔色を窺ったが、宝はコーヒーを口に含んだだけだった。

「一九七三年に二人の実父である前川勝さんが、芦原で失踪していることに端を発し、功さんは珠緒さんを捜して、少なくとも芦原の『写楽』、京都大学、中央創銀、成瀬家に接触しています。そして恐らく、私が書いた記事が原因で現在の職場である『Realism』に電話を掛けています」

大路はここで咳払いをして間を置き、用心のためレコーダーが作動していることを確認した。

「珠緒さんが今、行方をくらませているのは、前川功さんが原因ではありませんか？」

コーヒーカップをソーサーに置いた宝は、少し嗄《しゃが》れた声で短く唸った。言葉を選んでいるのは、答え方によっては七三年の事件を認めることになるからではないかと大路は推察した。そしてそれは、なぜここにきて、大路の面会に応じるようになったのかという問いともつながっている。

「もう調べられていると思いますが、前川功さんが初めて芦原に現れたのは一九七八年、珠緒さんが中学三年生のときです」

宝は前川勝の殺害疑惑には触れず、静かに語り始めた。

「二人は一度だけ顔を合わせていますが、それがこの四十三年前です。功さんは母親とともに勝さんの関係先を回り、『写楽』も訪れますが、芳雄さんに追い返されます。その夜、今度は功さんだけが店に戻って、そこで珠緒さんと慎平さんに出くわすんです」

「夜ということは、もう営業時間外だったんですね？」

「ええ。なので目撃者はいません。このとき、二人は口論というか、実際は慎平さんが一方的に珠緒さんを責めていたんですが、その原因が功さんたちにあったんです」

大路は芦原の横丁で見た、慎平の恨みのこもった目を思い出した。ゾッとするほど冷たい目だった。「写楽」は手前に店があり、その奥に居間がある、というのは彼の証言だ。照明が弱く客がいない店内を想像する。

「喧嘩の最中に店を訪れた功さんは、店内に中学生しかいない状況を幸いに思い、高圧的に父親の居場所を聞き出そうとしたそうです。彼は高校三年生でしたから、二人より体が大きかったんでしょう」

「慎平さんは、功さんが珠緒さんを殴ったと話しています」

「殴ったというか、強く髪の毛を引っ張ったそうです。これが珠緒さんにとって、相当恐怖だったようです」

父、継父、そして異母兄。成人する前、珠緒の人生には常に、年上の男たちが振るう暴力の影があった。

「いくら異母兄とは言え、初対面の男からいきなり髪をつかまれたことはショックだったと思います。でも、それよりも珠緒さんは、傍らで笑っていた慎平さんに対して怒りを覚えたそうです」

不愉快なエピソードだが、それも慎平が話した通りだった。今のところ、彼の話に偽りはない。

「結局、芳雄さんが気づいて功さんを追い出して事なきを得たんですが、この一件で珠緒さんと慎平さんの仲は修復不能になったようです」

小学生のころから嫌がらせを受け、この前年には杉浦沙織のデートすっぽかしを企み、それ以前から形だけの姉弟の関係には亀裂が入っていた。

それから七年して、功は京都大学に現れた。

「四回生の就職活動中に、キャンパスで珠緒さんのことを聞き回っていた『マエカワ』という男がいたのは確かで、何人もの友人から連絡があったそうです」

やっと故郷から解放されたというのに、追跡の矛先が自らに向いた。一人暮らしの若い彼女が抱いた恐れはいかばかりだったか。

「珠緒さんの友だちのうち一人が通報しようとして、このマエカワという男は慌ててキャンパスを出ていったようですが……」

それでも功は、珠緒が祇園のスナックでアルバイトしていたことは聞き出している。

その二年後、功は再び母親と芦原へ行く。

〝時効〟を意識した功が母親とともに「写楽」を訪れ、芳雄との口論中に咲子を勧誘していた神道系宗教の信者たちによって追い返されたのも、慎平が話した通りだった。

「銀行の社員寮にも、接触を試みた形跡があるんですが」

大路は同じ寮に住んでいた木村静香の話をした。結婚のために京都へ移る三ヵ月前、珠緒は慌ただしく引っ越している。

「珠緒さんがおっしゃるには、寮に電話があったそうです」

「会社ではなく？」

「ええ。『マエカワ』を名乗る男から連絡があったと寮母から聞いて、珠緒さんは怖くなって転居したんですが、いつ会社に来られるか分からないって、最後の方はビクビクしながら出勤してたようです」

京都よりさらに離れた東京にまで触手を伸ばしてきた。ゆっくりと、しかし確実に迫り来る存在が、珠緒の人生にはあった。

木村静香が語っていた珠緒の退行理由——成瀬家の家柄、性別の壁、同期への嫉妬——それらは確かに主原因ではあっただろう。その一方で、外にいれば標的にされるという恐怖心が、根底に流れていたのではないか。

家庭内に身を潜めていれば、大学や会社とは異なり、市民生活に紛れることができる。だが、功は成瀬の本家に姿を現した。

「功さんは成瀬家にも行っていますが、彼はどこで珠緒さんの結婚のことを聞いたんでしょうか？」

珠緒が「藤屋聡兵衛」創業家の成瀬英彦と結婚していたことは、宝も知らなかったことだ。先程の社員寮の件といい、親しいところから情報が漏れているとしか考えられなかった。

「それは……」

宝が言い淀むと、大路はジャケットの内ポケットに入れていたメモをテーブルに置いた。

「これは慎平さんからもらった、功さんの連絡先のメモです。私が話した限り、慎平さんは辻家の人たちに恨みを持っています」

宝はテーブルのメモを一瞥してから大路を見た。

「慎平さんが功さんと接触していたかどうかは知りません。でも、功さんは『写楽』に電話を掛けて来ることがあったようです」

「『写楽』に?」

「ええ。酔っ払った功さんから電話があると、よく芳雄さんと口論になったそうです。それで一度、しつこく絡まれて激怒した芳雄さんが『俺と慎平を巻き込むな!』と怒鳴って、珠緒さんが『藤屋聡兵衛』の創業家に嫁いだことを口走ってしまったんです。すぐに咲子さんから珠緒さんへ連絡があったんですが、知られた以上は手の打ちようがなかった」

「じゃあ、芳雄さんが珠緒さんの居場所を漏らしていたと?」

「いえ、それは分かりません。少なくとも成瀬家以外のことについては、咲子さんは聞いてないようです。七三年から時間が経って、芳雄さんも少しずつタガが外れていったのかもしれません」

珠緒が成瀬英彦と結婚したときは、既に〝時効〟が成立している。もともと前川勝とは無関係の芳雄にとって、忌まわしい過去に頭を悩ます暮らしは苦痛だったに違いない。

いずれにせよ、継父の暴走によって前川功は成瀬家に近づいた。そこで自らが珠緒と異母兄妹であり、実父が暴力団員で、珠緒が学生時代に水商売を経験していることを明かすのだった。

英彦によれば、この功の行動が離婚に大きな影響を及ぼしたことは疑いようがなく、逃げる珠緒の背中に深い傷跡を残したのだった。

それから約二十年、珠緒の人生から前川功の影が消える。

この空白のキャンバスに細密な絵を描くには、材料が乏しすぎる。ただ、芳雄と咲子が離婚して「写楽」が潰れたことによって、功の情報源が消滅した可能性はある。

そこまで考えた大路は、暗い現実に思い当たって気を落とした。

長い沈黙を経て、再び前川功が水面から顔を出したきっかけは、自分の記事にある。珠緒は電話取材に戸惑いを見せ、記者に偽の名前と生年月日を伝えた。最終的には、社長の王雨桐が原稿を確認して修正したので、大路に仕事上の問題はない。

一方、珠緒の方でも二十年の沈黙を前向きに捉えた可能性がある。だからこそ、再び功から連絡があったことに大きな衝撃があったはずで、事態の深刻さが、大路の胸の内を罪悪感というナイフで抉《えぐ》るのであった。

南向きの窓から差していた陽が弱まり、広い応接室に午後の気怠さが漂っている。それは控えめな電球色の照明の下、三時間半にわたって向き合っている二人の男の疲れが滲み出た結果でもあった。

ようやく過去から現在へとバトンがつながり、インタビューが佳境に入った。

「宝さんのお話を伺って、改めて自分で書いた記事の重みを痛感しています。功さんは、配信された私の記事を読んで『Realism』に電話してきた。それで間違いないでしょうか？」

「大路さんに責任があるとは思いませんが、事実としてはそうです。会社に電話してきた功さんは、珠緒さんに『記事を読んだ』と告げています」

「具体的にどのようなやり取りがあったんでしょうか？」

「まず、会えないかと言われたので、珠緒さんが断ると、彼女が創ったゲームのことを聞かれたそうです」

「ゲーム？」

「『ここではない、どこか』です。その内容について、あれは実話がモデルになっているのか、と」

まさかゲームの話になるとは思っていなかった大路は、功の執念にため息をつくしかなかった。彼は珠緒がゲームプランナーをしていたことを知っていて、尚且、自作ゲームの内容を理解しているのだ。

もちろん、功には自らの父親の行方を調べるという真っ当な動機がある。しかし、同じ父親の血を分けた妹にあったのは、真っ当さとは対極にある後ろめたさだった。

大路はゲームライターの谷川治則の証言を思い返した。

――だから、彼女は生まれ故郷を使ったんだと思います。実体験ほど強い味方はないですからね――

京都にある大学のサークル仲間が、芦原温泉と思《おぼ》しき「北陸地方の温泉街」に旅行へ出掛け、泊まった旅館の一室で、一人の年老いた男が殺されることから物語が動き出す。

主人公の女子学生が事件を追い、温泉街を駆け巡るうちに、三十年前の未解決の殺人事件が浮かび上がる。正確な選択を続けていけば、殺された老人が未解決事件に関わっていたことが分かる。そして……。

犯人はサークルのOGでもある旅館の女将《おかみ》で、殺された男は彼女の継父だった。

三十年前、暴力団員である女将の実父が芦原に現れ、乱暴狼藉を働く。母と継父、そして当時子どもだった女将の三人は、この実父を殺害して山に埋めた。

その継父が事件の暴露をチラつかせて金を脅し取ろうとしたため、女将によって殺された。脅迫はきっかけに過ぎず、継父に対する積年の恨みが真の犯行動機だった——。

数十年前の未解決事件、ヤクザの実父、継父との確執——物語の核となる要素は、これまで大路が追い掛けてきた事実と呼応する。

珠緒はゲームライターの谷川治則に、ストーリー作成に苦戦していたことを話している。芦原を舞台にしたこともそうだが、自らのバックボーンから「身を削って」ゲームを創ったことが分かる。

功はまさしくその点を突いたのだ。

突然の連絡だけでも動揺しただろうが、さらに追い打ちを掛けられた珠緒の混乱ぶりは想像に難くない。

「それで、珠緒さんは何て……」

「人違いと言って電話を切ったそうです。しかし、彼女は過呼吸を起こしてしまいました」

会社を早退した珠緒は、パニックに陥る。功が会社の前にいるのではないか、SNSで暴露されるのではないか。負のイメージが連鎖した結果、彼女は酒に手を伸ばしたのだった。

「では珠緒さんはまた……」

「『お酒を飲んでしまった』と、呂律の怪しい彼女から電話があったとき、私は上限を超えて飲んだことを直感しました。そしてすぐに上京して、彼女をこの家に連れて来ました。それが去年の九月末のことです」

しかし、珠緒の精神は安定せず、もはや宝の手に負える状態ではなかった。

「では、珠緒さんは今、どこに？」

「滋賀の病院です」

離婚後、珠緒が通院した病院だ。彼女は十月から入院していたという。

「では、彼女は現在も病院にいるということですね？」

「ええ」

ようやく居場所をつかんだ。芳しくない状況ではあるが、最悪の事態だけは免れたことに、大路は安堵の息を吐いた。

「今年に入ってやっと、落ち着いて話せるようになりました。今週中に退院の予定です」

「よかった。無事が確認できて……。話してくださって、ありがとうございます」

ずっとズキズキと痛みを発していた罪悪感が、ほんの少し和らいだ。

「珠緒さんのプライベートについて、ここまで詳細にお話ししたのは、大路さんが初めてです」

宝の声音に張りのようなものを感じた大路は、テーブルに落としていた視線を上げた。

「お話ししたのは、私の判断ではありません。珠緒さんの希望です」

京都へ来るときから、ずっと心の片隅にこびりついていた疑念。

宝はどうして面会に応じるようになったのか——。

「大路さん」

呼び掛けられた大路は掠れた声で返事をした。何らかの変化を兆す空気が漂う。

「珠緒さんから、あなたにお話があります」

終章　朱色の化身

いくら天気予報の精度が上がったとは言え、その網目をくぐり抜ける移り気な空はある。

「蒼天・曇天」と書けば、ひと昔前にいた漫才師のコンビ名のようだが、実際、二月三日の嶺北の空は猫の目であった。

あわら温泉街で車を借り、気持ちのいい一本道を走った。ワイパーで雪を払ったかと思えば、陽の光がその名残《なごり》を照らす。大気の不安定さは、今の大路の心情そのものだった。

あれだけ会いたかったのに、いざ顔を見るとなると腰が引けてしまう。

車のエンジンをかけて十分ちょっとだが、大路には長旅のような感覚があった。それはこのレンタカーに乗るまでの助走があまりに長かったからだ。

父から借りた『辻家控え』には、辻静代が二十歳だったころのエピソードが載っている。つまり、物語は昭和十六（一九四一）年、今から八十年前に始まった。その間の女性三代の人生は、社会の移り変わりを映し出す鏡であった。

――

辻静代は大正十（一九二一）年、福井県坂井郡三国町に生まれた。だが、どのような幼少期、青春期を送ってきたかは分からない。彼女が出生地の隣町である芦原町の「瑞心寺」住職、福永光水に相談をするようになったのは二十歳のころからで、長女を出産する直前の時期と思われる。

子どもの父は地元電力会社に勤める柴田《しばた》冨士夫《ふじお》で、既に妻子持ちであった。

静代は太平洋戦争開戦の半年前、昭和十六（一九四一）年六月に咲子を生む。彼女は芦原温泉の旅館「白露」で仲居をしており、冨士夫は福井市内に住んでいたことから、旅館の従業員と客の関係が発展したのではないかと推察される。

冨士夫が兵隊に取られることはなかったが、長引く戦争の影響で養育費が滞り、辻母娘の生活は苦しかった。戦後、市街地の九割が焼け野原になったと言われる福井空襲からの復興最中《さなか》、昭和二十三（一九四八）年には福井地震が発生。震源地に近い芦原周辺には全壊率一〇〇％の地域があり、福井市内でも約八〇％の家屋が全壊した。各方面で火災が起こったことから、福井・石川両県で三千七百六十九人が犠牲となる大惨事となった。

静代の借家は半壊し、『辻家控え』にある「米と土壁の土が混ざってしまって、その中から食べられる米を必死になって探しました」という言葉通りの苦しい生活を送る。冨士夫の自宅は全壊して自身も全身を骨折する重傷を負った。以来、愛人関係にあった二人は音信不通の状態となる。

その後、咲子は地元の小・中学校に通い、親子でアパートに引っ越して慎ましく暮らした。だが、地震から八年後の昭和三十一（一九五六）年、今度は芦原大火に見舞われる。

フェーン現象の強風で温泉街の中心地を燃やし尽くした火事により、静代が勤めていた旅館「白露」も全焼。彼女たちはまたしても生活の基盤を奪われた。戦争、地震、大火……住民たちの絶望を象徴するかのような見出しが、火事翌日の地元紙朝刊グラフィック面に躍っている。

――呪われた芦原――

同僚の仲居や芸者たちが石川県の加賀温泉郷に流れていく中、静代は芦原に残った。このときに辻親子を養ったのが「白露」の番頭・勝部元吉で、咲子は初めて母から元吉との関係について聞かされるのだった。

翌年夏、芦原温泉の旅館が再開し始め、そこで「白露」は大きく様変わりする。やり手の元吉が主導して隣の土地を購入し、旅館を建て増した。やがて、銀行融資など金銭的流れの一切を押さえている元吉と「白露」の二代目社長との力関係が逆転していく。

昭和三十三（一九五八）年、映画の撮影で芦原を訪れた銀幕スターが旅館に泊まることになったが、女優に対する社長の失礼な言動が原因で、俳優陣が別の旅館に移ってしまう騒動が起きた。温泉街にとっては大事件であり「白露」について問われると、まずこの一件を思い出す住民が多い。

これを機に元吉が旅館の代表を務めることになり、社長一家は親戚が住む福井市内へ転居した。我が世の春であった元吉には静代以外にも複数の愛人がいたが、静代は娘に何も語らなかった。社長一家が去ってからは人気の仲居が旅館を辞め、仲居になじみの常連客も離れていった。古くから勤める従業員の不在に「サービスの質が落ちた」との噂が立ち始める。

翌年、咲子は高校三年生になった。ある春の朝「白露」の新しい番頭が、アパートに飛び込んできた。

「金庫の金がないんや！　元吉さんはどこやろか！」

この時期には既に、元吉はかなり黒い人物であることが知られていた。田畑の中に温泉が湧いて出た芦原温泉は、特別な絶景があるわけではなかった。故に街全体で

「もてなしの心」を育んできた歴史がある。それは芦原の誇りであった。温和な人々が集う中にあって、元吉は異質な存在だったのだ。

春は長く続かない。元吉に覚醒剤取締法違反容疑での逮捕状が発行された。静代にとっても寝耳に水だったが、愛人関係にあった彼女は当然のように共犯者と見なされた。新しい番頭には「支払いの金がなければ旅館が潰れる」と圧を掛けられ、警察には「元吉を匿《かくま》えば別件をつくってでも引っ張る」と脅される。だが、静代は本当に金の在り処も愛人の居場所も知らなかった。

元吉の逃亡により、旅館「白露」は窮地に立たされた。元吉は富山にいるという妻子のもとにも帰っておらず、警察は愛人の静代に目をつけ、連日警察署で事情聴取した。

学校から帰り、一人、アパートの窓から暗くなっていく外の世界を見つめる娘。母が逮捕されるのではないか、このまま帰って来ないのではないかと、不安に押し潰されそうになる度に、咲子は幼少のころからお世話になっていた「瑞心寺」に向かうのだった。

元吉との共犯関係の疑いが晴れた後、今度は「白露」の経営が傾き、静代は旅館にいられなくなる。女二人で追われるように地元を出て、静代は福井市内の製糸工場に職を見つけた。「ガチャマン景気」が落ち着き、合成繊維の時代が幕を開けようとしていた。

高校を中退した咲子は食堂で働き始めた。その年の夏、彼女は国鉄福井駅の近くで、かつてのクラスメイトたちが楽しそうに話しているのを目撃する。とっさに身を隠し、遠目に友人たちを眺《なじ》めた。自らが惨めでどうしようもなかった。咲子は泣いて母親を詰り、静代はたまらなくなって、住職の光水に電話するのだった。

地震や火災はきっかけであって、それは二人の不幸の根源ではない。この不幸せは「男」に生活を依存してきた、その結末でしかなかった。咲子は母の生き様、そして地方都市の閉塞感がつくづく嫌になった。

彼女は実父に相談しようと思いついた。福井地震から十一年。実父の冨士夫はケガから回復し、会社にも復帰して、家も真新しいものになっていた。突然自宅に押し掛けてきた愛人の娘に父は戸惑い、本妻は不機嫌を隠そうともしなかった。これまで実父を想うことなどほとんどなかったが、実際に肉親からの愛情を欠片《かけら》も感じられなかったことに、咲子は傷つく。だが、同時に彼女は激しい怒りを覚えた。

流されるままに生きてきて、高校にいた友人たちのような普通の青春を送れなかった、その根本の原因は目の前にいる父にある。この父親の無責任が母と自分のような、人目を忍んで暮らす存在をつくったのだ。疎まれる覚えはない。

皮肉にも咲子は丸顔の母より、色白で細面の父に似ていた。娘は愛情の代わりに金銭を要求した。父親の失望した表情を見て、ほとんど顔を見たこともない娘に幻想を抱いていたことを知り、男の滑稽さを笑いたくなった。これからは自分の足で立ち、歩いて行こうと決意する。

通された客間の隣には、足の踏み場もないほどの中元があった。電力会社での父の地位を見せつけられたようで、なぜ自分たちだけが不幸を背負わなければならないのかと、その理不尽さに全てがバカバカしくなった。父から受け取った五十万円のうち二十万円を母に渡し、咲子は大阪へ向かった。

交差点を抜けると、左手に海が見えてきた。松林の隙間から覗くゆらゆらとした海面が、力強く光を跳ね返している。大路はフロントガラス越しに空を見て「晴れたか」と一人、つぶやいた。

約二週間前、珠緒が二月に芦原へ墓参りに行くことを宝純男から聞いた。その際「この旅にはそれなりの収め方がある」との感慨が生じ、躊躇《ためら》うことなく提案したのだった。

「雄島で会いたいです」

進行方向左側に白いガードレールが並び始めたとき、一気に視界が開けた。

空と海の青が別種の明るさを帯び、木々の緑と岩肌の薄墨色《うすずみいろ》が組み合わさった雄島が悠然と浮かんでいる。そして、陸と島をつなぐ朱色の橋が、唯一人工的な艶を持って海面に一直線の紅を引く。

訪れる度に鮮やかさが増しているような錯覚に陥る色彩の世界。大路は臨場することでしか味わえない胸の高鳴りを感じながら、朱色のゴールテープ目掛けてアクセルを踏んだ。

大湊神社の陸宮の前を通り過ぎ、坂を下って無料の青空駐車場で車を停めた。四十台分ほどスペースがあるが、先着は二台のみ。いずれも年季の入った福井ナンバーのセダンなので、珠緒のイメージには合わなかった。

約束の午後一時まであと少しだけ時間がある。大路は車の中で待機することにし、ノートパソコンを起動した。

この一週間、大路はひたすら報告書を書き続けていた。調査の経費を振り込み続けてくれた父へのけじめである。「アホになって」取材した大路は、芦原、京大、銀行、ゲームなど関係者四十七人から証言を取った。その分、声をまとめるのは大変だったが、実際に書き始めると楽しくて止まらなくなった。

一つのテーマを掘り下げていく面白さは「気づき」にある。当事者の話を聞いていくことで、自分の浅はかな予想は裏切られ、そうして先入観の皮を一枚ずつ剝いでいった末に残った芯。それが社会の一端というものではないだろうか。

その作業に才能や大金といったきらびやかなものは必要ない。取材バッグに入れるのは根気と一握の運だ。真面目に耳を傾ける以外の手立てはない。

「事実」と「真実」が密接に絡み合っていくほどに、辻珠緒の人生はプラモデルのように立体的になっていった。

ノートパソコンから視線を上げると、いつの間にか薄い色の雲が懸かっていて、フロントガラスにゆっくりと雪が落ちてきた。晴れている間に会いたかったが、冬の日本海はなかなか一筋縄ではいかない。

腕時計を見ると、針が一時を指していた。

雄島の方に視線をやった大路は、橋の真ん中に女性が立っているのを見て、自らの迂闊《うかつ》さに気づいた。駐車場に停まっているセダン車で勝手に判断していたが、珠緒が先に着いている可能性は十分にある。

強まった雪が競うようにして降りしきる中、女性は東尋坊とは逆の北東の海を眺めていた。この天気で、約束もないのに橋の上に留まるのはおかしい。

大路はノートパソコンを閉じて助手席に置き、マフラーを巻いて車から降りた。リュックを背負って、橋に向かう。降雪は激しさを増し、瞬く間に横殴りの状態になった。

ロングコートを着た女性は、紅いマフラーを頭巾のようにして身を屈めていたが、慌てる様子は微塵もなく、風に身を任せていた。

大路は早くも欄干の袂に水溜りをつくる雄島橋の中央を進んだ。ひと足近づくごとに証言者たちの言葉が数珠《じゅず》つなぎになっていき、胸中で「やはり彼女だ」と確信する。

唸りを上げるムチのような音で吹き付ける暴風と、橋脚を削り取らんと打ちつける荒波が鼓膜を震わせ、破線と化した雪々が西から東へマシンガンの弾丸のように飛んでいく。

冬の日本海の実力をまざまざと見せつけられた大路は、都会暮らしのひ弱さを思い知った。

女性の前まで来たものの、何も言えず立っているのがやっとの状態だった。自然豊かなこの国においても、最も過酷な待ち合わせ場所かもしれない。

無言のまま一分ほど心に忍の字を刻んでいると、少しずつ風が和らぎ、雪が縦方向に落ちてきた。

大路は珠緒と顔を見合わせ、笑った。互いにマスクが濡れて使い物にならなかったので、彼女から少し距離を空けて立った。

「いいところでしょ？」

囁くような声で戯《おど》けてみせた。

「ええ。落ち着きます」

大路の返しがおかしかったのか、珠緒は首に巻き直したばかりのマフラーで口元を隠した。マスクの代わりにするらしい。

実在の彼女を目の前にすると、胸に迫るものがあった。

ようやく、辿り着いた。

何から話せばいいのか――この三ヵ月半、あれこれ考えていたことは、どれもこの場にふさわしい気がしなかった。

珠緒は相手の目をしっかりと見ることのできる人のようだ。下瞼が水平で、尾を引くような特徴的な目は、写真で見た咲子の涼しさを受け継いでいる。

風が治まり、綿雪がひらひらと舞い降りているのを見て、大路はかつて少女が詠《よ》んだ句を思い出した。

「雪の音《ね》が　誘《いざな》う雄島　朱の化身」

珠緒は恥ずかしそうに顔をほころばせた。

　彼女の柔らかい雰囲気に助けられて、大路は普段の自分を取り戻しつつあった。

　珠緒は目を細め「そんな気がします」と答えた。

「じゃあ、十年は経ってますね」

「大路さん、生まれてないと思うよ」

「そんなに前ですか？」

「もう何十年前だろ」


「去年の十二月、慎平さんに会いました」

　冬の日本海、それも吹きさらしの橋の上にいられる時間はそう長くない。大路は旅の終わりに向けて話し始めた。

「四十八年前の秋、前川勝さんの身に起こったことを伺いました。にわかに信じ難いことですが……」

「本当のことです」

　大路の言葉を遮り、珠緒が覚悟を決めたように言った。

「十歳のとき、アパートに押し掛けてきた父に連れ去られました」

　珠緒は言葉を区切ると、自らを落ち着かせるように白い息を吐いた。

「連れて行かれる前に置き手紙を書いたんですけど、もう母に会えないと思うと、胸が潰れそうになりました。でも、私、母がむちゃくちゃに殴られてるところを見てたから、二度とそんな目に遭ってほしくなくて……」

牧田千恵子が話していた置き手紙のことだろう。少女を追い詰めた前川の悪意が、因縁の橋の上で浮き彫りになっていく。

「なので、母が雄島に迎えに来てくれたときは本当に嬉しかった。また一緒に暮らせると思って。でも、本当の悪夢はそこからだったんです。母は毎日『写楽』に呼びつけられ、父と若いヤクザたちにいいようにされてました。生き地獄だったと思います」

実際に「写楽」で行われていたことは凄惨だったに違いなく、聞いているだけで胃が痛むほどだった。

「だから、母も祖母も芳雄さんも、みんなおかしくなってました」

「慎平さんは、大人たちが前川勝さんを殺害したと話しています」

珠緒は大路の目を見据え「はい」と、はっきり答えた。

心の片隅で否定してくれることを願っていた大路は、「そうですか」と言葉少なに応じるしかなかった。

「首を絞められ、タンスの下敷きになった父は、最期の瞬間、私を見ました」

小学四年生の子どもにとって、どれほどの恐怖だっただろうか。大路は無言のまま、メガネのレンズの奥で瞼を閉じた。

「すぐにお祖母ちゃんが目元にガムテープを張ったんですが、間に合いませんでした。目が合ったのはほんの一瞬のはずなのに、すごく長く感じられて。あの、人を呪い殺しそうな視線だけは、未だに忘れられないんです」

口元のマフラーを強く握った珠緒は、ゆっくりと視線を落としていった。

「この何十年、いろんな夢を見ました。満員電車の乗客がみんな父の顔になったり、会社で仕事をしてるときに警察がインターホンを鳴らしたり、王さんとか沙織とか、親しい人にいくら話し掛けても無視されたり、私を軽蔑する彼女たちの顔だけが浮かぶこともありました。夜中に目が覚めると、心臓がドキドキして、電気をつけても水を飲んでも、ずっと息苦しさが治まらないんです」

伏せた目の中で瞳が落ち着きなく揺らぎ、珠緒の呼吸が荒くなっていく。

「ストレスが溜まってくると、耳鳴りがひどくなるから分かるんです。あぁ、しばらくトンネルの中に入るなって。病院に行っても本当のことが言えないから、結局、元に戻ってしまう」

谷口親子や咲子もそうだろうが、珠緒もまた、自らの人生の歯車を狂わせてしまったのだ。

少年を山奥へ連れて行って、車の内側から一心不乱に目張りをし、我を失うほど酔っ払い、家事を放棄し鼾をかいて眠りこけ、子どもを望む家族に黙って避妊薬を飲み、大学の先輩の父親と不倫し、事実を問い質されると笑って相手を追い返した――人生の中で思い出したように見せる珠緒の狂気は、あの四十八年前の夜とつながっているのではないか。だからこそ、怯えたのだ。どこまでも続く異母兄の追跡を。

記憶は薄れても、心に掛かる負荷はむしろ増していった。半世紀にわたり、彼女はその細い肩で十字架を背負い続けた。

「宝さんに、前川功さんのことを聞きました」

大路は努めて柔らかく話し掛けた。

「功さんのことはずっと、胸の中にありました。いつかは会わなきゃいけない、会って謝らなきゃいけないって。でも、私は弱い人間だから、いつも逃げてしまう」

「電話があったとき、驚かれたんじゃないですか？」

「成瀬の家に来られたときから二十年以上経ってましたし、どこかでこのままフェイドアウトするんだろうなって、漠然と思ってたんです」

「逃げ続けなければならない人生は、つらいですよね」

珠緒は唇を噛んでうつむいた。なかなか顔を上げられなかったのは、さまざまな想いが胸に去来しているからだろう。真夜中の悪夢にもがき、自分を見失って人を傷つけたこともある。

語りかけようにも頭に浮かんでくる言葉はどれも幼く不適切で、大路は自らの語彙《ごい》力に嫌気が差した。余計な一言を口にしない繊細さだけが、自分を支えていた。

珠緒の目尻に浮かんだ涙が、頬に真っ直ぐ筋をつくった。

相変わらず寒風が止まず、足先まで冷えてきた。

父のことは車で話そうと、珠緒に向かって一歩踏み出したとき、彼女は「お話が」と言って大路の目を見た。

「お伝えしたいことがあるんです」

「私に？」

あの京都の屋敷で宝に会ったとき、彼は確かにこう言ったのだ。

——珠緒さんから、あなたにお話があります——

ずっと珠緒を照らしていたライトが、自らへ向く兆しに胸騒ぎがした。

「心の整理が必要でした」

何らかの告白を前に、大路は息を吸い込んでから「はい」と返事をした。

「これをお見せするのは、私にとって、とても勇気のいることなので」

また一つ、場に漂う空気が変わった。

珠緒がトートバッグに手を掛けたタイミングで、大路はメガネを外して雪で濡れたレンズをハンカチで拭いた。

そうすることで張り詰めた気持ちを鎮めたかった。珠緒はこれから、何か大切なことを自分に伝えるはずだ。彼女の勇気を受け止めなければならない。

大路は両手でフレームを持って、ゆっくりとメガネを掛け直した。

彼女はバッグから、紅葉の柄が入った手拭いのようなものを取り出した。何かを包んでいるように見える。

珠緒は小さく息を吐いた後「見ていただいていいですか？」と言って、手拭いを差し出した。

近づいて両手で受け取る。大路は風に飛ばされないよう慎重に中を検《あらた》めた。

それは黄ばんだ和紙の封筒だった。

表に墨字で「菊代へ」と書かれてあるのを見て、大路は息が詰まった。いつもは鈍く回る頭が別人のような回転を始め、立ち籠めていた霧を払っていく。

自分がここにいる理由。一つの仮説を胸に抱いて、封筒の裏を見た。

松江壮平——

予感はあった。だが、実際にその名を目にすると、息苦しさに言葉が出なかった。

大路はすぐに封筒を手拭いの中に入れ、呼吸を整えながら珠緒を見た。

「私の祖母が勝部元吉という男の愛人をしていたことはご存じですよね？」

「旅館『白露』の番頭だった？」

「はい。昭和三十一年の芦原大火でのことなんですが……」

珠緒が言葉を切って考える素振りを見せたので、大路はほんの少し力を添えることにした。

「元福井県警刑事の梨田正一さんという方が、覚醒剤事件で指名手配された元吉の余罪として、大火のときに仲間と銅線を拝借していた疑いがあると、私の父に証言しています」

「はい。でも、盗んだのは銅線だけじゃないんです。彼らは、住民たちが駅近くの空き地に避難させていた家具や商売道具まで運び去りました」

「火事場泥棒……」

「そうです。家や店を焼かれて不幸のどん底にいる人たちの持ち物を奪ったことになります」

絶句したまま、手拭いに視線を落とした。

大路は芦原での調査のとき、年配の人には極力大火の体験談を語ってもらうことにしていた。それは記者として風化の怖さを思い知ったからだ。

インタビューに応えてくれた被災者の哀しみや書き残された無念が、またしても大路の呼吸をかき乱していく。

夫と営んでいた新しい電気店が火に呑まれ、子どもを抱きかかえて必死に走った女性。人として立ち直るチャンスを与えてくれた、かけがえのない存在の店が炎上したコーヒー店の店主。先祖から受け継いできた店を焼失させてしまい、呆然とする父を見て心が張り裂けそうになった小学生の少女。街の消防団員として眼球に火傷を負いながらも、無力な自らにムチ打って放水を続けた散髪屋の店主――。

当たり前の日常を奪われることがどれほどつらいか。突き刺さった言葉の数々が、今、強く大路を揺さぶっている。

そして、前年に夫を亡くし、途方に暮れていたときに家を焼かれ、幼子を抱えて生きていかなければならなかった祖母の顔が浮かぶと、大路は哀しみや怒りで目眩がした。

大きく深呼吸してから、前を向いた。

「珠緒さんがなぜ、これを？」

「祖母の静代が泥棒の現場にいました」

「元吉や仲間と一緒に、ということですね？」

「はい。元吉から『女がいれば怪しまれない』と言われて、男たちがトラックに荷物を運び入れるところを見ていました」

「つまり、その盗品の中に松江家の私物があったと」

「そうです。どのような経緯で祖母の手元に渡ったのかは、分かりません。でも……その遺書は」

「遺書？　これは遺書なんですか？」

父の話によれば、壮平の葬儀の芳名帳に静代の名があった……知人、もしくは友人の遺書を偶然盗んでしまったということになる。

祖母が興信所に依頼したのは浮気調査などではなかった。静代の身辺を洗うことで、夫の遺書を取り戻そうとしていたのだ。

大路は何も言うことができず、ただため息をついた。

「これもです」

珠緒が小さな巾着袋を手にしていた。彼女から袋を受け取った大路は、開口部の紐を緩めた。

赤ちゃんサイズの靴が入っていた。それを見た瞬間、大路は父の写真が頭に浮かんだ。

息子を抱く菊代が椅子に座り、その傍らでめかし込んだ壮平が立っている家族写真。当時一歳の父が履いていたスニーカーは、靴職人の壮平がつくったものだ。

それは、紛れもなく父のファーストシューズだった。

「本当に何とお詫びすればいいか……」

珠緒はバッグを両手で持ったまま、固まっていた。

恐らくこの遺書と靴は、静代から咲子、咲子から珠緒に引き継がれたものなのだろう。

六十数年間、この一家はずっと返せずにいたのだ。

一方、菊代にすれば、それら二つは夫と息子の何物にも替えられない宝物だったに違いない。想いのこもった品は、人が過去に触れて心を整理したり、区切りをつけたりするときに、手に取るものだ。

女手一つで子どもを育てていく中で、亡き夫の言葉にすがりたいとき、息子の成長に自分の人生を重ね合わせたいとき、この遺書とファーストシューズにしかできないことがあったはずだ。お金がない中、二回にわたり興信所に依頼していたことから、必死な気持ちが伝わってきて胸が詰まる。

再婚する前、密かに「松江履物店」の跡地を訪れていた祖母。新たに生まれた命とともに人並みの幸せを思い描いていたであろうその場所に立ち、一人静かな涙を流していた。

人生の選択を迫られる中で、過去を断ち切らねばならない状況で、便箋《びんせん》にあった亡き夫の想いを必死に探していたのではないか。

「手紙は面倒なようでも、人の心へ言葉を届けるには、一番の近道なんやよ」――。

祖母は手紙で孫の自分を救ってくれた。どれだけこの遺書を読み返したかったことだろう。盗まれたと知ったとき、どれだけ悔しかっただろう。頭の中で遺書の言葉が薄れていくことに、どれだけ恐れを抱いただろう。

押し寄せる悲しみを受け取めきれず、大路は歯を食い縛った。

夏祭りで浴衣を着せてくれ、食べきれないほどの料理をつくってくれ、大路の署名記事をスクラップしてくれていた祖母の、そのときどきの笑顔が、つなぎ合わせた映像として浮かんでくる。

強い真冬の海風に打たれ、激しい波音が耳の奥で海鳴りのように反響する。胸の奥が締めつけられて、息をするのも苦しかった。

それでも、聴かねばならないと思った。松江菊代の孫として。

下瞼に涙を浮かべる珠緒と改めて向かい合ったとき、大路は手にしている遺書とシューズが「返ってきた」と実感した。ボトルメールのように半世紀以上時の海を漂い、元に戻ってきたのだ。

そして、痩せた父の顔を思い出し、間に合ったと胸を撫で下ろした。

大路は正月に見た、あの光景が忘れられない。

帰宅するため玄関で靴を履いていた岸本に、父は改まった様子で深く頭を下げた。

「これからも、亨のことをよろしくお願いします」

それは父にとっての一つの区切りだった。その姿を見て、大路は改めて自分をここまで導いてくれた存在に感謝した。

珠緒を責める気にはなれなかった。突き詰めていけば、きっと正義はあるのだろう。その正義を口にしたり書いたりするのは容易《たやす》いことだ。

しかし、被害者の悲哀と加害者の後悔は、当事者にしか分からない重みがある。大路には、捨てずに、逃げずに持っていてくれたことに対する感謝があった。

これまで辻珠緒の人生を追ってきて学んだのは、生きることの尊さだった。人一人がこの世に生まれ落ち、旅立つまでを綴る再現不能の物語。

個の尊重とは、個人を敬うことであると同時に、敬うことのできる人間が周囲に存在する美しさではないだろうか。

今、ようやく腑《ふ》に落ちた。大路が向き合うべきは、ひったくりの被害金額で線を引くようなマスの視点ではなく、辻珠緒の人生を追い続ける中で見えてきた、人間という大河を言葉にする世界。

火事場泥棒という犯罪と、六十五年前の辻静代個人の事情は、どちらも切り捨ててはならない現実だ。

「……ありがとうございます」

種々の感情を呑み込んで、大路が絞り出すように言うと、珠緒は堪《こら》えきれない様子で背を向け、しばらくの間細い肩を震わせた。

辻珠緒の五十七年の人生で、彼女を苦しめた習慣や制度は今もこの世の中に存在する。その悲しみがなくなればいいと心から願い、また一つでもなくすために、大路はペンを握らなければならないと思った。


いつの間にか雪が止んでいた。

風が茶色がかった髪を靡《なび》かせると、珠緒は肩口の髪先を片手で押さえた。朱色の欄干の近くで海を見ている彼女の白く細い首が、風景の中でくっきりと浮かび上がる。

「魯山人、お好きなんですか？」

問い掛けに振り返った珠緒は、思い出したように「あぁ『何必館』」とつぶやいた。

「好きな作品がたまに展示されることがあって」

大路の頭の中で、あの静謐《せいひつ》な空間で作品集を見ていたときの景色が蘇った。

「『聴雪』……でしょ？」

珠緒は目を見開いて、大路のしぶとい取材力に呆れた様子で笑った。そして「参った」とばかりに首を振った。

「あそこで聴いてたんです、雪を」

珠緒の視線の先にあるのは、波際に佇む峻厳な柱状節理《ちゅうじょうせつり》と風雪をも糧《かて》にしてきた厳かな原生林。地元の人々は、歳月が場にもたらす畏怖と神秘に敬意を込め、この島を「神の島」と呼ぶ。

参道の流紋岩に座り、葉や枝に当たる雪の音を聴いて探し求めた「ここではない、どこか」。王雨桐という新たな同志を得た珠緒は「理想の場所は、理想の人がつくる」ことを知った。

大路は谷口慎平から受け取った、前川功の連絡先が書かれたメモを差し出した。

「父は誰かを責めようと思って、過去への扉を開けたんじゃありません。ただ事実を知りたくて、真実を胸の中に収めようとしただけです」

祖父の遺書と父のファーストシューズを手にした大路は、時の力の大きさを胸の奥で受け止めていた。そして、還暦を迎えた前川功にも、けじめが必要なのではないかと考えていた。

「あのとき、珠緒さんは十歳でした。たとえ時が遡ることになっても、私は子どもを守りたいと思っています」

少し灰色がかった珠緒の瞳が揺れ動き、瞬《まばた》きが涙を呼んだ。潤んではいたが、真摯な眼差しだった。

そしてほんの刹那、唇を震わせていた珠緒の頰に、柔らかく折り目をつけるような笑みが差した。

雪を降らせていた雲は既に流れ去り、屈託のない水色の空が視界の果てまで広がっている。水平線は淡く白み、岩礁に立つ白波とともに日本海の色濃さを際立たせていた。

三世代を貫く追憶の余情が、潮風に乗って藍染めの海に溶け込んでいく。

悠然と翼を広げる二羽のカモメが、気流に乗って舞い上がる。

珠緒の視線が微かに動いた。大路が振り返ると、駐車場に先ほどまではなかった車が停まっていた。

光沢のあるミニバンの運転席から出てきたのは、膝丈のコートを着た宝純男だった。「すみません」と断りを入れた珠緒が、駐車場の方へ歩み出す。

後部座席の前まで回ってドアをスライドさせた宝は、中へ手を差し入れた。その手をつかんでゆっくりと両脚を外に出し、危なげに立ち上がったのは年老いた女性だった。

大路はスローモーションのような光景を眺めるうちに、女性が辻咲子だと気づいた。

着ぶくれしていても華奢だと分かる体は、海風に飛ばされそうなほど頼りない。宝に支えられ少しずつ進む咲子と、凜《りん》と背筋を伸ばして歩く珠緒との距離が近づいていく。

大路は芦原のアパートの前で撮られた家族写真を思い出した。ランドセルを背負った娘とワンピースの若い母。そして、地味な和服を着て微笑む祖母。

今やすっかり白髪になった咲子が歩んできた人生も、決して平坦ではなかった。半世紀ほど前、連れ去られた娘に駆け寄り、おもいきりその小さな体を抱きしめたのは、この朱色の橋の上だった。

大路は何も言えなくなり、気まぐれな嶺北の空を見上げた。またうっすらと雲がかかり始めたようだ。

少し前まで遠くを飛んでいた二羽のカモメが、風に揺られながら橋の上を旋回する。

迷い込んだように落ちてきたひとひらの雪が、艶めく欄干の向こうへ消えた。

取材協力

あわら市
嶺北あわら消防署
竹内小夜子さん
大井博子さん
大井尚美さん
髙橋啓一さん（芦原温泉上水道財産区）
八木眞一郎さん（ホテル八木）
木村昌弘さん（坂井市文化財保護審議会会長）
髙嶋貴世衣さん（坂井市役所）
山田舞林さん（坂井市役所）
要田照夫さん
有馬充美さん
一ノ瀬麻里さん
榎本志麻さん
樋口進さん（久里浜医療センター）
時田祐介さん
上月勝博さん（ＫＤＤＩ）
三上昌史さん（Gugenka）
瀬尾傑さん（スローニュース）
亀松太郎さん（DANRO）
小黒純さん（同志社大学教授）
冨澤絵美さん（講談社）
杉田光啓さん（講談社）

謝辞

ここにお名前を挙げられなかった方々にもご協力いただきました。ご多忙の中、お力添えしてくださった皆様に心から感謝申し上げます。

参考文献

『開湯芦原一〇〇年史』（芦原温泉開湯一〇〇周年記念誌編集委員会）

『芦原温泉ものがたり――泣き笑い90年 湯の町繁盛記』（読売新聞福井支局 旅行読売出版社）

『わくわく芦原100年祭――芦原温泉開湯100周年等記念祭／写真集』（芦原温泉開湯100周年等記念祭実行委員会）

『健康ライブラリー イラスト版 ネット依存・ゲーム依存がよくわかる本』（樋口進 講談社）

『ゲーム障害――ゲーム依存の理解と治療・予防』（ダニエル・キング、ポール・デルファブロ 樋口進監訳、成田啓行訳 福村出版）

『依存症ビジネス――「廃人」製造社会の真実』（デイミアン・トンプソン 中里京子訳 ダイヤモンド社）

『クリニックで診るアルコール依存症 減酒外来・断酒外来』（倉持穣 星和書店）

『日本デジタルゲーム産業史 増補改訂版 ファミコン以前からスマホゲームまで』（小山友介 人文書院）

『ゲームプランナー入門 アイデア・企画書・仕様書の技術から就職まで』（吉冨賢介 技術評論社）

『東京国際金融市場』（安田弘道 アイペック）

『写真アルバム 尼崎の昭和』（樹林舎）

「フェミニスト Japan 創刊号」（フェミニスト 牧神社）

「フェミニストJapan　6号」（フェミニスト　牧神社）
福井新聞　１９５６年４月23日夕刊、４月24日朝刊・夕刊、４月25日朝刊
　　　　　１９７３年10月４日朝刊
朝日新聞　１９５６年４月23日夕刊、４月24日朝刊

解説

正義と不正義の狭間《はざま》にこぼれ落ちるものを掬《すく》う作家

三宅香帆（書評家）

個人的なことは政治的なことである、という言葉がある。つまり「これは個人の話なんだけど」と前置きしてから話されそうな事情のなかにこそ、当時の社会構造や政治的影響の問題が内包されている、という意味だ。基本的に、私はこの言葉に同意を示したいと思っている。たしかに私たちが個人的でプライベートだと感じる事情の中にこそ、政治や社会の問題は含まれている。個人的な問題意識から社会問題に興味を持つこともあるだろう。しかし一方で、こうも思うのだ。政治からこぼれ落ちる個人的なことを掬い上げることも、必要なのではないだろうか？　そして小説というメディアは、政治では掬い上げることのできない個人的なことに向き合うことができる、数少ない媒体なのではないだろうか？

前置きが長くなったが、本書を読了した私はそんなことを感じた。

本書を読んだ私たちは、鍵になる辻珠緒という女性を通して、個人的で、社会が掬い上げられないものを見つめる。

それは社会や政治の狭間に落ち込んだ、きわめて弱く脆《もろ》いけれど大切な個人の問題なのである。

物語は、1956年に起こった大火災の場面から始まる。福井の芦原温泉を襲った大規模な火事は、そこで働いていた市井の人々の人生を変えてしまう。

そして時は流れ、カメラのフォーカスは2020年に至る。新聞記者の父のもとに生まれた大路亨は、同じく新聞記者になるが、今は会社を辞めてライターとして活動している。彼は父に頼まれ、ある女性を探すことになる。彼女の名は、辻珠緒。大人気ゲームの開発者だった。

大路は珠緒を探し始めたが、どうやら彼女はいま失踪している。会社にもメールを送ったまま姿を消した珠緒の足取りを辿《たど》って、大路はさまざまな周辺人物に話を聞きに行く。

新卒で入った銀行の同期、京大時代や中学時代の友人、隣人、そして元夫……。珠緒の知り合いたちを探っているうちに、大路は彼女の過酷な人生を知ることになる。

なぜ珠緒は失踪したのか？　そしていま、彼女はどこにいるのか？

福井県の大火災と珠緒の人生が交錯する瞬間、大路はなぜ自分がこの取材を続けきたのか、その意味を理解するのだった。

塩田武士という作家に対し、世間は「小説のテーマとして、ジャーナリズムやメディアの持つ正義の問題を扱うことが多い書き手」という印象があるかもしれない。映画化された『罪の声』は実在の事件を扱いながら、それを報道する記者の物語に焦点を当てていた。さらに本書もまた、主人公はジャーナリストのライターであり、実際にあった火災をもとに物語を構成する（本書に登場する福井の火災の記録は実際に残っている）。そのため彼に対し、報道の正義や、事件に潜む本当の真実について書く作家である、という印象を持つ人は少なくないだろう。そして私もそのような読者のひとりだった。

しかし私は本書を読んで、「私は塩田さんのことを誤解していたかもしれない」と心底思った。

作家・塩田武士は、この世に蔓延《はびこ》る不正義や、発見されていない正義を、ただ主題としているわけではない。

彼が綴《つづ》る物語の射程は、その、先にある。

つまり、本書が描き出すのは、正義と不正義のその狭間にある、断罪できない傷の問題なのだ。

何が正しくて何が正しくないのか、という問題が重要なわけではない。むしろ、どうすれば正しさと正しくなさの曖昧な世界で、私たちは、心に背負った傷を回復できるのか？という問題こそがもっと問われるべきなのだ――本書はそう伝えている。

具体的に書こう。ここから先はネタバレも含むのでぜひ本編を読み終えてからページをめくってほしいのだが、本書が伝えるのは、男女不平等の時代を生き抜いた女性たちの姿である。

たとえば、珠緒は懸命に努力を重ねて学歴を身につけたにもかかわらず、その先の就職活動や就職先の職場でジェンダーアンバランスの壁にぶつかる。たとえば１９８０年代後半、男女雇用機会均等法が施行された大手銀行に総合職で入行した女性が、どのような仕打ちを受けたのか。女子寮に入ったとき、いったいどのような生活が待っているのか。そんな大手の就職先を見つけたにもかかわらず、なぜ珠緒は銀行を辞め、寿退社を選んだのか。私たちは珠緒の人生を通して、当時を生きたエリート女性の物語を知る。

さらに珠緒を通して私たちが見る男女不平等の問題は、仕事にとどまらない。祖母の代から続く、男性たちによる弱い者への暴力。女性が嫁ぐとき、その家でどのような目に遭うのか。

実際に塩田さんは本書を書くにあたり、男女雇用機会均等法を当時の女性がどう受け止めていたか、かなり綿密な取材を重ねたらしい。本書で描かれた男女不平等の問題は、決して遠い昔の物語ではない。ほんの30～40年前には当たり前にあったことなのだ。その細部のリアリティには、舌を巻く人も多いだろう。


そして注目したいのは、本書が決してノンフィクションやスクープ記事のように、正義と不正義に分けて加害を断罪しているわけではないことだ。本書が描くのは、その狭間にある人間の傷の物語である。

というのも、珠緒が経験した男女の間に起こった痛ましい事件と、そしてそれによる傷は、決して政治や社会が「この世界から男女不平等をなくそう！」と言ったからといって、癒《いや》されるものではないと思うのだ。

もちろん現代において、珠緒や珠緒の母が生きた時代からすれば圧倒的にジェンダーアンバランスの問題は解消されつつあるだろう。しかし私は、現代で男女平等の問題が解決されたからといって、彼女たちの苦しみが消えるわけではないと思っている。社会が男女の扱いを変えたからといって、珠緒たち一族のなかに膿《う》んだ傷は、決して消えない。それはずっと続いている傷だと思うのだ。そして小説が掬い上げるのは、そのような傷の正体ではないだろうか。大袈裟《おおげさ》な言葉を使ってしまえば、誰かの暴力や搾取で傷ついた魂の問題は、決して社会や政治の取り決めだけでは癒すことができない。ただ、正義や不正義を裁かない、その狭間にあるものに小説が寄り添うことによって、はじめてその傷は救済され得るのではないだろうか。

本書はそのような、傷の回復の物語を伝える。

問題を解決するのは、何も問題の加害者を責めたり、あるいは正義に沿って誰かを批判することでもない。加害者をどれだけ傷つけても、被害者の心の傷は回復されない。そうではなく、被害者の傷を本当に癒すものは何なのか？　本書が最終的に問いかける問題は、社会や政治の問題では回収しきることができない問いである。そしてその問いの中にこそ、小説というフィクションが寄り添うことのできる「個人的なこと」が存在する。

物語は常に個人に寄り添う。第三者が正義や不正義を断罪するのではない、当事者の個人にしかわからない物語が、そこにはある。それは小説が描く価値があるものだ。

珠緒や大路をはじめとして、本書に登場するキャラクターたち、そして物語を読む私たちもまた、生きていれば傷つかずにはいられない。もちろん珠緒たちの生きる世界はとても過酷で、読んでいて痛ましく胸がふさぐような場面は多い。「当時日本の女性はこんなにも辛《つら》い世界に生きていたのか」と思うこともある。しかし今のほうが男女平等が進んだからといって、世界から傷が消えるわけではない。どんなに法整備や社会規範が良い方向に変化したとしても、それでも個人的な傷がなくなるわけではないだろう。

だが、だからこそ小説は存在している価値がある。

本書は実在する情報をもとに構築された物語であるが、決してノンフィクションではない。フィクションなのだ。それはなぜかといえば、フィクションだから支えることのできる個人的な物語を扱っているからだ。

塩田武士は、今後もきっと小説だから描く価値のある個人的なことを、社会のさまざまな人に届くかたちで綴り続けるのだろう。彼が書く、細部にリアリティが光るフィクションのなかに登場するのは、脆くて弱いけれどそれでも個人の尊厳を手放そうとしない個人の姿そのものなのである。

本書は二〇二二年三月、小社より単行本として刊行されました。

|著者| 塩田武士　1979年兵庫県生まれ。関西学院大学卒業後、神戸新聞社に勤務。2010年『盤上のアルファ』で第5回小説現代長編新人賞、'11年、将棋ペンクラブ大賞を受賞。'12年、神戸新聞社を退社。'16年、『罪の声』で第7回山田風太郎賞を受賞。同書は「週刊文春ミステリーベスト10」第1位、第14回本屋大賞第3位にも選ばれた。'19年、『歪んだ波紋』で第40回吉川英治文学新人賞を受賞。『罪の声』と『騙し絵の牙』（角川文庫）は映画化、『盤上のアルファ』と『歪んだ波紋』はNHKでドラマ化された。他の著書に、『女神のタクト』『ともにがんばりましょう』『盤上に散る』『氷の仮面』（以上、講談社文庫）、『崩壊』（光文社文庫）、『雪の香り』（文春文庫）、『拳に聞け！』（双葉文庫）、『デルタの羊』（KADOKAWA）、『存在のすべてを』（朝日新聞出版）がある。

朱色《しゅいろ》の化身《けしん》
塩田武士《しおたたけし》

2024年2月15日第1刷発行

講談社文庫
定価はカバーに
表示してあります

発行者——森田浩章
発行所——株式会社　講談社
東京都文京区音羽2-12-21　〒112-8001
電話　出版（03）5395-3510
　　　販売（03）5395-5817
　　　業務（03）5395-3615

KODANSHA

デザイン—菊地信義
本文データ制作—講談社デジタル製作
印刷———大日本印刷株式会社
製本———大日本印刷株式会社

Printed in Japan

ISBN978-4-06-534745-4

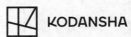

講談社文庫刊行の辞

二十一世紀の到来を目睫に望みながら、われわれはいま、人類史上かつて例を見ない巨大な転換期をむかえようとしている。

世界も、日本も、激動の予兆に対する期待とおののきを内に蔵して、未知の時代に歩み入ろうとしている。このときにあたり、創業の人野間清治の「ナショナル・エデュケイター」への志を現代に甦らせようと意図して、われわれはここに古今の文芸作品はいうまでもなく、ひろく人文・社会・自然の諸科学から東西の名著を網羅する、新しい綜合文庫の発刊を決意した。

激動の転換期はまた断絶の時代である。われわれは戦後二十五年間の出版文化のありかたへの深い反省をこめて、この断絶の時代にあえて人間的な持続を求めようとする。いたずらに浮薄な商業主義のあだ花を追い求めることなく、長期にわたって良書に生命をあたえようとつとめるところにしか、今後の出版文化の真の繁栄はあり得ないと信じるからである。

同時にわれわれはこの綜合文庫の刊行を通じて、人文・社会・自然の諸科学が、結局人間の学にほかならないことを立証しようと願っている。かつて知識とは、「汝自身を知る」ことにつきていた。現代社会の瑣末な情報の氾濫のなかから、力強い知識の源泉を掘り起し、技術文明のただなかに、生きた人間の姿を復活させること。それこそわれわれの切なる希求である。

われわれは権威に盲従せず、俗流に媚びることなく、渾然一体となって日本の「草の根」をかたちづくる若く新しい世代の人々に、心をこめてこの新しい綜合文庫をおくり届けたい。それは知識の泉であるとともに感受性のふるさとであり、もっとも有機的に組織され、社会に開かれた万人のための大学をめざしている。大方の支援と協力を衷心より切望してやまない。

一九七一年七月

野間省一

講談社文庫 最新刊

塩田武士
朱色の化身
事実が、真実でないとしたら。膨大な取材で時代の歪《ゆが》みを炙《あぶ》り出す、入魂の傑作長編。

横関大
ルパンの絆
巻き起こる二つの事件。明かされるLの一族の秘密。大人気シリーズ劇的クライマックス！

堂場瞬一
ダブル・トライ
ラグビー×円盤投。天才二刀流選手の出現で、スポーツ用品メーカーの熾烈《しれつ》な戦いが始まる！

白石一文
我が産声を聞きに
夫の突然の告白を機に揺らいでゆく家族。生きることの根源的な意味を直木賞作家が描く。

東川篤哉
居酒屋「一服亭」の四季
毒舌名探偵・安楽ヨリ子が帰ってきた！本屋大賞受賞作家の本格ユーモアミステリー！

NHKメルトダウン取材班
福島第一原発事故の「真実」ドキュメント編
東日本壊滅はなぜ免れたのか？吉田所長の英断「海水注入」をめぐる衝撃の真実！

NHKメルトダウン取材班
福島第一原発事故の「真実」検証編
「あの日」フクシマでは本当は何が起きたのか？科学ジャーナリスト賞2022大賞受賞作。

講談社文芸文庫

加藤典洋

人類が永遠に続くのではないとしたら

解説＝吉川浩満　年譜＝著者・編集部

かつて無限と信じられた科学技術の発展が有限だろうと疑われる現代で人はいかに生きていくのか。この主題に懸命に向き合い考察しつづけた、著者後期の代表作。

978-4-06-534504-7　かP8

鶴見俊輔

ドグラ・マグラの世界／夢野久作　迷宮の住人

解説＝安藤礼二

忘れられた長篇『ドグラ・マグラ』再評価のさきがけとなった作品論と夢野久作の来歴ならびにその作品世界の真価に迫る日本推理作家協会賞受賞の作家論を収録。

978-4-06-534268-8　つJ2

重松 清 赤ヘル1975
重松 清 なぎさの媚薬 (上)(下)
重松 清 さすらい猫ノアの伝説
重松 清 ルビィ
重松 清 どんまい
重松 清 旧友再会
新野剛志 美しい家
新野剛志 明日の色
殊能将之 ハサミ男
殊能将之 鏡の中は日曜日
殊能将之 殊能将之 未発表短篇集
首藤瓜於 事故係生稲昇太の多感
首藤瓜於 脳男 新装版
首藤瓜於 ブックキーパー 脳男 (上)(下)
島本理生 シルエット
島本理生 リトル・バイ・リトル
島本理生 生まれる森
島本理生 七緒のために
島本理生 夜はおしまい

小路幸也 高く遠く空へ歌ううた
小路幸也 空へ向かう花
小路幸也 原案 山田洋次 平松恵美子 家族はつらいよ
小路幸也 原作・脚本 山田洋次 脚本 平松恵美子 家族はつらいよ2
島田律子 私はもう逃げない〈自閉症の弟から教えられたこと〉
辛酸なめ子 女修行
柴崎友香 ドリーマーズ
柴崎友香 パノララ
翔田寛 誘拐児
白石一文 この胸に深々と突き刺さる矢を抜け (上)(下)
小説現代編 石田衣良他著 10分間の官能小説集
小説現代編 勝目梓他著 10分間の官能小説集2
小説現代編 乾くるみ他著 10分間の官能小説集3
柴村仁 プシュケの涙
塩田武士 盤上のアルファ
塩田武士 盤上に散る
塩田武士 女神のタクト
塩田武士 ともにがんばりましょう
塩田武士 罪の声

塩田武士 氷の仮面
塩田武士 歪んだ波紋
芝村凉也 孤《こ》闘《とう》の寂《せき》〈素浪人半四郎百鬼夜行(六)〉
芝村凉也 追憶の輪《かん》〈素浪人半四郎百鬼夜行(拾遺)〉
真藤順丈 畦と銃
真藤順丈 宝島 (上)(下)
柴崎竜人 三軒茶屋星座館1〈冬のオリオン〉
柴崎竜人 三軒茶屋星座館2〈夏のキグナス〉
柴崎竜人 三軒茶屋星座館3〈春のカリスト〉
柴崎竜人 三軒茶屋星座館4〈秋のアンドロメダ〉
周木律 眼球堂の殺人〜The Book〜
周木律 双孔堂の殺人〜Double Torus〜
周木律 五覚堂の殺人〜Burning Ship〜
周木律 伽藍堂の殺人〜Banach-Tarski Paradox〜
周木律 教会堂の殺人〜Game Theory〜
周木律 鏡面堂の殺人〜Theory of Relativity〜
周木律 大聖堂の殺人〜The Books〜
下村敦史 闇に香る嘘
下村敦史 生還者

講談社文庫　目録

下村敦史　叛《はん》徒《と》
下村敦史　失踪者
下村敦史　緑の窓口〈樹木トラブル解決します〉
九把刀　阿井幸作／泉京鹿 訳　あの頃、君を追いかけた
神護かずみ　ノワールをまとう女
四戸俊成　芹沢政信　神在月のこども
篠原悠希　霊獣紀〈獲麟《かくりん》の書(上)〉
篠原悠希　霊獣紀〈獲麟《かくりん》の書(下)〉
篠原悠希　霊獣紀〈蛟龍《こうりゅう》の書(上)〉
篠原悠希　霊獣紀〈蛟龍《こうりゅう》の書(下)〉
篠原美季　古都妖異譚〈玉手箱～シール オブ ザ ゴッデス～〉
潮谷験　スイッチ〈悪意の実験〉
潮谷験　時空犯
潮谷験　エンドロール
島口大樹　鳥がぼくらは祈り、
杉本苑子　孤愁の岸(上)(下)
鈴木光司　神々のプロムナード
鈴木英治　大江戸監察医
鈴木英治　望みの薬種〈大江戸監察医〉

杉本章子　お狂言師歌吉うきよ暦
杉本章子　大奥二人道成寺〈お狂言師歌吉うきよ暦〉
ジョン・スタインベック　齊藤昇 訳　ハツカネズミと人間
諏訪哲史　アサッテの人
菅野雪虫　天山の巫女《みこ》ソニン(1)　黄金の燕
菅野雪虫　天山の巫女《みこ》ソニン(2)　海の孔雀
菅野雪虫　天山の巫女《みこ》ソニン(3)　朱鳥《あけがらす》の星
菅野雪虫　天山の巫女《みこ》ソニン(4)　夢の白鷺
菅野雪虫　天山の巫女《みこ》ソニン(5)　大地の翼
菅野雪虫　天山の巫女《みこ》ソニン　巨山《コザン》外伝〈予言の娘〉
菅野雪虫　天山の巫女《みこ》ソニン　江南《カンナム》外伝〈海竜の子〉
鈴木みき　日帰り登山のススメ〈あした、山へ行こう！〉
砂原浩太朗　いのちがけ〈加賀百万石の礎〉
砂原浩太朗　高瀬庄左衛門御留書
砂原浩太朗　黛家の兄弟
ラトナサリ・デヴィ・スカルノ　選ばれる女におなりなさい〈デヴィ夫人の婚活論〉
瀬戸内寂聴　新寂庵説法　愛なくば
瀬戸内寂聴　人が好き［私の履歴書］
瀬戸内寂聴　白道

瀬戸内寂聴　寂聴相談室人生道しるべ
瀬戸内寂聴　瀬戸内寂聴の源氏物語
瀬戸内寂聴　愛する能力
瀬戸内寂聴　藤壺
瀬戸内寂聴　生きることは愛すること
瀬戸内寂聴　寂聴と読む源氏物語
瀬戸内寂聴　月の輪草子
瀬戸内寂聴　新装版　寂庵説法
瀬戸内寂聴　死に支度
瀬戸内寂聴　新装版　蜜と毒
瀬戸内寂聴　新装版　花《か》怨《えん》
瀬戸内寂聴　新装版　祇《ぎ》園女御《おんにょうご》(上)(下)
瀬戸内寂聴　新装版　かの子撩乱
瀬戸内寂聴　新装版　京まんだら(上)(下)
瀬戸内寂聴　いのち
瀬戸内寂聴　花のいのち
瀬戸内寂聴　ブルーダイヤモンド〈新装版〉
瀬戸内寂聴　97歳の悩み相談
瀬戸内寂聴　すらすら読める源氏物語(上)(中)(下)

瀬戸内寂聴・訳　源氏物語　巻《まき》一《いち》
瀬戸内寂聴・訳　源氏物語　巻《まき》二《に》
瀬戸内寂聴・訳　源氏物語　巻《まき》三《さん》
瀬戸内寂聴・訳　源氏物語　巻《まき》四《し》
瀬戸内寂聴・訳　源氏物語　巻《まき》五《ご》
瀬戸内寂聴・訳　源氏物語　巻《まき》六《ろく》
瀬戸内寂聴・訳　源氏物語　巻《まき》七《しち》
瀬戸内寂聴・訳　源氏物語　巻《まき》八《はち》
瀬戸内寂聴・訳　源氏物語　巻《まき》九《く》
瀬戸内寂聴・訳　源氏物語　巻《まき》十《じゅう》
先崎　学　先崎 学の実況！ 盤外戦
妹尾河童　少年H (上)(下)
瀬尾まいこ　幸福な食卓
関原健夫　がん六回 人生全快
瀬川晶司　泣き虫しょったんの奇跡 完全版〈サラリーマンから将棋のプロへ〉
仙川　環《たまき》　幸福の劇薬〈医者探偵・宇賀神晃〉
仙川　環　偽装診療〈医者探偵・宇賀神晃〉
瀬木比呂志　黒い巨塔〈最高裁判所〉
瀬那和章　今日も君は、約束の旅に出る

瀬那和章　パンダより恋が苦手な私たち
瀬那和章　パンダより恋が苦手な私たち2
蘇部健一　六枚のとんかつ
蘇部健一　六とん2
蘇部健一　届かぬ想い
曽根圭介　沈底魚
曽根圭介　藁《わら》にもすがる獣たち
田辺聖子　ひねくれ一茶
田辺聖子　愛の幻滅 (上)(下)
田辺聖子　うたかた
田辺聖子　春情蛸の足
田辺聖子　蝶花嬉遊図
田辺聖子　言い寄る
田辺聖子　私的生活
田辺聖子　苺をつぶしながら
田辺聖子　不機嫌な恋人
田辺聖子　女の日時計
谷川俊太郎 訳 和田 誠 絵　マザー・グース 全四冊
立花　隆　中核VS革マル (上)(下)

立花　隆　日本共産党の研究 全三冊
立花　隆　青春漂流
高杉　良　労働貴族
高杉　良　広報室沈黙す (上)(下)
高杉　良　炎の経営者 (上)(下)
高杉　良　小説 日本興業銀行 全五冊
高杉　良　社長の器
高杉　良　その人事に異議あり〈女性広報主任のジレンマ〉
高杉　良　人事権！
高杉　良　小説消費者金融〈クレジット社会の罠〉
高杉　良　小説 新巨大証券 (上)(下)
高杉　良　局長罷免―小説通産省
高杉　良　首魁《しゅかい》の宴《うたげ》〈政官財腐敗の構図〉
高杉　良　指名解雇
高杉　良　燃ゆるとき
高杉　良　銀行大合併〈短編小説全集(上)〉
高杉　良　エリートの反乱〈短編小説全集(中)〉
高杉　良　金融腐蝕列島 (上)(下)
高杉　良　勇気凜々

講談社文庫　目録

高杉　良　混沌《こんとん》　新・金融腐蝕列島(上)(下)
高杉　良　乱　気　流(上)(下)
高杉　良　小説　会　社　再　建
高杉　良　新装版　懲　戒　解　雇
高杉　良　新装版　大　逆　転！〈小説　三菱・第一銀行合併事件〉
高杉　良　新装版　バンダルの塔
高杉　良　第　四　権　力〈巨大メディアの罪〉
高杉　良　巨大外資銀行
高杉　良　最　強　の　経　営　者〈アサヒビールを再生させた男〉
高杉　良　リ　ベ　ン　ジ〈巨大外資銀行〉
高杉　良　新装版　会　社　蘇　生
竹本健治　新装版　匣《はこ》の中の失楽
竹本健治　囲碁殺人事件
竹本健治　将棋殺人事件
竹本健治　トランプ殺人事件
竹本健治　狂い壁　狂い窓
竹本健治　涙《るい》　香《こう》　迷《めい》　宮《きゅう》
竹本健治　新装版　ウロボロスの偽書(上)(下)
竹本健治　ウロボロスの基礎論(上)(下)
竹本健治　ウロボロスの純正音律(上)(下)
高橋源一郎　日本文学盛衰史
高橋源一郎　5と34時間目の授業
高橋克彦　写楽殺人事件
高橋克彦　総　門　谷
高橋克彦　炎《ほむら》立つ　壱　北の埋み火
高橋克彦　炎立つ　弐　燃える北天
高橋克彦　炎立つ　参　空への炎
高橋克彦　炎立つ　四　冥き稲妻
高橋克彦　炎立つ　伍　光彩楽土〈全五巻〉
高橋克彦　火　怨〈北の燿星アテルイ〉(上)(下)
高橋克彦　水　壁〈アテルイを継ぐ男〉
高橋克彦　天を衝く(1)〜(3)
高橋克彦　風の陣　一　立志篇
高橋克彦　風の陣　二　大望篇
高橋克彦　風の陣　三　天命篇
高橋克彦　風の陣　四　風雲篇
高橋克彦　風の陣　五　裂心篇
高樹のぶ子　オライオン飛行
田中芳樹　創竜伝1〈超能力四兄弟《ドラゴン》〉
田中芳樹　創竜伝2〈摩天楼の四兄弟《ドラゴン》〉
田中芳樹　創竜伝3〈逆襲の四兄弟《ドラゴン》〉
田中芳樹　創竜伝4〈四兄弟《ドラゴン》脱出行〉
田中芳樹　創竜伝5〈蜃気楼都市《ミラージュ・シティ》〉
田中芳樹　創竜伝6〈染血の夢《ブラッディ・ドリーム》〉
田中芳樹　創竜伝7〈黄土のドラゴン〉
田中芳樹　創竜伝8〈仙境のドラゴン〉
田中芳樹　創竜伝9〈妖世紀のドラゴン〉
田中芳樹　創竜伝10〈大英帝国最後の日〉
田中芳樹　創竜伝11〈銀月王伝奇〉
田中芳樹　創竜伝12〈竜王風雲録〉
田中芳樹　創竜伝13〈噴火列島〉
田中芳樹　創竜伝14〈月への門〉
田中芳樹　創竜伝15〈旅立つ日まで〉
田中芳樹　魔　天　楼〈薬師寺涼子の怪奇事件簿〉
田中芳樹　東京ナイトメア〈薬師寺涼子の怪奇事件簿〉
田中芳樹　巴《パ》里《リ》・妖　都　変〈薬師寺涼子の怪奇事件簿〉
田中芳樹　クレオパトラの葬送〈薬師寺涼子の怪奇事件簿〉

講談社文庫　目録

高田崇史　麿の酩酊事件簿〈月に酔〉
高田崇史　クリスマス緊急指令〈～きよしこの夜、事件は起こる!～〉
高田崇史　カンナ　飛鳥の光臨
高田崇史　カンナ　天草の神兵
高田崇史　カンナ　吉野の暗闘
高田崇史　カンナ　奥州の覇者
高田崇史　カンナ　戸隠の殺皆
高田崇史　カンナ　鎌倉の血陣
高田崇史　カンナ　天満の葬列
高田崇史　カンナ　出雲の顕在
高田崇史　カンナ　京都の霊前
高田崇史　軍　神　の　血　脈〈楠木正成秘伝〉
高田崇史　神の時空《とき》　鎌倉の地龍
高田崇史　神の時空　倭《やまと》の水霊
高田崇史　神の時空　貴船の沢鬼
高田崇史　神の時空　三輪《みわ》の山祇《やまつみ》
高田崇史　神の時空　嚴島《いつくしま》の烈風
高田崇史　神の時空　伏見稲荷の轟雷
高田崇史　神の時空　五色不動の猛火

高田崇史　神の時空　京の天命
高田崇史　神　の　時　空　前紀〈女神の功罪〉
高田崇史　鬼　棲　む　国、出雲〈古事記異聞〉
高田崇史　オロチの郷、奥出雲〈古事記異聞〉
高田崇史　京の怨霊、元出雲〈古事記異聞〉
高田崇史　鬼統べる国、大和出雲〈古事記異聞〉
高田崇史　源　平　の　怨　霊〈小余綾《こゆるぎ》俊輔の最終講義〉
高田崇史　試験に出ないQED異聞〈高田崇史短編集〉
高田崇史ほか　読んで旅する鎌倉時代
団　鬼六　悦　楽　王〈鬼プロ繁盛記〉
高野和明　13　階　段
高野和明　グレイヴディッガー
高野和明　6時間後に君は死ぬ
大道珠貴　ショッキングピンク
高木　徹　ドキュメント　戦争広告代理店〈情報操作とボスニア紛争〉
田中啓文　件《くだん》〈もの言う牛〉
田中啓文　誰が千姫を殺したか〈蛇身探偵豊臣秀頼〉
高嶋哲夫　メ　ル　ト　ダ　ウ　ン
高嶋哲夫　命　の　遺　伝　子

高嶋哲夫　首　都　感　染
高野秀行　西南シルクロードは密林に消える
高野秀行　アジア未知動物紀行　ベトナム・奄美・アフガニスタン
高野秀行　イスラム飲酒紀行
高野秀行　移　民　の　宴〈日本に移り住んだ外国人の不思議な食生活〉
高野秀行・角幡唯介　地図のない場所で眠りたい
田牧大和　花　合　せ〈濱次お役者双六〉
田牧大和　質　草　破　り〈濱次お役者双六　二ます目〉
田牧大和　翔　ぶ　梅〈濱次お役者双六　三ます目〉
田牧大和　半　可　心　中〈濱次お役者双六〉
田牧大和　長　屋　狂　言〈濱次お役者双六〉
田牧大和　錠前破り、銀太
田牧大和　錠前破り、銀太　紅蜆《べにしじみ》
田牧大和　錠前破り、銀太　首魁《しゅかい》
田牧大和　大　福　三　つ　巴〈宝来堂うまいもん番付〉
田中慎弥　完　全　犯　罪　の　恋
高野史緒　カラマーゾフの妹
高野史緒　翼竜館の宝石商人
高野史緒　大天使はミモザの香り

2023年12月15日現在